UNERBITTLICH

LIEBE UND WIDERSTAND IM ZWEITEN WELTKRIEG

MARION KUMMEROW

Übersetzt von

ANNETTE SPRATTE

Unerbittlich - Liebe und Widerstand im zweiten Weltkrieg

ISBN Printversion 978-3-948865-32-0

Herstellung und Verlag:

Marion Kummerow
Weißtannenweg 7
80939 München

Übersetzung: Annette Spratte

Titelbildgestaltung: JD Smith Design Ltd.

Bildnachweis: Bundesarchiv Bild 101II-MW-4222-02A / CC-BY-SA 3.0

https://creativecommons.org/licenses/by-sa/3.0/de/deed.en

Dieses Buch basiert auf einer wahren Geschichte, historische Persönlichkeiten und Vorfälle wurden sorgfältig recherchiert und wiedergegeben. Die Haupt- und Nebenpersonen wurden fiktionalisiert.

INHALT

KAPITEL 1

24. Oktober, 1936

„Nehmen Sie, Wihelm Quedlin, die hier anwesende Hildegard Dremmer zu ihrer rechtmäßig angetrauten Ehefrau? Dann antworten Sie mit ‚Ja'."

Hilde sah hinreißend aus in ihrem knielangen Kleid, das ihre schlanke Taille betonte und sich perfekt an ihre Figur anschmiegte. Der rote Stoff mit den weißen Punkten stand in hübschem Kontrast zu ihren strahlend blauen Augen, während ihr braunes Haar sanft auf ihre Schultern fiel. Aber Q hatte nicht viel Zeit, die Frau, die er liebte, zu bewundern.

„Ja, ich will", sagte er, seine Stimme fest und voller Überzeugung.

Der Standesbeamte wandte sich an Hilde und stellte ihr die gleiche Frage. „Nehmen Sie, Hildegard Dremmer, den hier anwesenden Wilhelm Quedlin zu ihrem rechtmäßig angetrauten Ehemann? Dann antworten Sie mit ‚Ja'."

„Ja, ich will", antwortete sie und sah Q mit einem wunderbaren Lächeln an. Q konnte darin sehen, wie die Anspannung des letzten Jahres von ihr abfiel. Es hatte Zeiten gegeben, in denen sie nicht mehr daran geglaubt hatten, jemals eine Heiratserlaubnis zu erhalten. Jetzt waren sie nur noch Sekunden davon entfernt, verheiratet zu sein.

„Hiermit erkläre ich Sie zu Mann und Frau nach dem deutschen Gesetz. Sie dürfen jetzt die Ringe tauschen."

Erika stand von ihrem Platz auf und übergab die Ringe. Q hatte gleich aussehende Ringe gekauft, aber im Gegensatz zu seinem prangte auf Hildes Ring ein wunderschöner Diamant im PrinzessSchliff.

Nachdem sie einander die Ringe angesteckt hatten, gratulierte ihnen der Standesbeamte lächelnd. „Sie dürfen die Braut jetzt küssen."

Wer konnte so einer Aufforderung widerstehen? Q nahm Hilde in die Arme und drückte einen leidenschaftlichen Kuss auf ihre Lippen, bis sie anfing, sich in seinen Armen zu winden und die beiden Zeuginnen, Erika und Gertrud, Beifall klatschten.

Q und Hilde unterschrieben das Heiratsregister ebenso wie die beiden Zeuginnen und weniger als fünfzehn Minuten, nachdem sie den nüchternen Raum betreten hatten, war die Zeremonie vorbei.

Neben den obligatorischen Zeugen waren keine weiteren Gäste anwesend. Während Q selbst darüber froh war, dass die standesamtliche Trauung ohne alberne Gefühlsduselei und Pathos ausgekommen war, wusste er, dass Hilde sich etwas Feierlicheres gewünscht hatte.

Er lehnte sich herüber und flüsterte ihr ins Ohr. „Es tut mir leid, dass du die ursprünglich geplante große Hochzeit nicht bekommen hast."

Hilde schüttelte den Kopf, während ein sanftes Lächeln auf ihrem Gesicht erschien. „Ich brauche keine große Hochzeit. Ich will nur deine Frau sein."

Q lachte. „Das war wirklich schwicrig, nicht wahr?"

Sie hatten über ein Jahr lang versucht, diesen Tag wahr werden zu lassen. Hatten Papieren nachgejagt, endlose Formulare ausgefüllt und waren über Unmengen von Hürden gesprungen, um eine Heiratserlaubnis zu erhalten.

Hildes Freundinnen gratulierten ihnen und Q nickte in ihre Richtung. „Sollen wir, meine Damen?"

Er half allen drei Frauen in ihre Mäntel und wieder blieben seine Blicke an Hilde hängen, die in ihrem blassgrünen Wollmantel mit drei riesigen Holzknöpfen einfach umwerfend aussah.

Hilde und ihre beiden Freundinnen hatten sich für Alltagskleidung entschieden. Nachdem feststand, dass es eine heimliche Hochzeit werden würde, wollten sie alles so unauffällig wie möglich halten. Teil des Plans war es, dem Schwarm von Photographen zu entgehen, die vor dem Standesamt warteten, um die Brautpaare und ihre Hochzeitsgesellschaften abzulichten, und ihnen dann die Bilder zu verkaufen.

„Bereit?", fragte Q und als alle nickten, hielt er die Tür auf und folgte den Frauen nach draußen. Es war ein schöner Tag mit blauem Himmel und nur einem Hauch des kommenden Winters in der Luft.

Die Photographen umringten sie augenblicklich mit erhobenen Kameras, schauten dann aber verwirrt, als sie nicht erkennen konnten, welche der Frauen die Braut war. Q hakte sich bei Erika und Gertrud unter und die drei zogen Grimassen. Einen Moment später nahm Hilde Erikas Platz ein.

So arbeiteten sie sich durch die Reihen der Photographen, die sie baten anzuhalten und zu posieren. Q konnte nicht widerstehen und stichelte, „Was denn, keine Bilder, Jungs?“

„Wer ist die Braut?“, schoss einer von ihnen zurück.

„Das wüssten Sie wohl gern!“, antwortete Q. Er wusste, dass die Photographen nur Geld verdienen wollten, aber viel zu oft erschienen die Bilder später in den Klatschspalten der lokalen Zeitungen. So offenkundig zur Schau gestellt zu werden jagte Q einen Schauer über den Rücken. Schon vor langer Zeit hatten er und Hilde beschlossen, sich unauffällig zu verhalten und dazu gehörte eben auch, nicht in der Zeitung aufzutauchen.

Die Photographen gaben schließlich auf, traten beiseite und konzentrierten sich auf die nächste, willigere Hochzeitsgesellschaft.

Hilde und Q winkten Erika und Gertrud zum Abschied, weil die beiden wieder zurück zur Arbeit mussten.

„Bis heute Abend im Restaurant“, fügte Hilde noch hinzu, bevor sie ihren Arm um Q legte.

„Frau Quedlin“, sagte er mit einem Augenzwinkern. „Ich benötige dringend einen Kaffee und etwas Gebäck, um mich von den Strapazen der Trauung zu erholen. Wie steht es mit Ihnen?“

Sie kicherte und ließ sich von ihm auf einen fünfzehnminütigen Spaziergang zur Konditorei in der Nähe ihrer neuen Wohnung führen.

Dort bestellten sie frisch gebrauten Kaffee und zwei sündhaft süße Stücke Sahnetorte, Hildes mit Eierlikör und Qs mit Schokolade.

„Bist du nicht traurig, dass deine Mutter und deine Freunde nicht bei der Trauung dabei sein konnten?", fragte Hilde ihn.

Q blickte sie ernst an, bcvor cr antwortete, „Natürlich wünschte ich, Mutter hätte dabei sein können, aber sie ist so gebrechlich in letzter Zeit. Ich wollte es ihr nicht zumuten, für so eine kurze Zeremonie quer durch Berlin zu fahren. Wir werden sie nächste Woche besuchen und eine leckere Torte zum Feiern mitbringen." Er drückte Hildes Hand. „Für mich war die Trauung an sich nicht wichtig. Es war eine administrativer Akt – mehr nicht. Ich bin nur froh, dass es vorbei ist und du endlich meine Frau bist."

Er grinste sie an, hob ihre Hand an seine Lippen und küsste sie bis hinauf zum Ellenbogen. Hildes Wangen wurden von einem zarten Rosaton überzogen und sie zog schnell ihre Hand aus seinem Griff. „Ja, die Vorbereitungen waren nervenaufreibend. Mehr als einmal war ich überzeugt, wir würden niemals dies blöde Heiratserlaubnis bekommen."

„Es ist mir noch immer ein Rätsel, wie Gunther es schlussendlich geschafft hat, Großmutters Taufurkunde von dem Priester in Ungarn zu bekommen", sagte Q und erinnerte sich an all die Mühe, die sein Bruder aufgewendet hatte, um dieses kostbare Stück Papier zu ergattern.

„Er hat wirklich weit mehr getan als nur seine brüderliche Pflicht, um uns zu helfen", stimmte sie zu.

„Ich habe eine Überraschung für dich", sagte Q schließlich, als sie ihr kleines Festmahl beendet hatten.

„Was denn?“ Hildes Augen glänzten bei der Frage, während sie noch einmal nach dem kostbaren Ring an ihrer rechten Hand schielte.

„Jakob hat einen seiner Freunde gebeten, heute Nachmittag sein Warenhaus für uns zu öffnen. Er ist Raumausstatter und hat eine neue Lieferung von Möbeln bekommen, die wir uns ansehen können.“

Hilde verzog das Gesicht, aber es lag Amüsement in der Geste. „Ich muss mich an deine Vorstellung von Romantik erst noch gewöhnen, aber es ist eine tolle Idee. Ein bequemes Sofa für unser Wohnzimmer wäre toll.“

Während Q schon vor einer Weile in ihre neue Wohnung im Stadtteil Charlottenburg gezogen war, hatte Hilde das erst an diesem Morgen getan, vor ihrem Besuch beim Standesamt.

„Dann lass uns gehen“, sagte er, wieder einmal überrascht von ihrer unterschiedlichen Denkweise. Hatte sie sich nicht die ganze Zeit darüber beschwert, dass die Wohnung nicht angemessen eingerichtet war? Dass im Wohnzimmer lediglich zwei Holzstühle standen, die eigentlich an den Küchentisch gehörten? Was könnte also passender sein, als an ihrem Hochzeitstag Möbel kaufen zu gehen?

Sie sahen sich die Auswahl an Möbeln an, saßen Probe und nach einer Stunde kauften sie zwei Sofas, deren Lieferung sie für den nächsten Tag vereinbarten. Jakobs Freund gratulierte ihnen zur ihrer Wahl von zwei Schlafsofas. „Eine sehr gute Wahl, meine Freunde. Dies sind die letzten hochwertigen Bezugsstoffe, die unser Vaterland hergestellt hat.“

Q zog eine Augenbraue hoch. „Wie das?“

„Heutzutage bekommen wir nur noch zweitklassige Stoffe. Die guten sind für militärische Zwecke reserviert."

Hilde zog die Nase kraus. Niemand wollte an das Bevorstehen eines weiteren Krieges glauben, aber die Anzeichen wurden mit jedem Tag deutlicher.

Noch einmal dankte Q Jakobs Freund für seinen großzügigen Rabatt und schlenderte dann mit Hilde zurück zu ihrer Wohnung.

Noch vor ihrem Termin auf dem Standesamt war Hilde an diesem Morgen auf dem Markt gewesen. Jetzt nahm sie die Platten mit Wurst und Käse aus der Kühlung, ebenso wie die Brötchen, die sie frisch gekauft hatte, etwas Senf und einen kleinen Teller mit geschnittenem Gemüse. Währenddessen deckte Q den Tisch für zwei.

Es war ein besonderer Anblick, seine wunderschöne *Ehefrau* in der Küche der Wohnung zu sehen, in der sie jetzt beide gemeinsam wohnten.

„Ich kann immer noch nicht glauben, dass wir endlich verheiratet sind, Frau Quedlin", sagte er und küsste sie auf den Mund.

Sie saßen am Küchentisch und aßen die kalte Platte. Ab und zu fütterten sie sich gegenseitig mit kleinen Häppchen. Etwas später würden sie mit einigen ihrer besten Freunde feierlich zu Abend essen, aber das war noch mehrere Stunden hin.

Und Q hatte bereits einen Plan, wie er diese Stunden zu verbringen gedachte. Sobald Hilde den Anschein machte, als hätte sie genug gegessen, schob er seinen Stuhl nach hinten und hob sie in seine Arme.

„Q! Was machst du denn?", fragte sie halb lachend, halb kreischend.

Er hielt einen Moment inne und sah hinab in ihre blauen Augen. „Sind wir jetzt rechtmäßig verheiratet oder sind wir es nicht?“

Sie legte die Arme um seinen Hals. „Sind wir.“

Q nickte und trug sie ins Schlafzimmer. Die Tür schob er mit dem Fuß hinter sich zu. „Gut. Dann benehmen wir uns auch so.“

Einige Stunden später, als der Nachmittag schon weit fortgeschritten war, öffnete Q blinzelnd die Augen und räkelte sich genüsslich. Dann drehte er den Kopf und küsste das verwuschelte Haar der tief und fest schlafenden Hilde. *Ich bin ein verheirateter Mann.* Bei dem Gedanken barst sein Herz vor Entzücken und er fragte sich, ob irgendein Mann auf der Welt glücklicher sein konnte als er. Von ihrem allerersten Treffen vor zwei Jahren an hatte er gewusst, dass er sie liebte, aber tatsächlich verheiratet zu sein, fühlte sich ganz anders an.

Sie lächelte im Schlaf und er konnte nicht widerstehen, ihr hellbraunes Haar und ihre bloßen, weißen Schultern zu streicheln. Dann ließ er seinen Finger ihren Rücken hinab gleiten. Hilde bewegte sich, wollte aber nicht aufwachen. Als er sie auf die Lippen küsste, murmelte sie etwas, öffnete aber noch immer nicht ihre Augen. Ein warmes Gefühl ergriff von ihm Besitz. *Sie ist mein. Und sie ist die beste Lebenspartnerin, die ich mir hätte wünschen können.*

„Zeit zum Aufwachen, Liebes.“

Hildes Augenlider flatterten, während eine süße Röte über ihre Wangen kroch, als sie langsam aufwachte.

„Hm, verbringen verheiratete Paare so ihre Tage?", fragte sie und erwiderte seinen Kuss.

Q grinste. „Da es das erste Mal ist, dass ich verheiratet bin, wage ich zu glauben, dass es so ist."

„Ist das nicht wundervoll?" Sie kuschelte sich näher an ihn.

„Du bist wundervoll, meine Liebste. Ich habe dich schon vorher geliebt, aber jetzt fühlt es sich an, als hättest du von meinem Leben, meinem Körper und meiner Seele Besitz ergriffen."

Hilde kicherte. „Du meine Güte, das ist eine ungewöhnliche Aussage für einen Wissenschaftler."

Q verlagerte sein Gewicht und zog die Stirn kraus. „Ich kann es nicht erklären. Die einfache Handlung, ein Dokument zu unterschreiben, sollte keine Auswirkung auf mein Gefühlsleben haben, aber sie hat es. Aus irgendwelchen unerfindlichen Gründen liebe ich dich jetzt noch mehr, Frau Quedlin."

„Und ich mag den Klang von Frau Quedlin", sagte sie und drehte sich in seinen Armen. Durch das Fenster sahen sie die Sonne, die tief hinter einem Baum stand und wie ein Künstler die spektakulärsten Formen und Farben auf die weiße Wand gegenüber des Fensters malte. Kreise in Gelbtönen wechselten sich mit ovalen grauen Schatten und leuchtenden orangenen Mustern ab, die an ein abstraktes Gemälde erinnerten.

„Wie spät ist es?", fragte Hilde, nachdem sie das Schauspiel einige Minuten lang bewundert hatte.

Q sah auf die Uhr auf dem Nachttisch. „Halb sechs. Wir sollten uns vermutlich beeilen, oder wir verpassen unsere eigene Hochzeitsfeier."

Hilde fuhr hoch, wobei die Decke von ihrem Körper rutschte. „Halb sechs? Wir haben den ganzen Nachmittag verschlafen?"

„Hmm, ich erinnere mich, dass wir mehr getan haben als nur zu schlafen." Die feinen blonden Haare auf ihren Armen richteten sich auf und er bereute es fast, dass sie bei ihrer Hochzeitsfeier anwesend sein mussten. Er küsste ihren nackten Rücken. „Zieh dich an. Ich gehe nach dir ins Bad."

Fünfundvierzig Minuten später trat sie ins Wohnzimmer, bekleidet mit dem gleichen, eng anliegenden roten Kleid mit weißen Punkten, das sie schon am Morgen getragen hatte, aber mit passenden, hochhackigen roten Schuhen, die nur aus Riemchen zu bestehen schienen, anstatt der flachen Ballerinas. Ihr zerzaustes Haar war sorgfältig gekämmt und zu einer Banane hochgesteckt, ihre Lippen mit dem passenden roten Lippenstift geschminkt, während blauer Lidschatten ihre leuchtend blauen Augen betonte. Q pfiff leise durch die Zähne. „Meine Liebste, du siehst absolut umwerfend aus."

Hilde betrachtete ihn von oben bis unten und erwiderte das Kompliment. „Du siehst heute auch ganz ansehnlich aus. Und glücklich."

„Das bin ich auch", sagte er und platzierte einen vorsichtigen Kuss auf ihre bemalten Lippen.

KAPITEL 2

Als sie bei dem chinesischen Restaurant in der Nähe des berühmten Kaufhaus des Westens ankamen, fragte Hilde, „Glaubst du, deine Freunde ahnen etwas?"

Q zuckte die Schultern. „Gehen wir rein und finden es heraus."

Erika und Gertrud erwarteten sie bereits, zusammen mit Qs Freunden Jakob, Otto und Leopold samt Ehefrau Dörthe. Sie begrüßten sich herzlich, stellten alle einander vor und setzten sich dann an den für sie reservierten Tisch. Leopold beäugte Hilde misstrauisch. „Also, was genau ist der Anlass für diese Einladung?"

Gertrud und Erika fingen an zu kichern und Hilde warf ihnen einen strengen Blick zu. „Anlass?", fragte sie gedehnt und drückte Qs Hand unter dem Tisch.

Leopold legte den Kopf schief, während er zwischen Hilde und Q hin und her blickte. „Ihr zwei führt doch was im Schilde. Ich kann es Euch ansehen."

Ein weiteres Kichern kam von den Mädels, während Jakob intensiv die Speisekarte studierte. Alle drei waren zur Verschwiegenheit verpflichtet worden.

„Etwas im Schilde führen?", wiederholte Hilde Leopolds Worte wie ein Papagei und legte die Hände über den Mund, um ihr eigenes heftiges Kichern in Schach zu halten.

Dörthes Augen wurden groß und sie rief, „Seht euch den Ring an. Sie trägt einen Ring!"

Q flüsterte in Hildes Ohr, „Das nächste Mal nimmst du die andere Hand", bevor er mit lauter Stimme verkündete, „Hilde und ich haben heute Morgen geheiratet."

Hilde schaffte es gerade noch, zurück zu flüstern, „Für mich wird es keine weitere heimliche Hochzeit geben", ehe alle aufsprangen, um ihnen zu gratulieren.

Der Kellner erschien, sobald sie sich wieder gesetzt hatten und empfahl ihnen, das fünfgängige Spezialmenü des Hauses für acht Personen zu bestellen. Alle waren einverstanden und er kehrte bald darauf mit einem Pflaumenwein auf Kosten des Hauses für das Brautpaar und seine Gäste zurück.

Der erste Gang war eine Pekingsuppe und die Gespräche am Tisch ebbten ab, während acht hungrige Münder sich über die köstliche Suppe hermachten. Als nächstes brachte der Kellner eine Platte mit kleinen Frühlingsrollen, Hummer-Frühlingsrollen, sowie gebratenen Teigtaschen.

Hilde lachte laut auf angesichts der Gesichter ihrer Freundinnen, die vergeblich den Tisch nach Besteck absuchten. Sie zeigte auf die hölzernen Essstäbchen, die neben jedem Teller lagen. Erika sah sie erschrocken an. „Du erwartest doch nicht, dass ich die hier … benutze?"

„Doch“, sagte Q und zeigte sowohl Erika als auch Gertrud, die noch nie zuvor in einem chinesischen Restaurant gegessen hatten, wie man mit Stäbchen aß. Der Rest der Gruppe lachte über ihre tollpatschigen Versuche und Hilde war froh, dass sie im Laufe der letzten Woche den Gebrauch der tückischen Stäbchen heimlich geübt und perfektioniert hatte.

Während Gertrud die Technik recht schnell im Griff hatte, gab Erika auf. Der Kellner musste ihre Verzweiflung bemerkt haben, denn er schob stumm eine Gabel neben ihren Teller.

Das Essen wurde unter fröhlichem Gerede und belanglosem Klatsch fortgesetzt, und zur Feier des Tages erwähnte niemand die schwierigen Zeiten. Der Hauptgang bestand aus süß-saurem Hühnchen, gebratenem Reis und einem scharfen Gericht mit Rindfleisch und Gemüse.

Als der Kellner schließlich ihre Teller abräumte, lehnte sich Hilde an Q. „Es besteht nicht die geringste Chance, dass ich auch nur einen einzigen Bissen zu mir nehmen kann.“

Q küsste ihre Schläfe und schmunzelte. „Das ist sehr schade. Aber keine Sorge, ich werde deinen Nachtisch mit Freuden für dich essen.“

„Meinen Nachtisch essen? Lass das lieber bleiben! Das wäre sogar ein Scheidungsgrund“, scherzte sie und kicherte über sein schmollendes Gesicht.

Qs Augen wurden schmal. „Aber du hast gesagt, du kannst nicht mehr.“

Der Kellner servierte den Nachtisch: gebackene Honigbananen, mit Mohn gefüllte Knödel und kleine, schleimige Bällchen in rosa, grün und weiß, die Hilde nicht identifizieren konnte. Sie leckte sich über die Lippen, bewaffnete sich mit den Essstäbchen und sagte, „Falls du es noch nicht wusstest, ich habe einen Magen für normales Essen und einen zweiten für den Nachtisch. Und der ist noch komplett leer."

Alle am Tisch lachten und ließen der Braut die erste Wahl. Als beide Mägen voll waren, schwirrte ihr der Kopf von den lebhaften Gesprächen und sie konnte sich keinen besseren Ausklang für diesen Tag vorstellen.

Jakob und Otto konnten das aber sehr wohl. Sie hatten einige Häuserblocks entfernt eine neue Bar entdeckt, in der die leckersten ungarischen Weine serviert wurden. Der Spaziergang tat gut. Hilde mochte die Art, wie Q seinen Arm ebenso zärtlich wie besitzergreifend um ihre Schultern legte. Aber noch mehr gefiel ihr das Wissen, dass sie ab jetzt gemeinsam nach Hause gingen, wenn der Abend vorüber war.

Nach mehr als nur einem Glas des süßen, ungarischen Weines lehnte sich Q zu Leopold hinüber und erinnerte seinen Freund an den Abend, an dem er Hilde zum ersten Mal im Filmtheater gesehen hatte. „Ich habe dir doch gesagt, dass sie meine Frau wird."

Leopold nippte an seinem Wein. „Ja, das hast du. Und ich habe es nicht geglaubt."

„Du hast was?", fragte Hilde, aber bevor sie noch etwas hinzufügen konnte, holte Erika ein kleines Päckchen hervor und überreichte es dem Brautpaar.

Hilde entfernte die Verpackung und hielt ein Buch mit dem Titel *1000 Anagramme und Schüttelreime* in den Händen.

Nachdem sie sich bei Erika für das Geschenk bedankt hatte, nahm Q ihr das Buch aus der Hand und sagte mit ernster Stimme, „Dann wollen wir mal sehen, was wir hier finden." Er öffnete das Buch auf Seite 24 und rezitierte den ersten Vers:

Ich hoff', dass diese heile Welt
noch eine ganze Weile hält.

Hilde lehnte sich mit Tränen der Rührung in den Augen an Q. Die Welt draußen hatte schon vor einer ganzen Weile aufgehört, heil zu sein, aber in ihrer privaten kleinen Welt fügte sich gerade alles zusammen wie ein Puzzle. Mit einem bewundernden Blick auf den Ring an ihrem Finger dachte sie, *Ja. Es ist eine heile Welt mit Q und ich hoffe, dass sie ein Leben lang halten wird.*

Dann öffnete sie das Büchlein auf Seite 27, seinem Geburtstag, und zitierte:

Es klapperten die Klapperschlangen
Bis ihre Klappern schlapper klangen.

Alle lachten, während Q seine Braut in die Arme nahm und küsste. Hilde fühlte sich leicht beschwipst und wusste nicht, ob es an der überschwänglich fröhlichen Atmosphäre lag, am Wein oder an beidem.

Jakob nahm ihr jetzt das Buch aus der Hand und dann

wechselten sie sich ab, unter reichlich Gelächter weitere Verse vorzulesen.

Ist auch des Dichter Ware billig,
So nimmt er doch das Bare willig.

Die ungarischen Besitzer der Bar sowie einige ihrer Landsleute wurden neugierig auf die Gruppe ausgelassener Deutscher und gesellten sich mit mehr Wein und eigenen lustigen Reimen zu ihnen. Ein dunkelhaariger, bärtiger Geselle mit der Statur eines Bullen holte eine Gitarre hervor und fing an, flotte Melodien mit leidenschaftlichen Zigeunerklängen zu spielen.

Nachdem er sich das erste Lied angehört hatte, fragte Q, ob der Mann auch den ‚ungarischen Tanz Nr. 5' von Johannes Brahms für sie spielen könnte. Der Mann nickte. „Natürlich kann ich das."

Q bedachte Hilde mit einem spitzbübischen Grinsen.

„Was?", fragte sie.

„Ich glaube, das ist unser traditioneller Hochzeitswalzer."

Der Mann hatte bereits begonnen, die simple, packende Melodie zu spielen und Q bugsierte Hilde auf die improvisierte Tanzfläche neben der Bar. „Aber das ist doch kein Walzer …", protestierte sie schwach.

„Diese Hochzeit ist ja auch nicht traditionell", antwortete Q und zog sie in seine Arme. Er ließ ihr keine andere Möglichkeit, als sich an ihm fest zu klammern und seinen

Schritten zu folgen. Bald gesellten sich die anderen zu ihnen, tanzten, sangen und feierten.

Weit nach Mitternacht verabschiedete sich die Gruppe von ihren neu gewonnenen ungarischen Freunden und der Inhaber der Bar sagte, „Ich hätte nie gedacht, dass Deutsche so lustig sein können. Behaltet diese Freude in euren Herzen und eure Ehe wird immer gesegnet sein."

Wieder zu Hause – ihrem gemeinsamen Zuhause – schlüpften sie ins Bett, müde nach dem langen, aufregenden Tag. Q streichelte Hildes Haar. „Hattest du einen schönen Tag?"

Hilde nickte. „Den besten. Und du?"

„Spektakulär." Er verstummte für einen Moment und fragte dann, „Ist es arg schlimm für dich, dass wir nicht gleich auf Hochzeitsreise gehen können?"

Sie dachte einen Moment nach und schüttelte dann den Kopf. „Nein. Der Gedanke, im Frühling quer durch Europa zu reisen, gefällt mir deutlich besser als das im Winter zu tun."

„Gut. Oh, ich habe noch etwas vergessen." Q stand noch einmal auf und kam kurz darauf mit einer lederbezogenen Kiste in den Händen zurück. „Das hier ist gestern angekommen. Es ist von deinem Vater und Emma."

Hilde setzte sich im Bett auf und nahm die Kiste entgegen. Darin fand sie ein Silberbesteck, einfach und doch elegant. Sie ließ ihre Finger über das glatte Material gleiten, das sich unter der Berührung schnell erwärmte.

„Es ist nicht graviert", sagte er.

Sie schüttelte den Kopf. „Das würde ich auch nicht wollen. Mein Vater hat das gewusst. Es ist perfekt."

„Das bist du auch."

Hilde legte den Löffel zurück in die Kiste. „Ich liebe dich, Dr. Wilhelm Quedlin. Vielen Dank für diesen wundervollen Tag."

KAPITEL 3

Q und Hilde statteten seiner Mutter einen Besuch ab, um ihr von der Hochzeit zu berichten.

Ingrid begrüßte sie mit heißem Tee und selbstgebackenen Lebkuchen. Die ganze Wohnung roch nach Zimt, Ingwer und Nelken. Es war zwar erst Anfang Dezember, aber Qs Meinung nach konnte man nie zu früh anfangen, Weihnachtsplätzchen zu essen. Als er sich an den kleinen Küchentisch setzte, atmete er tief ein, während ihm das Wasser im Mund zusammenlief.

„Wann macht ihr eure Hochzeitsreise?", fragte seine Mutter.

Q schielte zu Hilde hinüber, die einen einfachen, mitternachtsblauen Rollkragenpullover und eine schwarze Hose trug. Es erschien ihm noch immer wie ein Wunder, dass sie nun endlich verheiratet waren. „Nicht vor dem Frühling. Wir wollen mindestens drei Monate lang durch Europa reisen."

„Drei Monate? Das ist aber eine lange Zeit. Wie hast du so viel Urlaub bekommen, Hilde?"

Q arbeitete freiberuflich für die biologische Reichsanstalt und hatte sowohl die Möglichkeit als auch die nötigen finanziellen Mittel, um sich eine ausgedehnte Zeit frei zu nehmen. Hilde hingegen war bei einer Versicherungsgesellschaft angestellt, wo sie Schadensfälle bearbeitete.

Hilde strahlte. „Ich habe unbezahlten Urlaub beantragt und die Firma hat zugestimmt."

Weil es in der Naziideologie nicht erwünscht ist, dass verheiratete Frauen arbeiten, dachte Q verbittert.

In diesem Fall kam ihnen die Naziideologie tatsächlich mal zugute, was ihn möglicherweise an der ganzen Sache am meisten ärgerte. Er hasste die Nazis inzwischen so abgrundtief, dass er Hildes Freistellung, im Gegensatz zu ihr selbst, nicht so richtig genießen konnte.

Seine Mutter, scharfsinnig wie immer, nahm seine Hand und musterte ihn. „Liebling, du solltest für diese Möglichkeit dankbar sein. Ich könnte mir vorstellen, dass es für euch beide eine Wohltat sein wird, Berlin mal für eine Weile zu verlassen."

Ein Schauer lief ihm über den Rücken und er fragte sich, wie viel seine Mutter von seinen subversiven Machenschaften wusste - oder zumindest ahnte.

„Ja, Mama, wir freuen uns schon, nicht wahr?", sagte Q und griff nach Hildes Hand.

Hilde hüpfte vor Freude auf ihrem Stuhl auf und ab. „Ich bin so aufgeregt! Wir haben eine große Tour geplant, angefangen in Spanien, von wo aus wir uns über Frankreich und die Schweiz bis nach Italien vorarbeiten werden. Wir werden all diese phantastischen Orte sehen wie die Alhambra, Madrid, Barcelona, Paris, die Pyrenäen, die Alpen und natürlich das Mittelmeer ..."

Ingrid lächelte angesichts Hildes Enthusiasmus. „Ihr hattet solche Schwierigkeiten mit der Heiratserlaubnis. Genießt eure Freiheit, solange ihr noch könnt. Bald wird es kleine Füßchen geben, die eure Aufmerksamkeit brauchen und solcherlei Reisen um einiges schwieriger machen."

Kinder? Ich? Bevor er Hilde getroffen hatte, waren ihm solche Gedanken fremd gewesen, aber jetzt stellte Q sich ein kleines Mädchen vor. Sie würde Hildes blaue Augen haben und die gleiche Begeisterungsfähigkeit. Kinderlachen. Babygeruch.

Bevor sie sich wieder auf den Weg machten, überreichte Ingrid jedem der beiden ein Hochzeitsgeschenk.

„Mama, das wäre doch nicht nötig gewesen", protestierte Q, aber seine Mutter wollte nichts davon hören.

„Mach es auf!"

Hilde wickelte ihr kleines Päckchen aus und fand darin einen wunderschönen Kettenanhänger aus rotem Jaspis an einer goldenen Kette. Ingrid half ihr, die Kette anzulegen und erklärte, „Das ist der Glücksstein für dein Sternzeichen. Gott weiß, dass wir alle ein wenig Glück brauchen in diesen schweren Zeiten."

Dann war Q an der Reihe, sein Geschenk auszupacken. Er bekam einen Brieföffner, der mit einem lila Amethyst verziert war. Er grinste, denn er fand es schrecklich, wie die meisten Leute ihre Briefe aufrissen. Es hinterließ ausgefranste Papierränder. „Vielen Dank, Mama. Der ist wunderschön. Und praktisch."

~

Eine Zeit lang ging alles seinen gewohnten Gang. Allerdings war es fast genauso mühselig, eine Auslandsreise vorzubereiten, wie eine Heiratsgenehmigung zu erhalten.

Wieder einmal sprachen sie bei verschiedenen Behörden und Botschaften vor, um Pässe, Visa und Reisegenehmigungen zu beantragen. Qs frühere Reisen in andere europäische Staaten – inklusive der letzten vor vier Jahren, als er den französischen Chemikern geholfen hatte – waren im Vergleich dazu ein Zuckerschlecken gewesen.

All diese kleinen Hindernisse zeigten Q, wie eng die Nazis bereits ihren Würgegriff um Deutschland und sein Volk gezogen hatten und in welcher Alarmbereitschaft sich die Nachbarländer befanden. Seine Mutter hatte Recht; sie sollten sich die Welt ansehen, solange sie noch konnten, aber die wahre Bedrohung für ihre Reisefreiheit war der drohende Krieg, nicht die Kinder.

Einige Zeit vor seiner Abreise nahm Q an einem der verschwörerischen Treffen mit Gleichgesinnten teil, die ebenfalls die Theorie des Kommunismus unterstützten. Man traf sich unter dem Deckmantel eines Literaturclubs und Q verließ sein Labor mit Friedrich Schillers *Die Räuber* in seiner Aktentasche.

Der Weg zur Technischen Hochschule zu Berlin war kurz und nachdem jeder eingetroffen war, verschlossen sie wie immer sorgfältig die Türen. Heute war *jeder* lediglich Q selbst, der alte Reinhard und Johanna, eine Blondine von etwa zwanzig Jahren.

Q fragte sie, „Wo sind die anderen alle?“

Reinhard schüttelte den Kopf, aber Johanna gab Auskunft. „Kurt und Wilfried wurden Anfang der Woche verhaftet.“

„Verhaftet? Weswegen?", fragte Q, während der Schock sich in seinem Körper ausbreitete.

„Sie haben die falschen Bücher gelesen", höhnte Johanna.

„Du machst Witze", sagte er, aber ein trauriges Kopfschütteln überzeugte ihn vom Gegenteil.

„Die Gestapo fand Bücher von Erich Maria Remarque und anderen verbotenen Autoren in ihrem Besitz und nahm die beiden daraufhin mit. Wir haben seit drei Tagen nichts von ihnen gehört."

Q schluckte schwer an dem Kloß in seinem Hals. Lebhafte Vorstellungen von blutigem Fleisch und dem ranzigen Geruch von Todesangst schwirrten in seinem Kopf. Er erschauerte. „Und der Rest …?"

Reinhard antwortete, „Es ist nicht mehr sicher, hierher zu kommen. Wir sollten die Treffen aussetzen."

Johanna nickte.

„Ihr könnt doch nicht einfach aufgeben. Nicht jetzt, wo wir am meisten gebraucht werden. Es geht nicht mehr nur darum, Russland zu helfen. Es geht darum, Deutschland aus den Klauen des Bösen zu reißen." Q fuhr sich mit der Hand durch die kurzen Locken und ging in dem kleinen Studierzimmer des Universitätsgebäudes auf und ab.

„Es sind nur noch wir drei übrig. Die anderen haben sich schon entschieden, den Treffen nicht mehr beizuwohnen." Reinhards Stimme war die eines Mannes, der das unsägliche Grauen des Weltkrieges gesehen hatte. Q wurde die Tragweite der Entscheidung bewusst, die sie gerade diskutierten.

„Ich bin fast achtzig", fuhr Reinhard fort, „und Johanna ist so ein junges Ding. Und du – du hast gerade geheiratet.

Keiner von uns ist aus dem Holz geschnitzt, aus dem man Helden macht."

„Du meinst es ernst...", flüsterte Q.

Johanna blickte zu Boden, unfähig Q in die Augen zu sehen. „Es tut mir leid. Es ist nur … ich will leben." Dann nahm sie ihre Ausgabe von *Die Räuber* und ging.

Q sah in die wissenden Augen Reinhards, der seinen Gehstock ergriff und ebenfalls aufbrechen wollte. Bevor er an der Tür war, drehte er sich noch einmal um, starrte Q an und sagte, „Ich tauge nicht mehr viel für unsere Sache, aber du, mein Sohn, du tust, was du tun musst."

Nachdem die Tür hinter dem alten Mann ins Schloss gefallen war, kniff Q die Augen zusammen, um die Tränen zurück zu halten. Er fühlte sich plötzlich verloren.

Der letzte Überlebende.

KAPITEL 4

Spät im April 1937 hatten Hilde und Q endlich ihre Reisevorbereitungen abgeschlossen und standen in den Startlöchern, als eine erneute Eskalation im spanischen Bürgerkrieg – das Bombardement von Guernica – sie dazu zwang, in letzter Minute ihre Pläne zu ändern.

Angesichts der bedrohlichen Lage befragte Q sogar seinen russischen Kontaktmann nach der Situation. Der Agent hatte genügend Hintergrundinformationen, um ihnen dringend von einem Besuch in Spanien oder Frankreich zu diesem Zeitpunkt abzuraten.

Also strichen sie Spanien und Frankreich aus ihren Reiseplänen.

Hilde sah aus dem Fenster, als der Zug in den Bahnhof des Skigebiets Breuil-Cervinia im Nordwesten Italiens einfuhr. Ihre Augen weiteten sich bei dem Anblick der majestätischen Berge, die sich rund um das Tal erhoben. Üppiges Grün in der Talsohle verwandelte sich in graue Steilhänge, die mit weißen Sahnehäubchen verziert waren.

Während der langen Stunden ihrer zweitägigen Reise hatte sie sich damit die Zeit vertrieben, aus dem Fenster zu schauen und die Dinge zu katalogisieren, die sie sah. Atemberaubende Landschaften mit rollenden Hügeln, dunklen Wäldern und kleinen Dörfern. Felder mit Narzissen und Mohn am Wegesrand, die den Frühling ankündigten. Malerische kleine Seen und Felder, die so perfekt aussahen, dass es schwer war, an ihre Existenz nur ein paar hundert Kilometer von Berlin entfernt zu glauben, wo Angst und Terror an jeder Straßenecke lauerten.

Weit weg von der Hauptstadt hatten nur die sporadischen Halte auf dem Weg ihre gelöste Stimmung überschattet, wenn Polizisten in den Zug stiegen, um die Papiere der Reisenden zu inspizieren.

Jedes Mal, wenn Q ihre Papiere aushändigte, hielt Hilde unbewusst den Atem an und entspannte sich erst wieder, wenn der Beamte sie zurückgab und das Abteil verließ.

Als sie die Schweizer Grenze passierten, fiel die Anspannung endgültig von Hilde ab. Aber jetzt, nachdem sie viele Stunden in dem Zug eingesperrt gewesen war, sehnte sie sich danach, endlich wieder frische Luft zu atmen.

Der Zug hielt.

„Wir sind da!“ rief Hilde und schnappte ihre Tasche, um eiligst aus dem Zug zu springen.

„Das sehe ich“, antwortete Q mit einem Lächeln. Er legte eine Hand auf ihre Schulter, um ihren Übermut zu bändigen und dann stiegen sie gemeinsam aus.

Q holte ihre Koffer vom Gepäckwaggon und bedeutete ihr, ihm zu folgen, während sie sich auf die Suche nach ihrem Hotel machten. Unten im Tal zeigten sich erste Frühlingsboten, aber trotz der blendend hellen Sonne war die Luft sehr frostig.

„Sieh nur, die Berge sind noch mit Schnee bedeckt“, sagte sie mit einem Blick auf die atemberaubende Szenerie um sie herum. „Sieht es nicht genau aus wie auf den Bildern, die wir gesehen haben?“

„Das ist doch gut, nicht wahr?“

Hilde lachte und hüpfte voraus. „Ich will Ski fahren.“

„Ski fahren wird bis morgen warten müssen. Es ist schon nach Mittag.“

„Oh“, sagte sie schmollend, aber dann hellte sich ihr Gesicht schon wieder auf. Sie war entschlossen, in allem nur das Gute zu sehen. „Das ist nicht schlimm, dann sind wir morgen umso besser ausgeruht.“

Sie kamen am Hotel an. Obwohl es kein imposanter Bau war, beeindruckte es sie doch mit seinen sandfarbenen, über die Jahrhunderte verwitterten Steinmauern und den Blumenkästen vor den Fenstern, die mit blühenden Geranien in Orange- und Rottönen bepflanzt waren.

„Ist das nicht hübsch?“, rief Hilde aus, als sie das urige Gebäude betraten und von dem Empfangschef nach oben in ihr Zimmer geführt wurden.

„Ich hoffe, das Zimmer ist zu Ihrer Zufriedenheit?“, fragte der junge Mann, während er die Tür öffnete, um sie hineinzulassen.

Q nickte. „Ich bin mir sicher, dass alles in Ordnung ist.“ Aber Hilde stürmte hinein und ließ sich auf das Doppelbett fallen, um ihre Glieder zu strecken. „Ich liebe diesen Ort.“

Ihr Gastgeber nickte und half Q, den Rest des Gepäcks nach oben zu tragen, bevor er sich verneigte und sie sich selbst überließ. Hilde stand wieder auf und schlenderte zum nächstgelegenen Fenster, schob die Vorhänge beiseite und schnappte nach Luft.

„Q, das musst du dir ansehen. Das Matterhorn ist gleich da drüben“, sagte sie und zeigte auf die große Bergspitze, die vom Fenster eingerahmt wurde. Während Breuil-Cervinia in Italien lag, gehörte der beeindruckende Gebirgszug im Nordosten zur Schweiz.

Er kam zu ihr ans Fenster, um das Panorama zu bewundern, und schenkte ihr ein Lächeln, bevor er fortfuhr, seine Sachen auszupacken.

Hilde ließ ihren Blick über das kleine Dorf zu Füßen des Hotels wandern. Ihre Aufregung und Abenteuerlust ließen sie wie ein Schulmädchen kichern.

„Was ist so lustig?“, fragte Q, der gerade ein paar Schuhe in den Kleiderschrank in einer Ecke des Raumes stellte. „Ich kann nicht glauben, dass wir endlich hier sind“, antwortete Hilde, breitete ihre Arme aus und drehte sich im Kreis.

Q grinste sie an, legte einen Arm um ihre Taille und tanzte mit ihr durch den Raum. „Glaube es nur.“

Sie nickte, schwindelig vor Freude und vom Drehen. Dies war das Paradies. Das Auspacken konnte warten – sie musste erst alles erkunden und ging zum anderen Fenster ihres Eckzimmers. Die Gebirgskette, die sich ihr hier zeigte, war nicht halb so majestätisch, aber Hilde hatte im Reiseführer gelesen, dass die höchsten Gipfel fast 3.300 Meter hoch aufragten und das ganze Jahr über mit Gletschereis bedeckt waren.

Große Spalten und heimtückische Hänge erwarteten diejenigen, die unvernünftig genug waren, außerhalb der gekennzeichneten Wege herumzuklettern, aber sie hatte keine Angst, sich auf den Berg zu wagen. Stattdessen verspürte sie ein Gefühl von Freiheit, das sie nicht mehr empfunden hatte, seit sie von Qs geheimen Spionageaktivitäten wußte.

In Berlin lebte sie mit der ständigen Angst vor einer Verhaftung. Jedes Mal, wenn sie SS oder Gestapo auf der Straße sah, spürte sie, wie ihr ein Schauer über den Rücken lief. Jedes Mal fürchtete sie, folgende Worte zu hören, „Halt. Sie sind ein Verräter wider den Führer und das Vaterland."

Mehr als einmal war ihr schon die Luft weggeblieben, bis sie vorbei gegangen waren, nur um danach mit hochrotem Gesicht wieder Atem zu holen. *Sehr unauffällig.* Diese Momente waren inzwischen an der Tagesordnung und erst jetzt wurde ihr bewusst, wie angespannt ihr Leben geworden war.

Sie hatte Qs Schritte nicht gehört und erschrak, als er seine Hand auf ihre Schulter legte. „Liebling, du kannst die Aussicht in den nächsten Tagen so viel genießen wie du willst, aber jetzt bin ich am verhungern. Warum packst du nicht aus und dann machen wir uns auf die Suche nach etwas zum Abendessen? Unser Gastgeber hat uns ein kleines italienisches Restaurant im Dorf empfohlen, wo es hervorragende Pasta geben soll."

Hat er? Wann? Hilde drehte sich in Qs Armen und küsste ihn. „Hmm. Pasta klingt herrlich. Ich habe auch Hunger." Sie beeilte sich, ihren Koffer zu leeren. Sie stellte ihre Schuhe neben Qs, hing ihre Kleider, Röcke, Blusen und Hosen auf und verstaute ihre Unterwäsche in der obersten Schublade der Kommode mit dem großen ovalen Spiegel.

„Fertig", sagte sie einige Minuten später.

Q nickte anerkennend und schob beide Koffer unter das Bett. „Die werden wir eine Weile nicht brauchen." Er ging zur Tür, nahm sich Hut und Mantel und schlug ihr vor, dasselbe zu tun. „Es wird kalt, sobald die Sonne untergeht."

Hilde hatte ihren Mantel bereits angezogen und fügte jetzt noch einen Hut und ein Paar Handschuhe hinzu. „Mir gefällt es jetzt schon hier."

Q führte sie die Treppe hinunter und machte an der Rezeption Halt, um nach dem Weg zum Restaurant zu fragen. Zehn Minuten später betraten sie das kleine Etablissement. Die überschwängliche Begrüßung zauberte ein Lächeln auf ihre Gesichter.

Ein wohlgenährter Mann führte sie an einen Tisch für zwei. *„Benvenuti, Signori!"*

Q half Hilde aus ihrem Mantel und reichte ihn dem Mann. Die Speisekarte war allerdings eine Überraschung. Sie war ausschließlich auf italienisch, so dass sie Schwierigkeiten hatten, ihr Essen auszuwählen. Anstatt die Bedeutung von Worten wie *salsiccia, pisello* oder *melanzana* herauszufinden, entschieden sie sich, die Wahl dem Ober zu überlassen. Als er zurückkam, bat Q ihn, zwei ausgehungerte Reisende mit dem besten Essen zu überraschen, das er zu bieten hatte.

Hilde lachte, als der korpulente Mann in die Hände klatschte und sich mit Feuereifer ans Werk machte. „Er scheint über unsere Wahl sehr erfreut zu sein."

Noch bevor Q antworten konnte, kehrte der Ober mit einer offenen Flasche Rotwein zurück. Er schenkte beiden ein Glas ein und sagte in gebrochenem Deutsch, „Wein von das Haus."

Hilde bewunderte die tiefrote Farbe der Flüssigkeit und hob das Glas an die Nase. Ein volles, blumiges und süßes Bouquet erfüllte ihre Sinne und sie nickte anerkennend. Als sie einen Schluck nahm, entfaltete sich der volle, würzige Geschmack auf ihrer Zunge und hinterließ eine leicht nussige Note im Abgang.

„Hervorragender Wein", murmelte sie und nahm einen weiteren Schluck.

„Auf jeden Fall", erwiderte Q. „Ich vermute, es gibt Gründe, warum der italienische Wein so berühmt ist."

Das *primo piatto,* der erste Gang, wurde serviert und Hilde starrte auf die Köstlichkeiten. Nudeln mit würziger Tomatensoße, Fleischbällchen, die vor Aroma fast platzten, und Scheiben von hausgebackenem Brot, von denen die geschmolzene Butter tropfte.

Hilde war schon fast satt, als der Ober mit dem *secondo piatto,* dem Hauptgang erschien. Dieser bestand aus zartestem Fleisch und knackigem, gedünstetem Gemüse. Und just als sie dachte, sie würde platzen, kam der Ober mit noch mehr Essen: Eiscreme und Käse.

Nachdem sie ihr Mahl beendet hatten, rutschte sie zu Q auf die Bank und lehnte sich an ihn, nippte an ihrem Wein und hörte zu, wie die Einheimischen feierten … was, das wusste sie nicht, aber es war offensichtlich, dass irgendeine Feier im Gange war. Trinksprüche wurde gehalten. Lieder gesungen. Pärchen lachten zusammen und je weiter der Abend voranschritt, desto beschenkter fühlte sie sich, dass sie diese Momente mit Q teilen konnte.

Es war der glücklichste Tag seit ihrem, „Ja, ich will" vor dem Standesbeamten vor einigen Monaten. Endlich musste sie einmal nicht über die Schulter sehen und vorsichtig sein, was sie sagte. Sie war unendlich glücklich in diesem Moment und als ihre Blicke Qs trafen und er ihren Arm streichelte, sah sie ihre Gefühle in seinen Augen gespiegelt. Pures Glück.

KAPITEL 5

Am nächsten Morgen erwachte Q davon, dass ihn die Sonne im Gesicht kitzelte. Einen Moment lang wusste er nicht, wo er war. Er hatte friedlich geschlafen, so gut wie schon lange nicht mehr. *Italien.* Er blinzelte ins Sonnenlicht und rollte dann auf die Seite, um Hilde wach zu küssen. Ihre zarten Schultern rochen nach Wein und Rosen. Er sog ihren einzigartigen Duft tief ein in Erinnerung an den gestrigen Abend. „Guten Morgen, Dornröschen, bereit zum Ski fahren?"

Ihre Augenlider flatterten, dann erstrahlte ein Lächeln auf ihrem Gesicht und sie nickte. „Ja."

„Gut. Dann ziehen wir uns an und frühstücken unten, bevor wir uns ins Abenteuer stürzen."

Q küsste sie, und dann beeilten sich beide mit ihrer Morgentoilette. Für die Exkursion auf den Berg zogen sie sich warm an, voller Vorfreude auf den Tag, der vor ihnen lag.

Sie nahmen im Frühstücksraum des Hotels Platz und

während sie aßen, fragte Q den Empfangschef nach dem Weg. Als erstes suchten sie einen kleinen Laden auf, um sich Skiausrüstung auszuleihen. Trotz der Sprachbarriere bekamen sie alles, was sie brauchten und bald schon saßen sie in einer Gondel auf dem Weg zum Gipfel, von wo aus sie auf Skiern zurück ins Dorf fahren wollten.

Vom Tal aus gesehen erschien der Plan hervorragend und weder Q noch Hilde verschwendeten einen Gedanken daran, wie schwierig die Piste von ganz oben sein mochte.

Die Fahrt mit der Gondel den Berg hinauf war magisch und Q beobachtete amüsiert, wie Hilde versuchte, alles gleichzeitig anzusehen. Ihre Blicke wurden immer wieder von den massiven Bergen angezogen, die in der Ferne aufragten.

„Es ist so wunderschön", wiederholte sie ständig. Wenn sie schon auf der Zugfahrt von der Natur begeistert gewesen war, so war sie jetzt vollkommen verzaubert von dem majestätischen Bergpanorama. Weit entfernt erhob sich das Matterhorn über alle anderen Gipfel, aber die niedrigeren Berge auf der italienischen Seite waren aufgrund ihrer Nähe nicht minder beeindruckend.

Q schloss für einen Moment die Augen und spürte, wie der ständige Stress des Alltags langsam von ihm abfiel. Er wusste, wenn sie nach Berlin zurückkehrten, würde er schneller wiederkommen, als ihnen lieb war. Aber im Laufe der nächsten Wochen und Monate wollte er nicht über Bedrohung und Gefahr nachdenken.

Inzwischen hatte die Gondel den Gipfel erreicht und verlangsamte sich zu einem Schneckentempo. Ein Angestellter, warm eingepackt in Mütze, Mantel und Handschuhe, half ihnen beim Aussteigen mit ihrer Skiausrüstung.

Q zitterte, während sie sich auf den Weg zur Piste machten. Neben der Gondelstation war es relativ eben, und er und Hilde nahmen sich Zeit beim Anlegen der Skier, um sicherzustellen, dass alles ordnungsgemäß verschnürt war.

Er setzte seine Kappe auf und fragte „Fertig?", als sie es ihm gleichtat. Auf einem Schild waren mehrere Routen eingezeichnet, die sie wählen konnten. Da er aber nicht richtig verstand, was die Symbole und Farben bedeuteten, beschloss er, diese zu ignorieren und folgte der Route, die die meisten anderen Skifahrer einschlugen.

Hilde nickte und er fuhr los, glitt die leichte Steigung der Piste herunter mit einem Gefühl von Erleichterung und Freiheit. Doch sein Lächeln verwandelte sich schnell in Sorge und dann in eine böse Vorahnung, als er sah, wie die Piste sich verengte und steiler wurde. *Was stand auf dem Schild? Ich hätte jemanden fragen sollen.*

Er blieb auf den Beinen, wedelte in schnellen Wechseln über den Steilhang und sah alle paar Sekunden über die Schulter um sicherzugehen, dass es Hilde ebenfalls gelang. Er hatte noch nicht einmal ein Drittel des Weges zurückgelegt, als ihr Schmerzensschrei zu ihm drang.

Q stellte seine Skier quer in den Schnee und stoppte, während er sich mit den Stöcken ausbalancierte. Er sah Hilde im Schnee liegen, ihre Beine verknotet, ein Ski einige Meter von ihr entfernt.

„Liebling, bist du verletzt?", rief er zu ihr hinauf. Er schluckte die aufsteigende Panik herunter, löste seine Skier und stieg zu ihr hinauf.

„Ich bin gestürzt", jammerte sie.

„Das sehe ich. Bist du verletzt?"

Hilde versuchte aufzustehen. „Mein Knie … es tut weh."

Q hockte sich neben sie, zog ihr den anderen Ski aus und half ihr, sich aufzusetzen. Dann untersuchte er vorsichtig ihr Knie. Er bemerkte, wie sie vor Unbehagen eine Grimasse schnitt. Mit einem Kopfschütteln sagte er, „Unter diesen Umständen kannst du nicht Ski fahren. Wir werden wieder nach oben zur Gondel gehen und ins Tal fahren."

„Nein!", sagte sie und schüttelte energisch den Kopf. „Ich bin doch nicht den ganzen Weg hierher gekommen, um mit der Gondel zu fahren. Ich will mit den Skiern ins Tal fahren."

„Ich glaube nicht, dass du schlimmere Verletzungen am Knie riskieren solltest ..." Q seufzte. Auf ihrem Gesicht lag dieser sture Ausdruck, den er inzwischen so gut kannte. Sie hatte einen Entschluss gefasst und nichts auf der Welt würde sie davon abbringen.

„Ich werde langsam machen und vorsichtig sein. Ich schaffe das." Sie schenkte ihm ein schwaches Lächeln und versuchte, sich nichts anmerken zu lassen. Alles, was er tun konnte, war zu nicken.

„Bist du sicher? Dieser Hang ist viel steiler als er am Anfang aussah. Was ist, wenn es noch schwieriger wird?"

„Dann werde ich es genießen", antwortete sie und zog sich mit Hilfe der Skistöcke wieder auf die Füße. „Würdest du mir bitte meinen anderen Ski bringen?"

Wider besseren Wissens holte Q ihren anderen Ski und hielt sie am Arm, während er den Ski an ihrem Fuß befestigte. „Bist du dir ganz sicher, dass du nicht zur Gondel zurückgehen willst?" Er versuchte ein letztes Mal, sie zu überzeugen. Von hier oben war das Dorf sehr weit entfernt.

„Ich bin mir sicher." Sie belastete vorsichtig das verletzte

Knie und Q musste lobend anerkennen, dass sie noch nicht einmal das Gesicht verzog.

„Siehst du? Es geht mir gut. Wie wäre es, wenn ich vorfahre, da ich vermutlich langsamer bin als du?"

Q nickte und ging zu seinen eigenen Skiern zurück. Er zog sie an und folgte dann Hilde, ohne sie auch nur einen Moment aus den Augen zu lassen, während sie ihr bestes tat, nicht wieder hinzufallen. Sie kamen am Fuße des ersten Hanges an und Q holte sie ein. „Wie geht es dir?"

Hilde versuchte zu lächeln, aber bis zu ihren Augen gelangte es nicht. „Das ist doch schwieriger, als ich in Erinnerung hatte."

„Ich könnte versuchen ..."

Sie spitzte die Lippen. „Nein, lass uns weiter fahren."

Q sah zu, wie sie wieder losfuhr. Hätte er sich nicht so furchtbare Sorgen um sie gemacht, wäre er richtig stolz auf sie gewesen. Hilde kämpfte sich den Hang hinunter, unnachgiebig in ihrem Willen, es zu schaffen. Aber sie stürzte wiederholt, und als sie den nächsten Haltepunkt erreicht hatten, atmete sie schwer und hatte Mühe, wieder auf die Füße zu kommen.

Die Sonne hatte inzwischen den Zenit erreicht und brannte gnadenlos auf sie herab. Q spürte die Kraft der Strahlen auf seiner blassen Winterhaut. Wenigstens war es warm. Als er ein flaches Stück entdeckte, überredete er Hilde, sich einen Moment zu setzen und auszuruhen. Sie aßen und tranken von ihren mageren Vorräten und während der Gebirgszug noch immer ruhig und friedlich dalag, hatte Q jetzt einen überwältigenden Respekt vor der Naturgewalt, die sich darin verbarg. Von den flachen Ebenen Norddeutschlands kommend, hatten sie die

Gefahren der Bergregion gründlich unterschätzt. Im Moment sorgte er sich um die gnadenlosen Sonnenstrahlen, aber das würde sich bald ändern.

„Hilde, Liebling ..."

„Q, schau doch nicht so besorgt", sagte sie. Nach der Pause sah sie erholt aus. Er fuhr mit dem Finger über ihre geröteten Wangen und sie zuckte bei der Berührung zusammen.

„Du bekommst einen Sonnenbrand."

Hilde lachte reumütig. „Das ist erstaunlich, denn ich friere. Meine Füße sind so kalt, ich spüre meine Zehen kaum noch."

„Wir müssen in Bewegung bleiben, Hilde. Schaffst du das?"

Ja, sie schaffte es. Sie musste – denn es gab keinen anderen Weg. Hilde verfluchte ihre eigene Dummheit und murmelte vor sich hin, „Ich hätte auf ihn hören sollen. Das hier ist viel zu schwer für eine Anfängerin wie mich."

Wieder fiel sie in den harschen, weißen Schnee. Jedes Mal wurde es schwieriger wieder aufzustehen und inzwischen schrie nicht nur ihr Knie vor Schmerzen, sondern ihr ganzer Körper wollte, dass sie aufhörte, sich zu bewegen.

Eben noch hatte die Sonne ihr zartes Gesicht verbrannt, aber jetzt, da sie in den Schatten der über ihnen aufragenden Gipfel fuhren, klapperten ihre Zähne vor Kälte. Eine kalte Brise wehte und ihre eingefrorenen Finger konnten die Skistöcke kaum noch halten.

Der beißend kalte Wind fegte durch ihren Wollpullover

und die Schichten darunter. Durch die vielen Stürze war Hildes Kleidung inzwischen mit Schnee verkrustet und durchgeweicht. Die eisige Feuchtigkeit kroch durch die verschiedenen Lagen und mit jeder Bewegung klebte nasse Baumwolle an ihrem Körper, wodurch sie noch weiter auskühlte.

Ich bin ein Idiot. Ich wollte beweisen, dass ich es schaffe, aber warum eigentlich?

Q feuerte sie an und ermutigte sie nach jedem Sturz, wieder aufzustehen, aber er konnte sie nicht täuschen. Seine Augen zeigten, dass er über alle Maßen besorgt war.

„Es tut mir leid. Ich hätte auf dich hören sollen", sagte sie beim nächsten Mal, als er ihr aufhalf.

„Keine Sorge, mein Schatz, wir schaffen es", sagte Q, als sie den nächsten Hügel überwanden. Er zeigte auf das Dorf, das jetzt direkt vor ihnen lag. Nur ein breiter, flacher Hügel trennte sie noch davon. Von dort aus war es nur ein kurzer Weg von ein paar Minuten zurück zu ihrem Hotel, aber Hilde war so erschöpft, dass sie sich kaum auf den Füßen halten konnte, geschweige denn ihre Skier tragen.

Er bemerkte es noch bevor sie ein Wort sagen konnte und trug beide Paar Ski. Mit seinem freien Arm stützte er sie, während sie neben ihm entlang humpelte. Q setzte die Skier draußen vor der Lobby ab und hob Hilde in seine Arme. Sie ließ sich mit geschlossenen Augen von ihm die Treppen hinauf ins Zimmer tragen.

Was als wunderbar aufregender Tag angefangen hatte, war schnell in einen Ski-Albtraum umgeschlagen. Sie brach auf dem Bett zusammen und sank auf den Rand der Matratze, vor Erleichterung den Tränen nah. Ihr Körper forderte Schlaf.

„Hilde! Wach auf!"

Warum lässt er mich nicht schlafen? „Ich bin so müde."

Qs Stimme drang durch den Nebel ihrer Erschöpfung, aber sie konnte kaum begreifen, was er wollte. „Du musst die nassen Sachen ausziehen und dann werde ich mir dein Knie ansehen."

Was auch immer er wollte, ihr war es egal. Wie eine Marionette ließ sie sich von einer Seite auf die andere rollen, hob die Arme und Beine an, wenn er sie dazu aufforderte, alles mit dem einen Ziel: dass er weg ging und sie schlafen ließ.

„Hildelein, Liebling, du zitterst."

Seltsam. Ihr war nicht kalt. Tatsächlich *fühlte* sie gar nichts. Nicht einmal die Laken unter ihr oder seine Hände auf ihrem Körper, während er ihr das Nachthemd überstreifte.

„Und jetzt ab ins Bett mit dir", drängte Q, schüttelte die Kissen in ihrem Rücken auf und zog die Bettdecke über ihre Schultern. „Ich werde sehen, ob ich etwas heißen Tee für dich organisieren kann. Bleib im Bett und wärme dich auf."

„Q?", rief sie hinter ihm her, als er schon fast an der Tür war.

„Ja?", wandte er sich mit einem fragenden Blick um.

„Ich bin müde."

„Ich weiß, Liebling. Schlaf. Ich bin gleich zurück." Ihre Augenlider mussten zugeklappt sein, als sie ihrer Erschöpfung nachgab, denn sie sah nicht mehr, wie er den Raum verließ und merkte auch nicht, dass er mit einem Tablett mit heißem Wasser, Tassen, Zucker, Milch und Teebeuteln zurückkam. Er weckte sie, hielt ihr eine Tasse dampfenden

Tee an die Lippen und zwang sie, in vorsichtigen Schlückchen zu trinken.

Das heiße Getränk rann ihre Kehle herunter und einen kurzen Moment lang wurde alles noch schlimmer. Die Starre in ihren Gliedern wurde ihr plötzlich schmerzhaft bewusst und das Kribbeln in ihren Händen und Füßen, die langsam wieder auftauten, war quälend. Ihre Hände zitterten so heftig, dass Q ihr die Tasse wegnahm und sie lieber selbst hielt, um ihr weiter schlückchenweise Wärme einzuflößen.

Köstliche Wärme.

Mit der Wärme kehrte auch das Leben in ihre Gliedmaßen und in ihr Gehirn zurück. „Es tut mir leid, dass ich den ersten Tag unserer Hochzeitsreise ruiniert habe."

„Sei nicht traurig, mein Liebling. Ich bin nur froh, dass wir zurück im Hotel sind. Ich habe einen Arzt für dich gerufen."

„Ich brauche keinen Arzt. Ich muss mich nur ausruhen ..." Aber der besorgte Ausdruck in seinen hellblauen Augen ließ sie mitten im Satz abbrechen. Wenn es für Q wichtig war, dass sie einem Arzt vorgestellt wurde, damit er sich keine Sorgen mehr machte, dann sollte er seinen Willen haben.

„Ich möchte, dass sich ein Arzt dein Knie und den Sonnenbrand ansieht. Nur zur Sicherheit", sagte er und strich über ihr Haar. „Du zitterst noch immer."

„Ich weiß nicht, ob ich je wieder warm werde", murmelte sie und sank zurück in die Kissen.

„Trink noch etwas Tee, dann schaue ich mal, ob ich noch eine Decke für dich finde."

Hilde trank brav das heiße Getränk, das er an ihre

Lippen hielt und das mit jedem Schluck mehr Gefühl in ihren Körper zurückbrachte. Als er gehen wollte, um noch eine Decke zu holen, fand sie die Kraft, nach seinem Arm zu greifen. „Geh nicht wieder weg."

„Dir ist immer noch kalt."

„Kuschel dich an mich. Das würde mich aufwärmen." Hilde versuchte ein kleines Lächeln und er gab nach, streifte seine Schuhe ab und kletterte auf der anderen Seite ins Bett, um sie in seine Arme zu schließen und die Bettdecke wie einen Kokon um ihren Körper zu wickeln.

Hilde dämmerte mit dem wohligen Gedanken weg, dass der Mann, den sie liebte, auf sie aufpasste. Ein forsches Klopfen an der Tür kündigte die Ankunft des Arztes an und Q stand auf, um ihn hereinzubitten. Während der Arzt Hildes verletztes Knie untersuchte, tigerte Q am Fußende des Bettes auf und ab.

„*Signora* Quedlin, es scheint, Sie haben eine Sehnenzerrung und die Muskeln von ihrem Knie zur Wade sowie auf ihrem Fuß überdehnt. Wie, sagten Sie, ist die Verletzung entstanden?"

„Nun, ich bin gefallen als wir versuchten, auf Skiern vom Gipfel herunter zu fahren ..."

„Was? Sind Sie erfahrene Skifahrer?", fragte der Arzt und sah zwischen Q und Hilde hin und her.

Sie schüttelte den Kopf. „Ich bin schon ein paar mal ..."

Der Arzt murmelte etwas auf italienisch, das sich nach einem Schimpfwort anhörte. Wütend sagte er, „Ihr Touristen seid so unverantwortlich. Diese Berge sind nichts für Anfänger. Haben Sie die Warnschilder am Gipfel nicht gesehen?"

Q nickte. „Doch, das habe ich. Aber ich muss zugeben,

dass ich den Sinn der Farben und Symbole nicht verstanden habe."

„Sie haben Glück, dass keiner von Ihnen ernsthaft verletzt wurde. Das nächste Mal halten Sie sich an die blauen Pisten nahe am Dorf."

„Das werden wir", antwortete Q und spürte einen Stich bei der Schelte.

„Gut", gab der Arzt zurück, scheinbar besänftigt von Qs Antwort. „Ihre Frau wird das Knie einige Tage ruhig halten müssen, bevor sie sich wieder auf Skier wagen kann." Er packte seine Utensilien zusammen und Q begleitete ihn zur Tür.

Hildes Augenlider schlossen sich und sie war schon halb eingeschlafen, als sie Qs Stimme hörte, „Bist du hungrig?"

„Nein. Nur müde."

„Dann schlaf." Ein Kuss auf die Nase war das letzte, was sie spürte, bevor sie in das Land der Träume hinüberglitt.

Beim Erwachen am nächsten Morgen versuchte sie, sich im Bett herumzudrehen, nur um bei dem stechenden Schmerz aufzustöhnen, der von ihrem Knöchel bis zum Knie hinaufschoss. „Aua!"

„Hilde?" Qs Stimme kam vom anderen Ende des Zimmers. Er war schon auf und vollständig angezogen.

„Mein Knie tut weh." Sie setzte sich vorsichtig auf und starrte auf das geschwollene Gelenk. Es war locker doppelt so groß wie das andere Knie und die Haut leuchtete in allen Regenbogenfarben von einem leichten gelb, über grün und blau bis hin zu fast schwarzen Flecken auf den Knochen.

„Du bist ein Kunstwerk“, bemerkte Q, als er ihrem Blick folgte. „Die Rottöne sind hier oben.“ Er deutete auf ihr sonnenverbranntes Gesicht. „Ich hole etwas Salbe.“

Die kühle Flüssigkeit, die er auf ihr Gesicht auftrug, dämpfte das Ziehen auf ihren Wangenknochen und sie seufzte, „Viel besser.“

„Ja, wir haben gestern beide etwas zu viel Sonne abbekommen. Ich habe schon Sonnencreme gekauft.“

Hilde sah Qs leuchtend rotes Gesicht an und griff nach der Salbe, um seine stoppeligen Wangen ebenfalls einzureiben.

Ihr Magen knurrte laut und sie fragte, „Könntest du mir helfen, mich anzuziehen?“

„Warum?“

Sie presste ihre Hand auf den brummelnden Bauch. „Ich habe Hunger. Wir sollten etwas frühstücken.“

Q grinste. „Also, Frühstück klingt wundervoll. Schaffst du die Treppen oder soll ich dich über die Schulter werfen wie einen Mehlsack?“

Hilde schlug ihn auf die Schulter. „Wag es ja nicht!“

Er grinste noch breiter, half ihr beim Anziehen und dann die Treppe hinunter in den Frühstücksraum.

Sie verbrachten einen gemütlichen Tag im Gespräch mit anderen Reisenden und bekamen ein Gefühl für die Annehmlichkeiten des kleinen Ortes. Sie sogen die wilde und zerklüftete, aber dennoch friedliche Atmosphäre der Alpen in sich auf. Hier ähnelte nichts dem angsterfüllten Leben in Berlin und Hilde konnte sich nicht erinnern, jemals etwas so genossen zu haben, trotz der Einschränkungen durch ihre Verletzung.

Die Bedrohung in Breuil-Cervinia kam nicht von

Menschen, sondern von der Natur, wie zum Beispiel den häufigen Lawinen. Ein ohrenbetäubendes Tosen zerriss die Stille im Dorf, wenn auf der anderen Seite des Tals eine Lawine die Steilwände herunter krachte und das Echo mehrfach zwischen den Bergwänden hin und her geworfen wurde.

Aber im Gegensatz zu der versteckten, jedoch allgegenwärtigen Gefahr in ihrer Heimatstadt war es deutlich einfacher, den Naturgewalten aus dem Weg zu gehen.

Eine Woche später unternahmen sie einen erneuten Versuch, Ski zu fahren, diesmal mit deutlich größerem Erfolg. Sie hielten sich an die blauen Anfängerpisten, und nach ein oder zwei Tagen waren sie beide richtig gut geworden.

Ihre Hochzeitsreise in Italien erwies sich als perfekt. Keine Probleme. Keine Sorgen. Kein Aufpassen, was man sagte und mit wem man redete. Freiheit. Etwas, das keiner von beiden - besonders Q – in den letzten Jahren erlebt hatte.

KAPITEL 6

Mit dem Juni kam auch die Zeit ihrer Abreise aus den Alpen. Sie stiegen in den Zug Richtung Sizilien.

Als sie endlich in Neapel ankamen, stieg die Sonne gerade über den Horizont und obwohl sie nur wenige Stunden geschlafen hatten, waren sie mehr als bereit, wieder Touristen zu spielen.

Hilde verschwand hinter dem faltbaren Sichtschutz, um sich eins der Sommerkleider anzuziehen, die sie für die Reise gekauft hatte. Als sie nicht wieder auftauchte, fragte Q nervös, „Bist du bereit, die Stadt zu erkunden?"

„Fast", antwortete sie, während Q die Sachen zusammenpackte. Der Zug wurde bereits langsamer und fuhr gemächlich durch die Vororte der Stadt, vorbei an historischen Ruinen aus längst vergangenen Zeiten.

Als Hilde hinter dem Sichtschutz hervortrat, ließ er beinahe fallen, was er gerade in der Hand hielt. Er pfiff leise und bewundernd, während er sie von oben bis unten begutachtete. Sie sah umwerfend aus in ihrem sommerlichen Kleid mit weit schwingendem Rock, das unterhalb der Brust gerafft war und Puffärmel hatte. Die kräftigen Farben standen ihr gut und betonten das Leuchten ihrer blauen Augen.

Er ließ seine Finger über den gemusterten Stoff des Kleides gleiten, das für einen warmen Sommertag bestens geeignet war. „Hilde, du siehst hinreißend aus. Mit Abstand die schönste Frau in ganz Italien. Nein, in ganz Europa."

Hilde errötete kichernd. „Danke."

„Ich werde die Männer mit einem Knüppel von dir wegprügeln müssen", murmelte Q, während sie aus dem Zug ausstiegen. Sie würden einige Tage in der Hafenstadt bleiben, ehe sie mit der Fähre nach Palermo auf der Insel Sizilien übersetzten.

Neapel war eine Mischung aus verschiedenen Epochen, die teilweise mehrere Jahrtausende zurückreichten mit Burgen, Kirchen und anderen Zeugnissen des großartigen römischen Reiches. In der Ferne erhob sich die imposante Silhouette des Vesuv wie ein stummer Wächter.

„Kannst du es sehen?", fragte Hilde, während sie die Innenstadt erkundeten.

„Was sehen?", fragte er und ließ seinen Blick umher schweifen.

„Wie es gewesen sein muss, zu Römerzeiten hier zu leben? Ich kann die Streitwagen durch die Straßen rumpeln hören." Sie atmete tief ein.

Q grinste und machte es ihr nach. Der kräftige Duft von Orangen und Jasmin lag in der Luft. „Ich kann gammeligen Fisch, menschliche Exkremente und die Überreste der Pestopfer riechen."

„Du bist so … so … unromantisch“, beschwerte sie sich.

„Das stimmt. Tut mir leid“, antwortete er und nahm sie in die Arme.

„Wäre es nicht toll, wenn man das Leben in früheren Zeiten tatsächlich *erleben* könnte?“, fragte Hilde.

Q dachte einen Moment lang nach und runzelte dann die Stirn. „Ich sollte eine Zeitmaschine erfinden, damit du in die Vergangenheit reisen und eine römische Dame werden kannst.“ Er lachte bei dem Hoffnungsschimmer in ihren Augen und stupste ihre Nase. „Ich bin mir nicht sicher, ob das überhaupt möglich ist, also lass deiner blühenden Fantasie freien Lauf.“

Hilde kicherte. „Meine Fantasie wird bestens funktionieren. Außerdem bin ich mir nicht sicher, ob dir eine Tunika stehen würde.“

Er zog eine Augenbraue hoch und schüttelte dann den Kopf. „Ich weiß genau, dass ich so etwas nie anziehen würde. Meine Knie sind knubbelig.“

Sie kicherte erneut, glücklich und unbesorgt. Während sie weiter in die Stadt hinein wanderten, war Hilde allerdings schockiert von den Zuständen, die sie und Q vorfanden. Das Ausmaß der Armut war entsetzlich. Kinder wie Erwachsene, die in schmutzige Lumpen gehüllt waren. Armselige Hütten, deren einziges Zimmer der ganzen Familie als Wohnraum, Küche und Schlafzimmer diente. Die meisten Hütten hatten nicht einmal Türen, sondern lediglich Lumpen oder Tücher, die den Türrahmen teilweise verdeckten.

„Q, wie können diese Leute so leben?“, fragte sie flüsternd, so dass nur er es hören konnte.

Er schüttelte den Kopf. „Ich weiß es wirklich nicht. Die

Dinge stehen nicht gut in Deutschland, aber so schlimm wie hier ist es nicht. Ich hätte nie gedacht, dass ich das mal sagen würde, aber die Lebensbedingungen in Deutschland sind deutlich besser als hier."

Es war so, aber dann bemerkte er etwas anderes. Obwohl die Menschen in Neapel schrecklich arm waren, lag auf den meisten Gesichtern dennoch ein freundliches Lächeln. Er machte Hilde darauf aufmerksam. „Sieh dir ihre Gesichter an."

Hilde tat es und zog gedankenverloren die Nase kraus. „Sie sind glücklich. Viel glücklicher als die Menschen in Berlin."

Einige Tage später nahmen sie die Fähre nach Palermo, das genauso laut, dreckig und arm war wie Neapel. Sie stiegen schnell in den nächsten Zug ein und fuhren an der Küste entlang, bis sie in einem entzückenden, am Meer gelegenen Dorf ausstiegen, um eine Bleibe zu suchen.

Es war schon früher Abend, als sie das perfekte kleine Hotel entdeckten, heiße Bäder mit kochendem Wasser aus einem nahegelegenen, inaktiven Vulkan inklusive. Sie waren beide müde und hungrig. Q gab dem Mann an der Rezeption ein Trinkgeld, damit er ihnen mit dem Gepäck half. Dann ließ er ein leichtes Mahl aus dem neben dem Hotel gelegenen kleinen Restaurant auf ihr Zimmer liefern. Der Wirt war überglücklich, ein paar Lire extra für seine Mühe zu verdienen.

Hilde benutzte den Waschraum, um den Dreck von ihren Füßen zu schrubben und sich dann ihre Arme, den

Nacken und das Gesicht zu waschen. Sie trocknete sich gerad ab, als Q mit der gleichen Idee den engen Raum betrat.

„Ich kann nicht glauben, wie überfüllt und dreckig Palermo war“, sagte sie.

„Ja, es war sogar noch schlimmer als Neapel, aber dieses Dorf hier ist nett und sauber“, antwortete er und wusch sich die Hände und Arme. Nachdem er sich noch Wasser ins Gesicht gespritzt hatte, erschien der Mann vom Restaurant und brachte ihnen das bestellte Abendessen. Sie aßen schweigend und ließen in Gedanken die Erlebnisse der letzten Tage Revue passieren.

Später schaute Hilde aus dem Fenster aufs Meer. Q setzte sich daneben und zog sie in seine Arme zog. „Habe ich dir heute schon gesagt, wie sehr ich dich liebe?“ Er küsste sie auf die Haare, genau über ihrem Ohr.

Hilde wandte sich ihm zu und erwiderte seinen Blick. „Nein.“

„Nun, dann tue ich das hiermit. Du bist das Beste, was mir je im Leben passiert ist. Wenn ich jetzt sterben müsste, würde ich zufrieden und mit einem Lächeln auf dem Gesicht gehen, weil ich dich gekannt und geliebt habe.“

Sie küsste ihn. „Lass uns nicht vom Sterben sprechen, zumindest nicht in näherer Zukunft. Hier brauchen wir keine Angst zu haben. Das ist unsere Glückszeit, in der wir einfach nur genießen können, zusammen zu sein, ganz ohne Sorgen.“

Q nickte. „Das ist wahr. Das erste Mal seit Jahren schaue ich nicht andauernd über meine Schulter. Ich bin so dankbar für die Zeit hier mit dir zusammen.“

„Ich bin auch dankbar. Ich weiß, dass Neapel nicht

gerade das war, was wir erwartet hatten, aber ich kann nicht anders, als die Einwohner von Neapel mit denen Berlins zu vergleichen. Diese Menschen hier haben so wenig, und trotzdem finden sie Gründe zum Lachen und fröhlich sein. In Deutschland haben die Menschen Angst zu lachen."

„Lass uns nicht von zu Hause reden, sondern lieber etwas schlafen", sagte er und machte sich bettfertig.

Das winzige Dorf und das Hotel stellten sich als kleines Paradies heraus. Im Laufe der Tage trafen sie viele ausländische Touristen aus Russland, Schweden, England, Frankreich und einigen anderen Ländern.

Eines Nachtmittags setzte sich ein englisches Ehepaar in einem Café zu ihnen an den Tisch und als sie hörten, dass Q und Hilde aus Deutschland stammten, hatte sich das Gespräch sofort um die Nazis gedreht.

Q saß auf heißen Kohlen, in ständiger Angst, Hilde könnte zu viel reden und ihr Geheimnis verraten. Es war eine Sache zuzugeben, dass man die Nazis nicht besonders mochte, aber sich aktiv am Widerstand zu beteiligen war etwas völlig anderes.

Als sie später in einer Sitzecke im Hotel saßen und einen gemütlichen Nachmittagskaffee tranken, warnte er Hilde, „Auch wenn die meisten Menschen hier freundlich sind und wahrscheinlich unsere Ansichten teilen, dürfen wir sie trotzdem nicht wissen lassen, dass … du weißt schon."

„Diesen Fehler würde ich niemals begehen", versicherte Hilde ihm und senkte die Stimme. „Auch wenn Deutschland viele Kilometer entfernt ist, die Nazis haben ihre Augen und Ohren überall." Und so war es. Der lange Arm der Nazis reichte quer durch Europa.

Sie redete weiter, aber Q hörte nicht mehr zu, sondern stöhnte.

„Was ist los?“, fragte sie besorgt.

Er deutete kurz auf die andere Seite der Empfangshalle. „Du wirst niemals erraten, wer gerade angekommen ist.“

KAPITEL 7

Hilde folgte Qs Blick und schnappte nach Luft.

Der gut gebaute Mann mit militärisch kurzen grauen Haaren und stechenden grünen Augen sah deutlich jünger aus als seine fast sechzig Jahre. Seine beeindruckende Präsenz füllte die gesamte Empfangshalle und jegliche Gespräche waren bei seiner Ankunft zu einem Flüstern abgeebbt.

Er trug die Paradeuniform der Deutschen Wehrmacht und obwohl weder Hilde noch Q ihn jemals zuvor getroffen hatten, erkannte sie ihn augenblicklich als Generalfeldmarschall Werner von Blomberg, Oberbefehlshaber der deutschen Streitkräfte und Reichskriegsminister.

Ein Schauer lief über Hildes Rücken. Sie hatte sich in Italien so sicher gefühlt und jetzt das.

„Q?"

Q schüttelte den Kopf um anzudeuten, dass jetzt nicht der geeignete Zeitpunkt für ihre Fragen war. Trotz seiner lässigen Haltung konnte sie die Anspannung spüren, die von ihm ausging und eine dumpfe Ahnung überkam sie. Er hatte sich den ganzen Tag schon seltsam benommen, hatte darauf bestanden, dass sie in der Empfangshalle ihren Kaffee tranken und … auf den … Reichskriegsminister warteten?

Hildes Herz zog sich zusammen. *Nein, das ist doch nicht möglich. Oder?*

„Was hast du mir verschwiegen, Wilhelm Quedlin?", fragte sie mit einem strengen Flüstern.

Q wand sich unter ihrem stählernen Blick. „Ich dachte, von Blomberg ist Witwer. Also wer ist die Frau an seinem Arm?"

Frau? Erst bei nochmaligem Hinsehen bemerkte Hilde die üppige Brünette, die neben von Blomberg stand und ihm schmachtende Blicke zuwarf. „Diese Frau kann nicht älter als fünfundzwanzig sein; das ist bestimmt seine Tochter."

„Und ihn wie ein liebeskranker Welpe anhimmelt? Unwahrscheinlich." Q grinste süffisant.

„Wirst du meine Frage beantworten?", drängte Hilde ihn.

Q seufzte. „Ich soll mich mit einem russischen Agenten treffen."

Hilde riss die Augen auf. „Warum hast du mir das nicht gesagt?"

„Das habe ich gerade."

Sie beugte sich näher. „Das meinte ich nicht."

„Ich weiß. Ich hatte gehofft, das alles vermeiden zu können." Ein wahrer Sturm an Geschäftigkeit brach jetzt am Empfang aus. Jeder verfügbare Angestellte rannte los, um den Generalfeldmarschall und seine Begleitung zu bedienen.

Q saß seitlich am Tisch und Hilde beobachtete ihn, während er weiter seinen Kaffee trank, sein Gesicht verschlossen und ausdruckslos. Jedenfalls bis von Blomberg sie bemerkte und an ihren Tisch trat.

Er begrüßte sie mit einem „Heil Hitler" und Hilde nahm den Ekel war, der für den Bruchteil einer Sekunde in Qs Augen aufblitzte. Mit einem kurzen Blick in ihre Richtung stand er auf und erwiderte den Hitlergruß mit erhobener Hand.

Hilde folgte seinem Beispiel, bemüht, keine ungewollte Aufmerksamkeit auf sich zu lenken.

„Ich erkenne einen guten Arier, wenn ich ihn sehe. Woher kommen Sie?", sagte von Blomberg und winkte einem Angestellten, zwei weitere Stühle und Kaffee zu bringen. Ohne um Erlaubnis zu fragen, setzten er und seine Begleiterin sich zu ihnen an den Tisch.

Hildes Kehle war so trocken wie eine Wüste in der Mittagshitze und sie brachte keinen Ton heraus. Ihr Herz hämmerte in ihrem Hals und sie griff nach Qs Hand wie nach einem Rettungsring.

Gott sei Dank war Q gefasster und beantwortete pflichtbewusst von Blombergs Frage. „Meine Frau und ich kommen aus Berlin. Es ist uns eine Ehre Sie kennenzulernen, Herr Generalfeldmarschall."

„Nur keine Förmlichkeiten. Luise und ich sind aus rein privaten Gründen hier", sagte er mit einem vernarrten Blick auf die junge Frau.

Während er und Q Höflichkeiten austauschten, warf Hilde der jüngeren Frau ein gezwungenes Lächeln zu. „Ich bin Hilde. Nett, Sie kennenzulernen."

Luise stammte offensichtlich aus bescheidenen Verhältnissen und fühlte sich im Rampenlicht etwas unwohl. Hilde empfand eine Spur Mitleid mit dem Mädchen.

„Es ist so nett, noch andere Deutsche hier zu treffen. Ich hoffe, Sie haben nichts dagegen, dass wir uns zu Ihnen gesellen? Die Reise war anstrengend."

Ist es nicht etwas zu spät, das zu fragen? Jetzt, wo ihr schon an unserem Tisch sitzt? Hilde schluckte ihren Kommentar herunter, und da ihr keine höfliche Ablehnung einfiel, nickte sie. „Aber natürlich nicht."

Der Kaffee wurde serviert und mit jedem Schluck des aromatischen Gebräus taute Luise mehr auf und plauderte drauf los. Hilde wollte nichts lieber als aufspringen und aus dem Raum rennen. Stattdessen unterhielt sie sich geduldig über das Wetter, Kleider und all die aufregenden Dinge, die Luise auf ihrer Reise gesehen und erlebt hatte.

Sie warf Q einen hilfesuchenden Blick zu, aber dem erging es auch nicht besser als ihr.

Qs Blicke wanderten immer wieder zu der Uhr an der Wand, in Sorge, sein russischer Kontakt könnte jeden Moment auftauchen und dem Generalfeldmarschall in die Arme laufen.

Von Blomberg brachte ihn auf den neuesten Stand bezüglich des Fortschritts der Nazis auf den verschiedensten Gebieten und Q bemühte sich nach Kräften, Interesse und Begeisterung zu heucheln. Offenbar erfolgreich, denn von Blomberg lehnte sich in seinem Stuhl zurück und durchbohrte Q mit seinen aufmerksamen grünen Augen.

„Sie sind ein Mann nach meinem Geschmack. Was ist Ihr Beitrag zum Erfolg des Tausendjährigen Reichs?"

Q schluckte schwer. *Alles in meiner Macht stehende tun, um seine Dauer zu verkürzen.* „Ich bin Chemieingenieur, arbeite für die Biologische Reichsanstalt."

„Ein Wissenschaftler." Von Blomberg schien begeistert und stellte weitere Fragen über die Projekte, an denen Q arbeitete.

Q beantwortete alle seine Fragen mit scheinbarer Gelassenheit, während sein Innerstes von Beklemmung zerfressen wurde. Er drehte den Kopf zu Hilde, aber die war mit Luise ins Gespräch vertieft. Von ihrer Seite konnte er keine Rettung erwarten.

„Wir könnten jemanden mit Ihren Fähigkeiten in der Wehrmacht gebrauchen", sagte von Blomberg und Q klappte beinahe zusammen. *Das kann er doch nicht ernst meinen, oder?*

„Herr von Blomberg, ich fürchte ich bin zu alt, um als Soldat von Nutzen zu sein", protestierte er schwach und wurde im selben Moment blass. Ein Mann, der nur der russische Agent sein konnte, war gerade hereingekommen und ging schnurstracks auf ihn zu. Den Mann, der mit am Tisch saß, schien er nicht zu bemerken.

Q schüttelte heftig den Kopf, nicht so sehr als Antwort an den Generalfeldmarschall, sondern um den Agenten zu vertreiben.

Von Blomberg lachte herzhaft. „Nicht als Soldat. Das Reichskriegsministerium hat einem Wissenschaftler eine Menge zu bieten. Tatsächlich bräuchten wir jemanden mit Ihrem brillanten Verstand, um unsere Forschungsabteilung zu leiten. Wir arbeiten ständig daran, bessere und effektivere Waffen zu entwickeln."

Um mehr Menschen zu töten. Ich würde mich lieber umbringen, als für die Wehrmacht zu arbeiten.

Der Russe kam mit suchendem Blick näher. *Er kann von Blomberg nicht erkennen, weil er nur seinen Rücken sehen kann. Wenn er ein einziges falsches Wort sagt, stecken wir alle tief in der Klemme.* Q konnte nur hoffen, dass der Agent erfahren genug war, sie nicht mit einer unvorsichtigen Bemerkung zu verraten.

„… ich glaube, Sie würden in dieser Position eine hervorragende Arbeit machen", fuhr von Blomberg fort und Q fühlte sich, als würde jemand einen Strick um seinen Hals legen und langsam enger ziehen. Schweißperlen standen ihm auf der Stirn und rannen seine Schläfen herunter. Der Agent war jetzt nur noch wenige Schritte entfernt.

Q wischte sich mit einem Taschentuch den Schweiß vom Gesicht und sagte lauter als nötig, „Bitte entschuldigen Sie. Es ist sehr heiß hier drinnen, Herr Generalfeldmarschall von Blomberg."

Der näher kommende Agent zögerte kaum merklich und bog dann geradewegs in Richtung Treppenhaus ab, das hinauf zu den Gästezimmern führte.

„Lassen wir diese Förmlichkeiten. Bitte, nennen Sie mich Werner", sagte von Blomberg mit einem heiteren Grinsen. „Wir haben viel zu besprechen."

„Vielen Dank, Herr … Werner. Ich heiße Wilhelm", antwortete Q zittrig. „Das ist ein großzügiges Angebot, über das ich nachdenken werde."

Aus dem Augenwinkel sah er, wie ein Hotelangestellter hinter dem Russen her hechtete, der die Treppen hinauf verschwunden war. Aus Angst vor dem Tumult, den es möglicherweise geben würde und der von Blomberg verraten könnte, wer der Russe wirklich war und warum er hier war, beschloss Q, Werners Aufmerksamkeit an die Geschehnisse an ihrem Tisch zu fesseln.

„Im Moment genieße ich die Hochzeitsreise mit meiner Frau." Er griff über den Tisch und drückte Hildes Oberschenkel, wobei sie zart errötete.

Werner warf ihr einen Blick zu und lachte. „Junge Liebe. Ist sie nicht wundervoll? Aber ich muss darauf bestehen. Die Wehrmacht braucht Männer mit deinen Begabungen. Genieße die Hochzeitsreise, und sobald du wieder in Berlin bist, meldest du dich in meinem Büro."

Q wollte etwas erwidern, aber der Hoteldirektor, der aus seinem Büro gerufen worden war, kam ihm zuvor. Er begrüßte den Generalfeldmarschall und seine Begleitung: „Herzlich willkommen in unserem Hotel. Es ist uns eine überaus große Ehre, dass Sie bei uns abgestiegen sind. Ich habe mich persönlich darum gekümmert, dass unsere beste Suite für Sie vorbereitet wurde. Wenn Sie mir bitte folgen wollen?"

Werner stand auf und reichte Luise die Hand, bevor er sich an Q wandte, „Ich freue mich auf weitere anregende Gespräche während unseres Aufenthaltes hier." Er nickte Hilde zu und folgte dann dem Hoteldirektor.

Mit einem tiefen Seufzer zog Q Hilde in Richtung Ausgang und auf den Bürgersteig. Sein Puls raste, als wäre er einen Marathon gerannt und Hilde schien unter der gleichen Panik zu leiden. Er konnte ihre Angst geradezu riechen.

Hand in Hand gingen sie schweigend bis zum nahen

Strand. Mit einem Blick auf das seichte Wasser, das auf den nassen Sand brandete, blieb Hilde stehen, um ihre Schuhe und Strümpfe auszuziehen.

Der Klang der Wellen hatte eine beruhigende Wirkung und Q tat es ihr gleich. Nachdem er die Schuhe ausgezogen hatte, knotete er die Schnürsenkel zusammen und hängte sie sich um den Hals, während er Hildes Hand in seine nahm. So wanderten sie wortlos weiter.

Er musste nachdenken – über die Konsequenzen seines Zusammentreffens mit Werner von Blomberg. Die Realität seines gefährlichen Lebens in Berlin war mit Macht über das friedliche Glück der letzten paar Wochen hereingebrochen. Egal wie sehr er sich das Gegenteil wünschte, sie würden niemals voll und ganz sicher sein.

Nicht in dieser Welt. Nicht solange die Nazis an der Macht waren. Noch nicht einmal auf ihrer Hochzeitsreise.

KAPITEL 8

Hilde spürte deutlich, dass die Geschehnisse der letzten Stunde Q bis in seine Grundfesten erschüttert hatten. Trotz seiner äußerlichen Ruhe verriet ein einziger Blick in seine Augen den Aufruhr, der in seinem Inneren tobte.

Sie gingen schweigend am Strand entlang. Sein Tempo wurde allmählich schneller, bis sie kaum noch mithalten konnte. Hilde zog ihre Hand aus seiner und blieb stehen, unsicher ob er es überhaupt bemerkt hatte, denn er ging einfach weiter. Ein Lächeln umspielte ihre Lippen. Er würde zurückkommen, wenn er fertig nachgedacht hatte.

Sie setzte sich an den Strand und wartete geduldig auf seine Rückkehr, während sie hinaus auf den Horizont blickte. Schäfchenwolken hingen am tiefblauen Himmel und sorgten für ein wechselndes Licht- und Schattenspiel auf dem Meer. Zweifel und Ängste überschatteten die Freude in ihrem Herzen, dämpften das, was eigentlich ein weiterer, wundervoller Tag am Mittelmeer hätte werden sollen.

Eine halbe Stunde später kehrte Q zurück, nahm ihre Hand und zog sie hoch. Sie hielten sich eine Minute lang eng umschlungen und noch bevor er überhaupt ein Wort gesagt hatte, spürte sie schon seinen inneren Kampf.

„Das war knapp. Zu knapp." Qs Stimme war über das Rauschen der Wellen kaum zu hören.

„Es war knapp, aber alles ist gut gegangen." Sie hielt inne, nahm seine Hand und zog ihn hinter sich her den Strand entlang.

Manche Gedanken erforderten Bewegung, um sie durchdenken zu können. „Wir hatten ein paar Wochen Zeit, um so zu tun, als bestünde das Leben aus Glückseligkeit, aber wir wissen beide, dass die Gefahr ein ständiger Bestandteil unseres Lebens ist. Selbst hier."

Q schüttelte den Kopf. „Ich fühle mich so schuldig, weil ich dich in dieses Chaos mit hinein gezogen habe. Wir sind auf unserer Hochzeitsreise –"

„Scht." Sie blieb stehen. „Liebling, reg dich nicht auf. Es war nicht deine Schuld und", sie legte den Kopf schief, „ich liebe dich. Ich kann mir ein Leben ohne dich nicht mehr vorstellen. Ich würde lieber an deiner Seite sterben, als ohne dich zu leben."

Q zog sie in seine Arme und küsste sie mit ebenso viel Leidenschaft wie Verzweiflung. Sie waren beide atemlos, als sie sich voneinander trennten und er sagte, „Ich will nicht mehr."

„Du willst nicht mehr?" Ihr Herz zog sich zusammen und ein Schauer lief über ihren Rücken, während sie sich in seinen Armen zurücklehnte, um seine blauen Augen zu erforschen.

„Die Spionage. Ich will damit aufhören."

Hilde atmete wieder.

Nachdem sie einen Moment über seine Worte nachgedacht hatte, fragte sie, „Wärst du in der Lage, mir jeden Tag in die Augen zu sehen, oder – was noch wichtiger ist – dir selbst im Spiegel in die Augen zu sehen, wenn du damit aufhörst?"

Q rieb sich das Kinn, während er eine ganze Weile über ihre Frage sinnierte. „Vermutlich nicht." Er schaute hinaus aufs Meer und fragte leise, „Was mache ich bloß mit dem Generalfeldmarschall? Ich will ganz sicher nicht für das Reichskriegsministerium arbeiten, aber ich sehe keinen Ausweg."

Hilde nickte. „Du hast wahrscheinlich keine andere Wahl. Du wirst wenigstens mit dem Mann reden müssen, wenn wir zurück in Berlin sind."

„Aber ich will nicht für ihn arbeiten", beharrte Q.

„Ich weiß." Sie legte ihm die Hand an die Wange. Eine von Qs Eigenschaften war es, sich zu viele Gedanken zu machen. „Du wirst hingehen und den Mann treffen und dann werden wir sehen, wie es weitergeht."

„Aber -"

„Kein aber. In diesem Fall nimmt man die Dinge am besten, wie sie kommen, einen Schritt nach dem anderen. Wir wissen nicht, was die Zukunft bringt. Vielleicht hat er sein Angebot schon vergessen, bis wir wieder in Berlin sind." Sie schenkte ihren Worten selbst keinen Glauben.

„Du hast Recht, Liebling. Was würde ich nur ohne dich tun?"

Sie grinste. „In irgendeinem Labor sitzen und an einer wichtigen Erfindung arbeiten?"

„Du kennst mich zu gut."

~

Der Himmel war grau und bleiern, als sie am nächsten Morgen aufwachten. Dunkle Sturmwolken türmten sich am Horizont. Es war der erste Schlechtwettertag, seit sie die Alpen verlassen hatten. Aber Q war entschlossen, sich die Hochzeitsreise durch nichts verderben zu lassen – nicht durch die Begegnung mit dem Generalfeldmarschall und schon gar nicht durch ein Gewitter.

Er schlug vor, den Tag im luxuriösen Thermalbad des Ortes zu verbringen, wo es mehrere Becken mit verschiedenen Wassertemperaturen gab.

Sie betraten das Bad durch ein antikes Portal und Hilde blieb die Luft weg, als sie drinnen standen. Die ursprüngliche römische Architektur war liebevoll restauriert worden. Um das große Becken verlief ein Rundgang, der mit farbenfrohen Fliesen bedeckt war. Während das Becken selbst unter freiem Himmel lag, hatte der Rundgang ein reich verziertes Dach, abgestützt durch kräftige Säulen, von denen die Köpfe römischer Götter auf das Areal herabblickten.

Mehrere Durchgänge zweigten vom Rundgang ab, die in kleinere, exklusive Bäder von unterschiedlicher Form und Größe führten, eines kunstvoller als das nächste. Das kochend heiße Wasser der Thermalquellen blubberte durch eine Reihe von offenen Kanälen und floss von dort in die

Becken. Je weiter das Wasser fließen musste, desto kühler war das Becken.

Q und Hilde stiegen in ein Becken in Herzform. Hilde streckte sich im Wasser aus, legte den Kopf nach hinten und winkte Q mit der Hand. „Wo ist die Sklavin, dir mir meine Haare wäscht?"

Er sah sich mit gerunzelter Stirn in dem kleinen Raum um. „Wovon redest du?"

Hilde kicherte, während sie ihm erklärte, „Das sieht alles so echt aus. Ich habe mir vorgestellt, wie das Leben im römischen Reich gewesen sein muss. Ich bin eine römische Adelige mit einem Heer von Dienstboten zu meiner freien Verfügung."

Q musste über diese albernen, romantischen Gefühlsduseleien lachen. „Du hast eine lebhafte Fantasie."

„Jetzt gerade warte ich auf meine Dienerin, die mir helfen soll, mich für meinen Liebhaber schön zu machen, weil mein Ehemann ständig in ferne Länder reist."

„Das kann ich nicht gutheißen", sagte er und kitzelte sie zur Strafe.

Bevor Hilde protestieren konnte, tauchten Luise und Werner am Eingang auf. Luise entdeckte sie, kam herüber und ließ sich zu ihnen in das heiße Wasser gleiten. „Ahhh, sind diese römischen Bäder nicht wunderbar?"

Q und Hilde warfen sich einen kurzen Blick zu. „Das waren sie", sagte Q. *Bis ihr gekommen seid.*

Als Werner sich ins Wasser plumpsen ließ, kämpfte Q gegen eine Enge in seiner Brust an. Werner sah in jovial an. „Das römische Reich ist vergangen, aber das Dritte Reich wird tausend Jahre bestehen. Unser Vermächtnis wird noch grandioser sein als das der Griechen und Römer."

Q nickte und fügte mit ernster Stimme hinzu, „Die nachfolgenden Generationen werden Hitler und seine Taten mit Sicherheit in Erinnerung behalten.“ Er sah zu Hilde hinüber, die von einer plappernden Luise mit Beschlag belegt worden war. Hilde sandte ihm einen hilfesuchenden Blick und er erhob seine Stimme, „Meine Liebste, deine Wangen sind schon ganz rot. Wir müssen dich aus dem heißen Wasser herausholen.“ Mit einem entschuldigenden Blick auf Werner und Luise fügte er hinzu, „Meine Frau verträgt die Hitze nicht.“

So höflich wie möglich verabschiedeten sie sich und beeilten sich, sich umzuziehen und das Thermalbad zu verlassen. Zurück im Hotel sagte Hilde, „Wir müssen abreisen. Bald.“

„Luise scheint von dir sehr angetan zu sein.“

„Und Werner von dir. Wenn wir noch ein paar Tage bleiben, könnten wir alle beste Freunde werden“, sagte Hilde und verzog das Gesicht.

Q schmunzelte. „Ich sehe schon wie scharf du darauf bist.“ Er stieß einen langen Seufzer aus und ging alle Möglichkeiten im Kopf durch, bevor er sagte, „Wir reisen gleich morgen Früh ab.“

Während das der weiseste Schritt war, wünschte sich Q, er könnte vorher den russischen Kontaktmann treffen. Leider hatte er keine Möglichkeit, diesen wissen zu lassen, wohin sie reisen würden.

KAPITEL 9

Hilde und Q reisten am nächsten Morgen ab. Mit dem Bus fuhren sie landeinwärts in ein Dorf am Fuße des Ätna, einem Vulkan an der Ostküste Siziliens. Es war ein kleiner, friedlicher Ort in den Bergen und schon bald konnten sie ihre Hochzeitsreise wieder unbeschwert genießen.

Der Generalfeldmarschall war ebenso schnell vergessen wie die Gefahr von Qs Spionagearbeit. Einige Tage später entschieden sie sich, den Krater des Vulkans zu besteigen. Es war eine wunderschöne, wenn auch anstrengende Wanderung.

Hinter jeder Biegung wurden sie von einer neuen, beeindruckenden Aussicht empfangen, jede atemberaubender als die vorherige. Unter ihnen lagen grüne Felder mit gelb blühenden Büschen und in der Ferne das dunkelblaue Mittelmeer, auf dessen Wellen einige weiße Boote schwammen. Der blaue Himmel war etwas heller als das Meer und Schäfchenwolken zierten den Horizont.

Sobald sie in die Nähe des Gipfels kamen, stach ihnen ein starker Schwefelgeruch in die Nase. Hilde bedeckte Mund und Nase mit dem dünnen Schal, den sie sich morgens ums Haar gebunden hatte. „Wir müssen fast oben sein."

„Das glaube ich auch", sagte Q.

Zehn Minuten später blickten sie vorsichtig über den Rand eines Felsvorsprungs hinunter in die rotglühende Lava mehrere hundert Meter unter ihnen. Die Sicht aus dieser Höhe war fantastisch und nachdem sie lange genug in die blubbernden Eingeweide des Berges gestarrt hatten, gingen sie wieder ein Stück vom Krater zurück und genossen die Aussicht auf das Tal.

Der Berg rumpelte wie der leere Magen eines hungrigen Riesen und Hilde erschrak. „Bitte, Q, lass uns wieder runter gehen."

Q lachte, gehorchte aber, als er die Angst in ihren Augen sah. „Gut, lass uns gehen. Ich glaube zwar nicht, dass der Ätna in nächster Zeit ausbrechen wird. Der letzte große Ausbruch war vor neun Jahren und ein kleinerer 1931. Geologen gehen davon aus, dass der Vulkan sich noch mindestens weitere fünf Jahre in einer Ruhephase befinden wird."

Auf ihrem Weg nach oben hatte sie nur Augen für die schöne Landschaft und das Meerespanorama gehabt, aber auf dem Weg nach unten entdeckte Hilde Hinweise auf den großen Ausbruch 1928. Lava war aus dem Rachen des Vulkans ausgetreten und den Berghang bis zum Meer hinunter geflossen und hatte dabei ein ganzes Dorf verschluckt.

Sie erschauerte und Q hielt inne, um sie in den Arm zu nehmen. „Es gibt keinen Grund zur Besorgnis."

Sie war sich nicht so sicher, setzte aber ein mutiges Lächeln auf und zeigte auf den Weg der Zerstörung, den die inzwischen ausgekühlte Lava hinterlassen hatte. „Ich glaube, die Experten irren sich. Die Erde brummt wie ein wütender Bär, bereit jede Menge Tod und Zerstörung auszuspucken."

„Du übertreibst", versuchte Q sie zu beschwichtigen.

„Das tue ich nicht und das weißt du", beharrte sie. „Wir sitzen auf einem Pulverfass, das nur auf jemanden wartet, der die Lunte anzündet."

Q sah sie verwirrt an. „Du redest gar nicht von dem Vulkan, oder?"

Tränen stiegen ihr in die Augen, während sie den Kopf schüttelte und versuchte, ihre Stimme ruhig zu halten. „Es wird Krieg geben. Das ist unausweichlich."

"Traurigerweise denke ich, du hast Recht." Er nahm ihre Hand und sie setzten ihren Weg nach unten fort.

„Sieh dir nur die trostlose Landschaft an, die die Lava hinterlassen hat. Fast wie auf dem Mond." Nicht dass jemals ein Mensch den Fuß auf den Mond gesetzt hätte, außer in der Phantasie von H. G. Wells oder Fritz Lang.

Q half ihr über einen besonders steilen Abschnitt des Berghangs, bevor er antwortete, „Ein Krieg wird noch schlimmer sein als das hier." Sie wusste, dass er fünfzehn gewesen war, als der Weltkrieg geendet hatte.

Nach einer Pause fuhr er fort, „Während ich noch nie auf dem Schlachtfeld war, habe ich genug Geschichten von meinen älteren Brüdern gehört, um mir die Zerstörung vorstellen zu können. Und mit all den neu erfundenen

Waffen wird der kommende Krieg noch zerstörerischer werden.“

Hilde schüttelte sich bei dem Gedanken, dass ihr ganzes Land und vielleicht sogar ganz Europa so aussehen könnte, wie dieses Stück verbrannte Erde an den Hängen des Ätna. Am besten dachte man gar nicht darüber nach, sondern konzentrierte sich auf die Gegenwart.

Der Aufstieg war schwierig gewesen, und der Abstieg erwies sich nicht als viel einfacher. Zwei Stunden später kamen sie wieder an der Straße an und machten erst einmal eine Pause, um ihre überanstrengten Knie auszuruhen.

Sie nahm einen großen Schluck aus ihrer Wasserflasche und lehnte sich dann an Q. „Ich hätte mir wirklich keinen besseren Lebenspartner wünschen können als dich.“

Er küsste ihre Nase. „Ich liebe dich, Hildelein. Ich habe dich vom ersten Augenblick an geliebt, als ich dich in diesem Filmtheater gesehen habe und nach drei Jahren bin ich immer noch erstaunt, dass meine Liebe zu dir jeden Tag stärker wird.“

Sie drückte ihn fest, in Gedanken versunken. Ihre Entscheidung, ihn zu heiraten, bereute sie nicht, selbst wenn es bedeutete, dass sie sich damit schrecklicher Gefahr aussetzte. Seine Spionagearbeit war ehrenhaft und mit jedem neuen Tag war sie mehr davon überzeugt, dass die Nazis die ganze Welt zerstören wollten. Jemand musste sie aufhalten. Und wenn Q ein kleines Rädchen in diesem Getriebe sein konnte, dann war sie stolz und glücklich – mit ihm.

Trotzdem machte ihr der Gedanke Angst, nach Berlin zurückzukehren. Sie seufzte. „Ich wünschte, wir müssten nicht zurück.“

Q schwieg einige Minuten nachdenklich, bevor er sagte, „Wir könnten in Italien bleiben."

Hilde starrte ihn an und versuchte, die Bedeutung seiner Worte zu erfassen. „Du würdest das tatsächlich in Erwägung ziehen?"

„Ja. Die Situation in Deutschland wird sich nur verschlimmern. Im Moment sind wir sicherer als wir es jemals wieder sein werden."

Sie diskutierten die Möglichkeit, nie wieder nach Deutschland zurückzukehren, aber die Idee war nicht mehr als das – eine Idee. Keiner von beiden meinte es wirklich ernst.

Sie hatten das Dorf fast erreicht, als Q beim Anblick eines einsamen Mannes, der den Berg hinaufstieg, stehen blieb. „Warte hier einen Moment", drängte er Hilde und legte eine Hand auf ihren Arm, während er wartete, um den Mann besser erkennen zu können.

Hilde blinzelte. „Ist das nicht der russische Agent, den du treffen solltest?"

„In der Tat. Es sieht so aus, als wäre Sizilien doch nicht so groß."

Eine Stunde später ließ Q seine Frau im Hotelzimmer zurück, wo sie sich frisch machen und fürs Abendessen umziehen konnte. Er versprach, bald zurück zu sein. Den Agenten traf er knapp außerhalb des Dorfes. Er stellte sich als – ein weiterer – Pavel vor und sie drehten eine Runde über die Felder.

„Ich kann noch immer nicht glauben, dass Sie mich gefunden haben."

„Das ist meine Aufgabe", sagte der Mann mit einem Grinsen. „Danke übrigens für die Warnung vor von Blomberg. Jetzt wo Ihre Frau wieder sicher im Hotel ist, wollen Sie mir nicht erzählen, was Sie mit ihm besprochen haben?"

Q konnte sich nicht sicher sein, aber er glaubte in der Stimme des Agenten Misstrauen zu hören. „Er hat mir eine Anstellung angeboten."

„Eine Anstellung?", fragte Pavel erstaunt.

„Ja, er möchte, dass ich für ihn im Reichskriegsministerium arbeite. Ich habe abgelehnt."

„Sind Sie verrückt?"

Jetzt war es an Q, erstaunt zu sein. „Warum? Nein! Ich kann unmöglich für ihn arbeiten, oder?"

Pavel schüttelte den Kopf. „Das ist sehr ungewöhnlich, aber es ist eine großartige Gelegenheit. Denken Sie doch nur an all die Informationen, die Sie im Reichskriegsministerium sammeln könnten!"

Daran hatte Q nicht gedacht. Was Pavel sagte, ergab Sinn, aber ihm behagte die Idee trotzdem kein bisschen. Tagein, tagaus, mit dem Feind zu arbeiten? Nein. Nein. Und nochmals nein.

„Ich denke nicht, dass ich das könnte. Ich hätte Angst, mich bei erstbester Gelegenheit zu verraten."

Der Agent betrachtete ihn prüfend. „Vielleicht haben Sie Recht. Aber Sie sollten auf jeden Fall darüber nachdenken." Er gab ihm einen Zettel, auf dem der Name Harro Schulze-Boysen und eine Telefonnummer notiert waren.

„Wer ist das?"

„Er ist der Anführer einer kommunistischen Widerstandsgruppe."

„Militär?", fragte Q. Er hatte den Namen schon einmal gehört, konnte ihn aber nicht sofort zuordnen.

„Luftwaffe. Er hat es geschafft, sowohl mit der Sowjetunion als auch mit den amerikanischen Behörden in Kontakt zu bleiben. Beide Länder hat er vor der Kriegsgefahr gewarnt, die von Deutschland ausgeht."

Q nahm den Zettel und steckte ihn in seine Jackentasche. „Ich werde Schulze-Boysen kontaktieren, auch wenn ich vorziehe, allein zu arbeiten. Es ist sicherer."

„Nicht in diesem Fall. Sie müssen sich mit anderen zusammenschließen, die so denken wie Sie und gemeinsam am Umsturz des Hitlerregimes arbeiten. Es wird nicht einfach werden, aber je mehr wir sind, desto größer ist unsere Macht. Merken Sie sich das."

„Das werde ich. Haben Sie Neuigkeiten aus Deutschland?"

Der Agent zuckte die Schultern. „Nichts besonderes. Oberflächlich betrachtet stehen Deutschland und die Sowjetunion auf freundschaftlichem Fuß. Aber das Misstrauen ist auf beiden Seiten sehr groß."

„Das ist mir klar", sagte Q.

Nachdem sie über Stalin und seine Art, die Ideen der Novemberrevolution zu untergraben, diskutiert hatten, äußerte Pavel eine letzte Warnung. „Wenn Sie nach Deutschland zurückkehren, müssen Sie sehr vorsichtig sein. Krieg liegt in der Luft, jetzt mehr denn je. Sie können die sowjetische Handelsvertretung nicht mehr aufsuchen; es ist nicht sicher. Von jetzt an werden wir Sie kontaktieren."

„Woher soll ich wissen, dass es Ihre Leute sind?“ Q rieb sich das Kinn.

Der Russe dachte mit halb geschlossenen Augen nach, dann lächelte er breit. „Fragen Sie, ob der Aufstieg auf den Ätna anstrengend ist. Die Antwort wird sein, ‚Nicht, wenn Sie es nachts versuchen.‘“

Q verschluckte sich fast bei dem irrwitzigen Satz. „Das werde ich mir mit Sicherheit merken.“

KAPITEL 10

Mehrere Wochen später – es war Ende des Sommers – kehrten Q und Hilde nach Berlin zurück. Nachdem sie vier Monate in Italien und der Schweiz verbracht hatten, fühlten sie sich wie der sprichwörtliche entfernte Verwandte, der als einziger bemerkt, wie sehr ein Kind sich verändert hat und wie viel Neues es seit dem letzten Besuch gelernt hat.

Im krassen Gegensatz zu der entspannten und friedlichen Atmosphäre auf ihrer Hochzeitsreise war die Stimmung in der deutschen Hauptstadt gelinde gesagt düster. Sie spürten den Verfall des „Guten und Menschlichen“ auf Schritt und Tritt. Hakenkreuzflaggen hingen aus den Fenstern und erinnerten die Passanten daran, wer das Land regierte. Auf den Straßen gab es offene Schikane durch die brutalen Braunhemden, die ihre Missetaten schon gar nicht mehr zu verstecken versuchten.

Jedermann konnte dem Zorn und der Misshandlung

durch SS oder SA Männer auf offener Straße zum Opfer fallen, aber die Juden trugen den Löwenanteil der grässlichen Verfolgung.

Während der letzten paar Monate war in Deutschland eine strikte Rassentrennung eingeführt worden. Juden durften keine öffentlichen Parks, Schwimmbäder oder Büchereien mehr betreten. Tatsächlich wurden sie von allen Freizeitaktivitäten ausgeschlossen.

Die Nazis waren sogar so weit gegangen, dass sie die Abteile in den Zügen und Bussen separiert hatten und während der Stoßzeiten oder in bestimmten Stadtteilen durften Juden überhaupt keine öffentlichen Verkehrsmittel mehr benutzen. Q fragte sich, wie sie zur Arbeit kommen sollten.

Er hatte sich entschlossen, bei seinem Freund Jakob Goldmann vorbei zu schauen, von dem er seit seiner Abreise in die Flitterwochen nichts mehr gehört hatte. Aber als Q der Wohnung im Zentrum Berlins einen Besuch abstattete, wohnte Jakob dort nicht mehr. Die Vermieterin erkannte Q aus der Zeit, als er bei Jakob zur Untermiete gewohnt hatte. Es war ihr offensichtlich peinlich, ihm zu erklären, dass sie Herrn Goldmanns Mietvertrag hatte kündigen müssen, da sie es sich nicht leisten konnte, mit *solchen* Menschen Geschäfte zu machen.

Q bedankte sich und ging, innerlich kochend ob dieser schreienden Ungerechtigkeit. Die Vermieterin hatte Jakob wiederholt gelobt, weil er so ein angenehmer Mieter war. Ruhig, sauber und immer pünktlich mit der Miete. Und jetzt galt er als unerwünscht, weil er zu *solchen* Menschen gehörte. Q ballte seine Hand zur Faust und boxte in die Luft, während er Schimpfwörter vor sich hin murmelte.

Ich werde niemals aufgeben. Niemals.

Am nächsten Tag kontaktierte er Harro Schulze-Boysen und vereinbarte zwei Wochen später ein Treffen mit ihm. Schulze-Boysen holte ihn mit seinem Mercedes an einer geschäftigen Kreuzung nahe des Reichstags ab. Er war von Pavel informiert worden und kannte Qs Hintergrund. Er erklärte, wie seine eigene Organisation arbeitete und sagte dann, „Doktor Quedlin, ich wäre überaus erfreut, Sie in unser Widerstandsnetzwerk zu integrieren."

Q zögerte, denn allein zu arbeiten hatte definitiv seine Vorteile. „Ich habe Pavel bereits gesagt, dass ich noch nicht hundertprozentig davon überzeugt bin, dass es sicher oder klug ist, zu eng zusammenzuarbeiten."

Schulze-Boysen runzelte die Stirn. „Wir haben ein ausgedehntes Netzwerk zur Verfügung. Und mit Ihren Verbindungen in die Wissenschaft könnten wir unsere Flugblätter noch viel breiter streuen."

Flugblätter? Q glaubte nicht, dass das Verteilen von anti-Nazi Flugblättern ein wirksames Mittel war, um dieses Terrorregime zu beenden. „Ich bin der Meinung, dass es für uns beide sicherer ist, wenn wir nicht zusammenarbeiten, außer in Notfällen. Aber darf ich Sie in einer anderen Sache um Rat fragen?"

„Natürlich." Schulze-Boysens Mund zuckte amüsiert.

„Generalfeldmarschall von Blomberg hat mir eine Anstellung angeboten und ich muss einen Weg finden, dieses Angebot höflich abzulehnen."

Das amüsierte Lächeln verschwand und Schulze-Boysens Kinnlade klappte fast bis auf den Boden. „Was?"

Q erklärte die Situation und seinem Gegenüber schien sie mit jeder Minute besser zu gefallen.

„Das ist brillant. Brillant", sagte Schulze-Boysen und drehte das Lenkrad. „Sie sollten von Blombergs Angebot unbedingt annehmen. Das ist eine einzigartige Gelegenheit. Denken Sie nur an all die bedeutsamen Informationen, die Sie bei der Arbeit im Reichskriegsministerium sammeln könnten."

Bei dem Gedanken, Waffen für die Wehrmacht zu erfinden, drehte sich Q der Magen um. „Sie verstehen nicht, was das bedeuten würde. Ich müsste alles verraten, wofür ich stehe. Jeden einzelnen Tag. Alle um mich herum – mich inbegriffen – müssten glauben, dass ich ein waschechter Nazi bin. Ich bin mir nicht sicher, wie lange ich diese Fassade aufrecht erhalten könnte." Er stockte und nahm Schulze-Boysen ins Visier. „Ich weiß nicht, wie Sie das aushalten."

Der andere Mann lachte. „Man gewöhnt sich dran. Es ist, als würde man einen Mantel tragen. Einen, den ich ausziehe, sobald ich nach Hause komme."

„Ich denke nicht, dass ich das könnte." Q schüttelte den Kopf.

„Nun, ziehen Sie es zumindest in Betracht. Es wäre unserer Sache enorm dienlich."

„Einverstanden."

Schulze-Boysen stoppte den Mercedes, um Q aussteigen zu lassen und einen Augenblick später war die Limousine um eine Straßenecke verschwunden. Q versuchte gar nicht, dem Wagen hinterher zu sehen; er war viel zu sehr damit beschäftigt sicherzugehen, dass ihm niemand nach Hause folgte.

Nach seiner Rückkehr nach Berlin war der Blick über die Schulter zu einem ständigen Begleiter geworden. Doch zum ersten Mal seit Wochen war sein Schritt beschwingt und ein Fünkchen Hoffnung war in sein Herz eingedrungen. Es gab noch mehr Menschen, die bereit waren aufzustehen und für ihre Freiheit zu kämpfen – er und Hilde waren nicht allein.

Eine weitere Woche verstrich, in der Q lange und intensiv über Schulze-Boysens Rat nachdachte, die Stelle anzunehmen, die von Blomberg ihm angeboten hatte. Er konnte sich jedoch nicht dazu durchringen, aktiv zu werden. Stattdessen hoffte er, dass der Generalfeldmarschall sein Angebot vergessen hatte.

Unglücklicherweise wurde diese Hoffnung Ende Oktober 1937 zerstört, als zwei uniformierte SS Männer in seinem Büro erschienen und Q zu sprechen verlangten.

Der Anblick der verhassten Nazischergen ließ es ihm eiskalt über den Rücken laufen und der versiegelte Brief mit dem amtlich aussehenden Siegel in den Händen des einen SS-Mannes trug auch nicht dazu bei, Q zu beruhigen. Wurde heutzutage eine Festnahme per Brief überbracht?

„Heil Hitler!", salutierte der eine SS-Mann und schlug die Hacken zusammen.

Q stieß einen winzigen Seufzer aus und zwang sich, den deutschen Gruß mit der gleichen Begeisterung zu erwidern. „Heil Hitler! Was kann ich für Sie tun, meine Herren?"

„Wir haben eine wichtige Nachricht für Sie und wurden gebeten, Ihre Antwort dem Reichskriegsminister zu übermitteln."

Qs Knie gaben vor Erleichterung ein wenig nach. Sie

wollten nicht seinen Kopf, sondern nur das, was drin war. Er nahm den Brief entgegen und zog sich an seinen Schreibtisch zurück, wo er einen Brieföffner unter einem Stapel Papier hervorzog.

Unter dem verwirrten Blick von zwei Paar Augen, die das scharfe Objekt in seiner Hand fixierten, öffnete er behutsam den Umschlag und zog ein einzelnes Blatt Papier mit dem offiziellen Briefkopf des Reichskriegsministeriums heraus.

Er lehnte sich an den Schreibtisch und fing an zu lesen, während die Buchstaben vor seinen Augen verschwammen.

Wilhelm Quedlin,

ich gehe davon aus, dass Sie und Ihre Frau von Ihrer Reise nach Italien zurückgekehrt sind und Sie bereit sind, dem Führer und Vaterland zu dienen, indem Sie Ihren Intellekt und Ihr Wissen in den Dienst unserer Sache stellen. Die Position, die ich erwähnt hatte, ist nach wie vor vakant und ich weiß, dass Sie wahrscheinlich auf eine Bestätigung meinerseits gewartet haben, dass das Angebot weiterhin gültig ist.

Betrachten Sie diesen Brief als eine solche Bestätigung. Ich erwarte Sie am Montag um elf Uhr in meinem Büro, um die Einzelheiten Ihres Einsatzes für das Wohl unseres Landes zu besprechen.

Bitte zeigen Sie diesen Brief Ihrem derzeitigen Arbeitgeber, falls Sie sich von der Arbeit entschuldigen müssen.

Willkommen an Bord.

Werner von Blomberg

. . .

Q schluckte schwer und hob den Kopf, um den SS Männern, die ihn neugierig musterten, in die Augen zu sehen. „Meine Herren, bitte lassen Sie den Herrn Generalfeldmarschall wissen, dass es mir ein ausgesprochenes Vergnügen ist, seine Einladung anzunehmen. Ich freue mich darauf, ihn in seinem Büro am kommenden Montag, pünktlich um elf Uhr, zu treffen."

Die SS Männer schlugen erneut die Hacken zusammen und verließen das Büro. Q war plötzlich schwindelig. Er ließ sich auf den Bürostuhl fallen und legte voller Verzweiflung seine Stirn auf die Schreibtischplatte. Ob er nun wollte oder nicht, er würde bald für den Teufel höchstpersönlich arbeiten.

Millionen Gedanken tobten in seinem Kopf, aber es war die Zerstörung, die er auf den Hängen des Ätna gesehen hatte, die ihm im Gedächtnis geblieben war und ihm nun den Magen umdrehte. Wie konnte er mit der Gewissheit leben, dass Tausende in Zukunft mit den Waffen getötet werden würden, die er erfand?

Q kam viel zu früh am Reichskriegsministerium an. Das beeindruckende graue Gebäude stand am Landwehr Kanal, einem künstlich angelegten Kanal, der von der Spree abzweigte.

Um diese Jahreszeit waren die Bäume am Flussufer bereits kahl. Die Blätter waren schon vor Wochen abgefallen, und die Bäume standen stattlich und gerade mit hochgereckten, nackten Ästen, die wie Zeigefinger in den

Himmel ragten und vor der kommenden Verdammnis warnten.

Q trat durch das große Holzportal. Die Tür krächzte wie eine Krähe, als sie hinter ihm ins Schloss fiel und sein Blut stockte in seinen Adern. Die riesige Eingangshalle triefte vor Terror und er benötigte seine ganze Willensstärke, um nicht auf dem Absatz kehrt zu machen und davon zu rennen.

Mit dem Einladungsschreiben in der Hand trat Q an den Empfangsschalter und ein uniformierter Beamter geleitete ihn in von Blombergs Büro, wo er ihn ankündigte, „Doktor Quedlin ist hier."

Von Blomberg begrüßte ihn mit dem obligatorischen „Heil Hitler" und setzte sich dann wieder an seinen eindrucksvollen, dunklen Holzschreibtisch. *Wahrscheinlich Eiche.* Hinter ihm an der Wand hing das allgegenwärtige Hitlerbildnis und eine Hakenkreuzflagge. Zwei kleinere Hakenkreuzflaggen prangten auf dem Schreibtisch, zusammen mit einem Bild von Luise und einer anderen Frau.

Qs Augen wurden groß, als er von Blombergs Erscheinung registrierte. Vor ihm saß keineswegs der joviale, gutgelaunte Mann, den er in Italien getroffen hatte, sondern ein Mann mit einem aschfahlen Gesicht und rot unterlaufenen Augen, die von viel Stress und wenig Schlaf zeugten.

Mit Rücksicht auf den uniformierten Beamten, der neben ihm stand, wählte Q die förmliche Begrüßung, „Herr Generalfeldmarschall, Sie wünschten mich zu sehen?"

„Ja. Bitte, nehmen Sie Platz." Von Blomberg deutete auf einen der leeren Stühle. Q tat wie geheißen, konnte aber das Gefühl nicht abschütteln, dass etwas gründlich falsch lief.

„Vielen Dank für Ihr Kommen, Doktor Quedlin." Eine kurze Pause. „Leider haben sich die Dinge in den letzten achtundvierzig Stunden geändert und ich kann im Moment nicht mit Ihnen über Ihre Anstellung sprechen."

„Wie bitte?" Q war sich nicht sicher, ob er überglücklich sein sollte – oder zutiefst verstört.

Von Blomberg seufzte und erhob sich aus seinem Sessel, um in seinem Büro auf und ab zu gehen. „Sie werden sicher verstehen, dass ich Ihnen keine Details nennen kann, da diese Dinge die nationale Sicherheit betreffen."

Q nickte. „Das verstehe ich vollkommen."

Gerade als Q aufstand, um sich zu verabschieden, drehte sich von Blomberg zu ihm um und sagte mit gesenkter Stimme, „Ich werde im Januar heiraten. Kommen Sie Anfang Februar wieder."

Erleichterung durchflutete Q. „Das werde ich tun. Herzlichen Glückwunsch zu Ihrer Vermählung."

Der Generalfeldmarschall nahm die Glückwünsche mit einer Grimasse entgegen. „Wenn es doch nur alles Grund zur Freude wäre."

Q verabschiedete sich, da er keine Erklärung für die seltsame Äußerung des Ministers hören wollte. In öffentlichen Reden oder auf der internationalen Bühne stellte Hitler immer heraus, dass er mehr als gewillt war, eine friedliche Lösung zu finden, aber das Treffen mit von Blomberg hatte Q einen anderen Eindruck vermittelt.

Die Wehrmacht weiß, dass es bald Krieg geben wird. Die einzige Frage ist wo, nicht wann.

Wieder zu Hause, erzählte er Hilde von dem kuriosen Treffen mit von Blomberg und sie strahlte ihn an. „Siehst du? Kein Grund zur Sorge. Du hast gerade drei Monate gewonnen."

„Ja, aber was dann?" Er rieb sich das Kinn.

„Liebling, mach dir nicht so viele Sorgen. Bis Februar fließt noch viel Wasser den Rhein herunter und viel kann geschehen."

Er küsste sie auf den Mund. „Was würde ich nur ohne dich tun, Hildelein?"

Sie kicherte. „Dich krank machen vor Sorge?"

Die Feiertage kamen und gingen und sie hielten die Augen offen, um die Nachricht von der Hochzeit von Blombergs mit Luise nicht zu verpassen. In der zweiten Januarwoche war es endlich so weit. Hilde berichtete Q davon, als sie mit der Zeitung nach Hause kam, in der ein Bild des frisch vermählten Paares mit ihren Trauzeugen abgebildet war - dem Oberbefehlshaber der Luftwaffe, Herman Göring und dem Führer selbst.

Doch bereits zwei Wochen später gab es wesentlich beunruhigendere Nachrichten. Von Blomberg hatte alle Augen auf sich und seine neue Frau gelenkt, Augen, die nur nach Makeln suchten. Und Luise war so ein Makel, wie sich herausstellte.

Hilde und Q saßen zusammen auf dem Sofa, als die Nachricht über Luises Vorstrafenregister im Radio ertönte. „Psst", sagte Hilde und machte das Radio lauter.

„... die 25-jährige frühere Schreibkraft und Sekretärin hat ein langes Vorstrafenregister, das von Diebstahl über betrügerisches

Auftreten bis hin zu Unsittlichkeit reicht, was vom Führer entschuldigt wurde, da sie Besserung gelobte.

Doch jetzt hat die Polizei eine weitere, noch schlimmere Tat aufgedeckt. Die ganze Nation ist bis ins Mark erschüttert von den schrecklichen Verbrechen gegen Sitte, Anstand und Rassenreinheit, die sie begangen hat, indem sie vor einigen Jahren für pornografische Photographien posierte. Diese unaussprechlichen Taten werden dadurch noch verschlimmert, dass es sich bei dem Photographen um einen Juden handelte, mit dem diese Frau seinerzeit zusammen lebte ...“

Hilde schaltete das Radio aus, denn was nun folgte, war das übliche Verhöhnen der Juden und der unglaublichen „Greueltat“ einer arischen Frau, sich mit einem Untermenschen abzugeben und dadurch die überlegene Herrenrasse zu verunreinigen.

Der Skandal war heftig und einige Tage später trat Werner von Blomberg von allen öffentlichen Ämtern zurück, offiziell aus gesundheitlichen Gründen.

„Ist das zu glauben, dass ein intelligenter Mann in einer solchen Machtposition durch eine Frau zu Fall gebracht werden kann?“, fragte Hilde.

„Nein. Ich hätte gedacht, dass er ihren Hintergrund überprüft, bevor er sie heiratet.“

Hilde lachte. „Nun, sehen wir es positiv. Du wirst sicherlich nicht zu diesem zweiten Treffen mit ihm gehen, oder?“

Q nickte. „Mit Sicherheit nicht. Wie war deine Arbeit heute?“

Hilde zuckte die Schultern. „Es war ganz gut.“

Sie hatte sich so langen unbezahlten Urlaub genommen, dass sie schon Angst gehabt hatte, ihre Stelle wäre bei ihrer

Rückkehr zu der Versicherungsgesellschaft anderweitig besetzt worden. Aber das Gegenteil war der Fall. „Wir haben so viele Fälle zu bearbeiten, dass die Firma dringend ausgebildete Kräfte sucht."

„Bei der Biologischen Reichsanstalt ist es das Gleiche. Wir ertrinken in Forschungsaufträgen, aber haben nicht genug Männer."

„Oder Frauen." Hilde schmollte, aber Q nahm ihre Hand in seine. „Du weißt, was ich meine. Es ist wirklich eine Ironie des Schicksals. Vor einigen Jahren überredeten die Nazis die Frauen dazu, zu Hause zu bleiben und sich um die Kinder zu kümmern und jetzt, wo sie die Männer für ihre Kriegsanstrengungen brauchen, rudern sie zurück und ermutigen genau diese Frauen, in die Fabriken zurück zu kommen."

Hilde lehnte sich an Qs Schulter. „Erika ist schon wieder befördert worden. Sie hat jetzt doppelt so viele Leute unter sich, inklusive den neuen Mitarbeitern in der Buchhaltung."

„Herzlichen Glückwunsch. Sie muss gute Arbeit leisten."

Hilde rollte die Augen. „Ich glaube, es hat mehr mit ihrem Parteibuch zu tun als mit ihrer Arbeit."

„Wirklich? Wann ist sie der Partei beigetreten?"

„Vor etwa einem Monat." Hilde seufzte und sah Q in die Augen. „Erika ist eine meiner besten Freundinnen, aber wir müssen vorsichtig sein. Sie hat sich verändert, seit sie in diesen SS Mann verliebt ist."

„Das werden wir. Komm, lass uns ins Bett gehen." Q stand auf und zog Hilde vom Sofa hoch. Während sie sich bettfertig machte, dachte sie über ihre Firma nach. Oberflächlich betrachtet hatte sich nichts verändert. Die Wirtschaft zog an und jeder schien sich auf bessere Zeiten zu freuen. Aber über allem lag eine immerwährende Spannung. Die Leute achteten auf jedes Wort, passten auf, dass sie nicht aus Versehen etwas Nazifeindliches oder Judenfreundliches sagten.

Es war zu gefährlich.

KAPITEL 11

Das Tempo, in dem sich die Zustände in Europa verschlechterten, war alarmierend. Die Gestapo wurde schnell zur gefürchtetsten Institution in Berlin und in ganz Deutschland. Zum Glück war Q bisher nicht Ziel ihrer Ermittlungen geworden, aber einige seiner Kollegen schon.

Am 12. März 1938 überraschte eine völlig andere Nachricht die deutsche Bevölkerung. Der lange gefürchtete Krieg war vorbei, bevor er begonnen hatte.

Hitler war mit seinen Truppen in Österreich einmarschiert und hatte seine Heimat Deutschland angeschlossen, das er jetzt Großdeutsches Reich nannte. Und was passierte? Nichts.

Das Kabinett der Nazibefürworter in der österreichischen Regierung stimmte freudig für den Anschluss und überall in Österreich und Deutschland gab es spontane Feiern, bei denen die Menschen auf den Straßen tanzten.

Q konnte sich während der nächsten Tage nur wundern.

Hitlers triumphaler Einmarsch in Wien wurde von jubelnden und Blumen streuenden Menschenmassen begleitet. Wussten diese Leute denn nicht, was sie erwartete?

Es war ein surreales Ereignis und gipfelte in Hitlers begeisterter Rede vor tausenden von Österreichern, in der er den Anschluss seines Heimatlandes an das Deutsche Reich verkündete.

Q hätte sich am liebsten übergeben.

Aber anscheinend war er der Einzige, der so dachte. Während der Frühling verstrich, machte Q sich ständig Sorgen. Selbst seine Arbeit bei der Biologischen Reichsanstalt wurde immer komplizierter. Sein Fachbereich – Pflanzenschutz – wurde als *nicht kriegsrelevant* eingestuft. Q hatte gedacht, dies sei ein Vorteil, weil die Behörden sich dann nicht in seine Forschungsarbeit einmischen würden. Leider fand er bald heraus, dass das nur Wunschdenken und das Gegenteil der Fall war.

Er musste seine Forschungen zum Pflanzenschutz permanent rechtfertigen und mehr als einmal wurde er gezwungen, die Arbeit einzustellen, entweder mangels Material oder Finanzierung oder weil er keinen Zugriff auf eine wichtige Information bekam, die als Militärgeheimnis eingestuft worden war.

Immer mehr seiner Kollegen waren gezwungen, den Fokus ihrer Experimente auf die Bedürfnisse des Dritten Reiches und die Kriegsvorbereitungen auszurichten. Es war nur eine Frage der Zeit, wann Q es genauso ergehen würde.

Biologische Kriegsführung.

Das war das Ziel der Regierung. Neue biologische Waffen, um sie gegen Deutschlands Feinde einzusetzen. Die

Nazis betrachteten diesen Zweig der Forschung als existenziell wichtig, um einen kommenden Krieg zu gewinnen und nahmen die Forscher noch strenger unter die Lupe als in der Vergangenheit. Jeder von ihnen musste den großen Ariernachweis vorlegen; den Beweis, dass sowohl die Eltern als auch alle vier Großeltern Arier waren. Q stöhnte bei der Erinnerung an den monatelangen Kampf, die erforderliche katholische Taufurkunde seiner ungarischen Großmutter zu bekommen, die er vor eineinhalb Jahren für seine Heiratsgenehmigung gebraucht hatte.

Diesmal hatten die Wissenschaftler lediglich vier Wochen Zeit bekommen, um ihre Ariernachweise zu beschaffen und am Ende des Monats hatten ihn alle eingereicht, mit einer Ausnahme. Es war nur noch sehr wenigen Juden erlaubt, in kriegswichtigen Industriebereichen zu arbeiten, und dieser Kollege war einer der Unglücklichen. Am nächsten Tag stürmte die Gestapo das Gebäude und zerrte ihn aus der Einrichtung.

Gerüchten zufolge war der arme Kerl ein Mischling ersten Grades. Grund genug für die Gestapo, ihn als Bedrohung für die nationale Sicherheit zu betrachten und ihn entsprechend zu behandeln. Q und seine Kollegen taten so, als würden sie nichts hören und nichts sehen. Sie gingen ihrer gewohnten Arbeit nach und hofften darauf, selbst in Ruhe gelassen zu werden.

Aber der Albtraum war noch nicht vorüber. Weitere Gestapo Offiziere kamen und verhörten alle Kollegen gründlich, bevor irgendjemand nach Hause gehen durfte. Die Angestellten standen in einer langen Schlange im Hof und wurden einer nach dem anderen in einen kleinen Raum zum Verhör gebracht.

Q konnte kaum atmen, als er an der Reihe war und folgte dem Gestapobeamten mit wild klopfendem Herzen. Seine Augen brauchten einen Moment, bis sie sich vom grellen Sonnenlicht draußen an das schummrige Licht des Raumes gewöhnt hatten, der normalerweise das Büro eines Buchhalters war. Heute jedoch thronte ein wichtig aussehender Beamter mit leblosen grauen Augen und funkelnden Rangabzeichen an seiner Uniform hinter dem Schreibtisch. Rangniedrigere Beamte flankierten ihn zu beiden Seiten.

„Name und Beruf."

„Doktor Wilhelm Quedlin. Chemieingenieur."

„Parteibuch."

Q biss die Zähne zusammen, um ein Zittern zu verbergen. „Ich bin kein Mitglied der Partei."

Der Beamte sah hoch und sein Blick durchbohrte Qs Haut wie eine rotglühende Eisenstange. „Warum nicht?"

Weil ich alles hasse, wofür die Nazis stehen. Q streckte sein Kinn vor und erwiderte den Blick so selbstsicher, wie er nur konnte. „Ich verstehe nicht viel von Politik. Die Wissenschaft ist mein Leben."

Diese Antwort schien dem Verhörenden nicht zu gefallen, denn sie zog eine ganze Reihe neuer Fragen nach sich über Qs Loyalitäten, seine Aktivitäten und seine allgemeine Meinung über den Führer und das Vaterland.

Q beantwortete alle Fragen so bescheiden wie möglich, aber nach der x-ten Wiederholung riss ihm der Geduldsfaden. „Sie behindern meine Arbeit. Ich muss zu meinen Experimenten zurück."

Die Worte hatten seinen Mund kaum verlassen, da erkannte Q den törichten Fehler, den er begangen hatte. Er hatte nur sehr wenig Zeit – wenn überhaupt – um seinen

Ausrutscher zu korrigieren und entschuldigte sich schnell. „Meine Herren, bitte entschuldigen Sie meinen Ausbruch. Ich war mitten in einem zeitkritischen Experiment, das für Deutschland und sein Volk von höchster Bedeutung ist."

Der Beamte warf einen Blick in seine Unterlagen und spottete, „Sie arbeiten mit Pflanzen. Wie kann das für die Partei lebenswichtig sein?"

Q schluckte seine erste Erwiderung herunter und erklärte ruhig, „Ich arbeite auf höchsten Befehl an Methoden, um die landwirtschaftliche Produktivität zu steigern. Der Führer möchte sicherstellen, dass das deutsche Volk nicht unter Hungersnöten leiden muss, wie es im Weltkrieg der Fall war."

Nach der Grimasse zu urteilen, erinnerte sich der wohlgenährte Mann hinter dem Schreibtisch nur zu gut an den furchtbaren Hunger, den das Land vor zwei Jahrzehnten durchlebt hatte. Die greifbare Spannung im Raum ließ nach und Q senkte den Kopf und wartete.

„Nun, dann gehen Sie besser wieder an die Arbeit. Wir möchten den Anliegen unseres Führers nicht im Wege stehen."

„Vielen Dank, mein Herr", antwortete Q und wandte sich schon zum gehen, als er zurückgerufen wurde.

„Doktor Quedlin, treten Sie der Partei bei. Diese Befragung wäre unnötig gewesen, hätten Sie die nötigen Papiere gehabt."

Q bedankte sich für den Hinweis und hielt eisern seinen Hass auf alles, was mit Nazis zu tun hatte, in Schach. Er ging in sein Labor zurück und versteckte seine Angst so gut er konnte. Er wusste, dass er heute nur um Haaresbreite einer Verhaftung entgangen war und schwor sich, fortan nichts mehr zu tun, was die Aufmerksamkeit der Gestapo auf ihn lenken würde.

Er fürchtete um sein Leben, wie jeder heutzutage.

Sobald er sicher war, dass die Gestapo das Gebäude verlassen hatte, packte er seinen Aktenkoffer und ging nach Hause. Beim Geräusch der knallenden Tür kam Hilde aus der kleinen Küche, ein Handtuch in den Händen, und fragte, „Was ist los, mein Liebster?"

„Ich kann nicht mehr", platzte er heraus, warf seine Aktentasche auf den Boden und ließ sich auf das Sofa fallen.

„Was kannst du nicht mehr?", hakte Hilde nach, während sie sich neben ihn setzte.

„Die Nazis. Die Kriegsvorbereitungen. Deutschland! Wir müssen das Land verlassen, wenn wir jemals wieder glücklich sein wollen."

„Verlassen? Aber wohin sollten wir denn gehen?" Die Beunruhigung stand ihr ins Gesicht geschrieben.

„Amerika. Da werden Wissenschaftler geschätzt. Ich habe dort eine Zukunft. Wir haben dort eine Zukunft. Was haben wir denn hier? Nichts als Angst und Zensur."

„Aber Amerika ist so weit weg." Hilde wirkte so klein, wie sie da neben ihm tiefer in die Kissen des Sofas sank und er wollte sie trösten.

Er legte den Arm um ihre Schultern. „Ich weiß. Und das kommt sehr plötzlich. Aber wir wären nicht allein. Meine Cousine Fanny hat vor einigen Jahren einen amerikanischen Zahnarzt geheiratet und lebt mit ihm in Forest Hills, New York. Ich bin mir sicher, sie wäre bereit, uns zu helfen."

Hilde sagte nichts und nach ein oder zwei Tagen geriet das Gespräch in Vergessenheit, weil dringendere Probleme gelöst werden mussten.

KAPITEL 12

Hilde kam aus dem Badezimmer. Sie sollte sich auf den Abend freuen, aber sie hatte Mühe, auch nur eine Spur von Enthusiasmus aufzubringen. Ihre Firma hatte es allen Mitarbeitern ermöglicht, zusammen mit einem Begleiter den Film *Olympia – Fest der Schönheit/Fest der Völker* von Leni Riefenstahl im Ufa-Palast anzusehen.

Der Film war in Berlin die Sensation – eine wunderbare Hommage an die Olympischen Spiele, die zwei Jahre zuvor in Berlin stattgefunden hatten. Normalerweise wäre Hilde von einer solchen Gelegenheit begeistert gewesen, da Leni Riefenstahl hervorragende und fesselnde Filme machte. Aber Leni war auch eine gute Freundin Hitlers und in letzter Zeit waren alle ihre Filme nicht mehr als platte Propaganda für das Regime.

„Du siehst zauberhaft aus, Hilde", bewunderte Q sie und faltete die Zeitung zusammen, die er gelesen hatte. Er stand auf, als sie den Raum betrat.

Sie schenkte ihm ein Lächeln und strich mit der Hand

den Rock ihres Kleides glatt. Es war ein sehr elegantes Ensemble, dunkelblau mit weißen Punkten. Ein kleiner Rüschenkragen mit einer Schleife in Kombination mit dem engen Rock und einer weißen Jacke komplettierten das Ganze. Nachdem sie den blauen Hut an ihrem Haar festgesteckt hatte, streifte sie ihre Handschuhe über und sah Q an. „Bist du sicher, dass wir da hingehen müssen?"

„Wenn du nicht gehst, wird das sicherlich auffallen und wir wollen doch unauffällig bleiben. Es ist besser, dort aufzutauchen und sicherzustellen, von den richtigen Leute gesehen zu werden, um dann so früh wie möglich zu verschwinden, als nicht hinzugehen und die Frage aufzuwerfen, warum du nicht da warst."

„Das weiß ich alles", seufzte sie. „Ich bin es nur leid, an jeder Ecke mit Nazipropaganda bombardiert zu werden."

Q legte seine Hand auf ihren Rücken. „Ich verstehe dich ja, aber da müssen wir durch. Wir werden den Film ansehen, kurz beim Empfang hereinschauen und dann verschwinden."

Hilde nickte und trat aus der Wohnung, während er ihr die Tür aufhielt. Sie fuhren mit seinem Wagen zum Ufa-Palast und Hilde bemühte sich, zu lächeln und sich so zu benehmen, als würde sie die Veranstaltung genießen, während die Kollegen sie und Q begrüßten.

Während der Pause verließen Q und Hilde das Gebäude durch den Seiteneingang, um frische Luft zu schnappen. Einige Kollegen folgten ihrem Beispiel. Q blieb plötzlich stehen und starrte in die Ferne, wobei sein Körper seltsam steif wurde. Hilde flüsterte, „Was ist los?"

„Komm mit und tu so, als wäre alles ganz normal", hauchte Q in ihr Ohr und küsste ihren Nacken, während er sie um die Hausecke herum führte. Hilde kicherte. Nach fast zwei Ehejahren musste er sie sicherlich nicht mehr in eine dunkle Gasse entführen, um sie zu küssen.

Sobald sie außer Sicht ihrer Kollegen waren, trat ein Mann aus dem Schatten und Q ließ sie los, um ihn zu begrüßen. „Jakob Goldmann. Ich war krank vor Sorge um dich. Deine Vermieterin—"

Jakob umarmte ihn. „Q, es tut so gut dich zu sehen. Ich wollte dich nicht in Schwierigkeiten bringen, aber als ich hörte, dass Hildes Firma für heute Nacht den Ufa-Palast gemietet hat, hatte ich gehofft dich zu sehen", sagte Jakob mit einer Verbeugung in Hildes Richtung.

„Du siehst schrecklich aus!", sagte Hilde und es stimmte. Seit sie ihn das letzte Mal vor einem Jahr gesehen hatte, war er um mindestens zwanzig Jahre gealtert. Er hielt seine Schultern nach vorn gezogen und mit achtundzwanzig waren seine Haare schon grau meliert. Selbst in dem schummrigen Licht der Gasse konnte man die tiefen Falten sehen, die sich in sein Gesicht gegraben hatten und ihn wie einen gebrochenen Mann aussehen ließen.

„Wo warst du nur?", wollte Q wissen.

Jakob schüttelte den Kopf. „Es ist schlimm. Jeden Tag wird das Leben für uns Juden etwas schwerer. Nachdem meine Vermieterin den Mietvertrag gekündigt hatte, musste ich zu meinen Eltern ziehen."

Hilde fühlte mit ihm. Er war einer von Qs besten Freunden gewesen und sie wusste, dass Q sich Vorwürfe machte, weil er nach ihrer Rückkehr aus Italien den Kontakt nicht gehalten hatte. Sie legte eine Hand auf Jakobs Arm und fragte, „Wie geht es deinen Eltern?"

Seine Augen glänzten verräterisch. „Tot. Alle beide."

Sie stöhnte auf und legte die Hand über den Mund, während ihr die Tränen in die Augen schossen. Jakob sah sie an und versuchte zu lächeln. „Weine nicht für mich."

Sie erkannte, dass er seine eigenen Gefühle kaum in Schach halten konnte, nickte und schluckte ihre Tränen herunter.

„Meine Mutter wurde gezwungen, wieder arbeiten zu gehen, nachdem sie schon in Rente gegangen war. Die Nazis sagten, sie wäre ein arbeitsscheuer Parasit und schickten sie in eine Waffenfabrik."

„Das ist furchtbar!", rief Hilde voller Ärger über diese Ungerechtigkeit. Jakobs Mutter war eine gebrechliche Person und jeder, der sie je getroffen hatte wusste, dass sie nicht arbeitsfähig war.

Q nahm ihren Arm und sagte, „Leise. Wir wollen nicht, dass deine Kollegen uns hören."

Jakob räusperte sich. „Mama starb eine Woche später an einem Herzinfarkt. In ihrem Zustand waren die harte Arbeit und die Überstunden einfach zu viel für sie."

„Oh, Jakob! Das tut mir so leid", sagte Hilde und verlor den Kampf gegen die Tränen. Sie senkte den Kopf und wischte sie unauffällig weg.

„Und dein Vater?", wollte Q wissen, während er einen tröstenden Arm um Hildes Schultern legte.

„Mein Vater hat an dem Tag, als meine Mutter starb, zu sprechen aufgehört. Kein einziges Wort mehr. Als die Nazis es herausfanden, haben sie ihn abgeholt, angeblich in eine Nervenheilanstalt. Ich durfte ihn nicht besuchen und sie haben mir nicht einmal gesagt, wo sie ihn hingebracht haben. Einige Tage später bekam ich einen Brief mit der Nachricht, dass mein Vater gestorben ist."

Jetzt weinte Hilde ganz offen und Q griff die Schulter seines Freundes. „Es tut mir so leid, mein Freund. Du musst Deutschland verlassen, bevor es zu spät ist.“

„Aber-“

„Kein aber. Jetzt, wo deine Eltern beide nicht mehr sind, hält dich hier nichts mehr. Du musst gehen, wenn du überleben willst.“

„Wo soll ich denn hin? In allen europäischen Ländern gibt es inzwischen Kontingente für jüdische Immigranten aus Deutschland.“

Q legte nachdenklich den Kopf schief. „Je weiter weg, desto besser. Geh nach Amerika. Sie brauchen dringend junge, brillante Wissenschaftler wie dich.“

„Glaubst du wirklich, die geben mir ein Visum?“

„Du wirst es nie herausfinden, wenn du es nicht versuchst“, drängte Q seinen Freund. „Tu es für mich. Damit ich weiß, dass du in Sicherheit bist.“

Hilde wischte sich die Wangen und fügte hinzu, „Und wenn du Erfolg hast, kommen wir dich besuchen.“

Jakob schmunzelte. „Ihr zwei seid wahre Freunde. Ich werde darüber nachdenken.“

Viel zu bald schon mussten Q und Hilde zurück ins Kino schlüpfen, bevor jemand etwas bemerkte. Jakob umarmte sie beide noch einmal und versprach, eine Möglichkeit zu finden, wie er sie wissen lassen konnte, was er vorhatte. Bevor sie den Filmsaal wieder betraten, wartete Q, während Hilde sich in der Toilette etwas kühles Wasser ins Gesicht spritzte.

Als sie zurückkam, fühlte sie sich nur wenig besser und wünschte sich sehnlichst das Ende dieses Abends herbei.

KAPITEL 13

Drei Monate später fanden Hilde und Q einen Brief von Qs Cousine Fanny aus Amerika in ihrem Briefkasten. Sie erzählte ihnen von ihrem Leben in Forest Hills, und erkundigte sich nach dem Wohlergehen der restlichen Familienmitglieder. Der Brief endete mit der Einladung, sie und ihren Mann für ein paar Wochen zu besuchen.

„Was denkst du, Hilde?", fragte Q. „Sollten wir versuchen, Visa für Amerika zu bekommen?"

„Das klingt aufregend", antwortete Hilde. „Ich kann nächsten Sommer drei Wochen Urlaub nehmen."

Beim Abendessen schmiedeten sie Pläne für den Urlaub in Übersee und Q zog Hilde mit ihrer Vorfreude auf.

Gerade als sie mit dem Essen fertig waren und Hilde in der Küche den Abwasch erledigte, klingelte das Telefon. Q ging ran. „Wilhelm Quedlin."

„Hier ist Jakob."

„Jakob, wie schön von dir zu hören." Q umklammerte den Hörer. Seit er seinen Freund zuletzt beim Ufa-Palast gesehen hatte, hatte es nur schlechte Nachrichten gegeben. Jakob war entlassen worden, war bei Erledigungen wiederholt von den Braunhemden angegriffen worden und mehrere europäische Länder hatten seine Visaanträge abgelehnt.

„Ich habe gute Neuigkeiten", sagte Jakob und Q stieß einen Seufzer aus. „Ich habe mein Visum für die Einwanderung nach Amerika erhalten. Die Papiere sind heute Nachmittag angekommen und ich habe schon ein Schiff gebucht. In drei Tagen, am 10. November, werde ich von Hamburg aus nach New York reisen."

„Das sind fantastische Neuigkeiten! Herzlichen Glückwunsch!"

„Danke. Ich bin so erleichtert. Dieses Schiff bringt mich in Sicherheit. Endlich." Jakob zögerte. „Q?"

„Was denn, mein Freund?"

„Ich frage wirklich ungern … aber die Situation mit den Zügen … denkst du, du könntest mich nach Hamburg fahren?"

„Natürlich fahre ich dich. Das ist doch das Mindeste, was ich tun kann."

„Vielen Dank. Das bedeutet mir sehr viel. Ich muss mich noch um ein paar Dinge kümmern, da ich ja wahrscheinlich nicht wieder komme ..." Jakobs Stimme brach.

Q spürte den tiefen Schmerz seines Freundes. Es war nicht leicht, alles zurückzulassen und sich ins Ungewisse zu stürzen. „Mach dir keine Sorgen. Du wirst das schaffen. Und ganz bald wirst du da drüben eine nette junge Frau kennenlernen und heiraten."

Jakob versuchte zu lachen. „Das werde ich bestimmt. Es ist zu gefährlich für dich, zu mir zu kommen. Können wir uns am Bahnhof treffen? Donnerstagmorgen um sieben Uhr."

„Natürlich. Bis dann und pass auf dich auf." Q hängte gerade auf, als Hilde aus der Küche kam und ihre Hände abtrocknete.

„Mit wem hast du gesprochen?", fragte sie.

„Jakob. Er hat ein Visum für Amerika." Q nahm Hilde in die Arme und wirbelte sie im Kreis herum. Dann stellte er sie wieder auf die Füße. „Er hat mich gebeten, ihn am Donnerstag zum Hamburger Hafen zu fahren."

„Oh. Das ist wundervoll. Vielleicht können wir ihn nächsten Sommer in Amerika besuchen." Q freute sich über ihr aufrichtiges Lächeln. Vielleicht das erste seit vielen Wochen. Aber dann runzelte sie die Stirn.

„Stimmt etwas nicht, Liebling?"

„Es ist nichts. Ich dachte nur … wenn ich mir zwei Tage frei nehme, könnte ich mit dir kommen. Wir könnten meine Familie übers Wochenende besuchen."

„Das ist eine großartige Idee. Das machen wir."

Es wurde Donnerstagmorgen und sie waren pünktlich am vereinbarten Treffpunkt, aber Jakob tauchte nicht auf.

„Wo steckt er nur?", fragte Hilde besorgt.

„Ich weiß es nicht. Das sieht ihm nicht ähnlich. Normalerweise ist er überpünktlich."

Sie warteten im Wagen und Q schaltete das Radio an. Er versuchte, eine Musiksendung zu finden, um die pulsierende Spannung etwas zu lockern. Aber statt eines musikalischen Programms kam nur eine Nachrichtensendung nach der anderen. Er gab auf und ließ das Radio laufen. Die folgenden Schreckensnachrichten nahmen ihm den Atem.

In der Nacht zum 9. November 1938 hatte das Naziregime eine Terrorkampagne gegen die jüdische Bevölkerung sowohl in Deutschland als auch in Österreich gestartet. Der Radiosprecher nannte es die *Reichskristallnacht*.

Qs Magen drehte sich um bei den detailgetreuen Beschreibungen der Gewalt, die während der ganzen Nacht getobt hatte. Der Radiosprecher versuchte noch nicht einmal, seine Begeisterung zu verbergen, als er die Gräueltaten aufzählte, die gegen die jüdischen Bürger verübt worden waren. Geplünderte Wohnungen. Zertrümmerte Geschäfte. Zerstörte Schulen. Verbrannte Synagogen. Entweihte Friedhöfe. Hunderte von Juden ermordet. Tausende verhaftet und in Konzentrationslager deportiert.

„Wie konnten wir davon nichts mitbekommen?“, fragte Hilde den Tränen nahe.

„In unserem Viertel leben keine Juden.“ Qs Stimme war kaum hörbar.

„Du glaubst doch nicht, dass Jakob etwas passiert ist? Lebt er denn in einem jüdischen Viertel?“

Q nickte und startete sofort den Wagen. „Jakob lebt im Haus seiner Eltern. Also ja, er wohnt im jüdischen Viertel.“ Er fuhr in diesen Teil der Stadt. Die Verwüstung der jüdischen Geschäfte und Häuser war erschütternd.

Menschenleere Straßen, in denen Leichen dort lagen, wo sie hingefallen waren. Schwelende Brände. Q schluckte schwer. „Hilde, das ist vermutlich keine gute Idee.“

„Willst du denn nicht wissen, was mit Jakob passiert ist?“ Hilde wischte sich die Tränen aus dem Gesicht.

Q nickte. Seine eigenen Tränen schnürten ihm die Kehle

zu angesichts all dieser sinnlosen Gewalt auf offener Straße. „Vielleicht braucht er unsere Hilfe. Wir müssen zu seinem Haus.“

Den Rest des Weges fuhren sie schweigend. Als die Trümmer auf der Straße ein Weiterkommen unmöglich machten, parkte Q und öffnete die Tür für Hilde. Zu Fuß suchten sie sich einen Weg zu dem Häuschen, in dem Jakobs Eltern gelebt hatten.

Q atmete tief durch bevor er die Tür aufstieß und in den Flur trat. Dann erstarrte er. Jakob lag am Fuß der Treppe, seine leblosen Augen starrten an die Decke, seine Haut war geschwollen und zerschunden, eine Lache getrockneten Blutes unter seinem Kopf.

Q schluckte schwer an der Galle, die ihm hochkam. Er wollte verhindern, dass Hilde die schreckliche Szene sah, aber es war zu spät. Sie warf einen Blick auf Jakobs Körper und schrie. Die verbliebenen Fenster im Treppenhaus vibrierten von ihrem Gekreische und Q hatte Angst, sie würden bersten.

Er packte Hilde um die Taille und zerrte sie aus dem Gebäude, während er ihren Kopf an seine Brust drückte bei dem Versuch, sie zu beruhigen. „Schsch!“

Hildes gedämpfte Schreie füllten die Luft und Q blickte die Straße rauf und runter aus Angst vor wütenden Nachbarn – oder Schlimmerem –, die sie mit Steinen bewarfen. Aber niemand kam angelaufen. Q bemerkte, wie sich eine Gardine in einem der Fenster bewegte, aber die Straße blieb leer.

Bald verwandelten sich Hildes Schreie in Schluchzen und er wünschte sich, seine Gefühle ebenso ausdrücken zu können. Doch trotz seiner Trauer blieben seine Augen trocken. Die Last der Schuld am Tod seines Freundes drückte auf seine Schultern und machte das Atmen schwer. *Ich war nicht da, um ihm zu helfen. Wenn ich Jakob doch nur gedrängt hätte, früher das Land zu verlassen, wäre er jetzt in Sicherheit auf dem Schiff. Ich hätte mich mehr bemühen sollen, mit ihm in Kontakt zu bleiben, ihn zu beschützen. Er war mein bester Freund …*

„Tu das nicht." Hilde sah ihn mit von Tränen verquollenen Augen an und legte beide Hände an seine Wangen.

„Was tun?", fragte Q, seine Stimme rau von unvergossenen Tränen.

„Ich kenne dich. Du fühlst dich schuldig für das, was passiert ist. Aber du hättest nichts tun können, um das zu verhindern."

„Ich hätte versuchen können –"

„Was versuchen? Die Nazis vom Plündern abzuhalten?"

Q nickte. Sie hatte Recht, aber das machte es nicht leichter. Er sah zum Haus zurück. Einige Fenster waren zerbrochen, die Möbel zerschlagen, alle Habseligkeiten im Vorgarten verstreut … es sah aus wie nach einem Bombeneinschlag.

„Ich will ein Gebet für ihn sprechen. Du musst nicht mitkommen."

„Natürlich werde ich mitkommen; er war auch mein Freund", antwortete Hilde und richtete sich auf.

Er ging zurück in das Haus, Hilde dicht an seiner Seite und sprach ein kurzes Gebet für Jakobs Seele. Mehr konnten sie nicht tun. Er wünschte, es gäbe eine Möglichkeit, eine ordentliche Bestattung zu organisieren, aber unter den Umständen war das nicht machbar. So schrecklich es auch war, er und Hilde mussten zu ihrem Wagen zurückgehen und Jakob am Fuße der Treppe liegen lassen.

Während Q zu ihrer Wohnung zurück fuhr, sah er immer wieder zu Hilde hinüber. Ihr Gesicht war aschfahl und sie war entsetzlich schweigsam, saß völlig reglos da mit Ausnahme ihrer Hände. Sie knetete ihre Finger so heftig, dass er schließlich seine Hand ausstreckte und sie über ihre legte.

„Hilde?“

„Ich will weg. Ich will einfach nur weg von alledem.“

Q drückte ihre Hände. „Wir sollten wie geplant nach Hamburg fahren. Dann kommen wir ein paar Tage aus Berlin raus und deine Schwestern werden uns ablenken.“

„Ohne Jakob? Der in ein Schiff hätte steigen sollen, um ein neues Leben zu beginnen ...“

„Wir müssen nach vorn sehen, Hilde. So schwer das auch ist, wir können für Jakob nichts mehr tun. Aber wir können uns selbst helfen, indem wir uns eine kleine Auszeit von dem Kummer gönnen.“

Hilde nickte, lehnte sich im Sitz zurück und schloss die Augen.

„Schlafe, mein Liebling, und träume von deinen Schwestern.“

Die Fahrt nach Hamburg war nicht der freudige Anlass, den sie ursprünglich geplant hatten, sondern eine traurige und besorgte Angelegenheit. Als sie ankamen, fanden sie Hildes Familie ebenso aufgewühlt vor. Hamburg hatte die gleichen Gewaltausbrüche erlebt wie Berlin und während das Wohnviertel der Dremmers verschont geblieben war, hatten sie die Berichte im Radio gehört und sich Sorgen gemacht.

Aber Carl und Emma hatten die feste Regel, vor ihren beiden jugendlichen Töchtern keine negativen Bemerkungen über die Nazis zu machen, weil sie Angst hatten, Julia oder Sophie könnten sich in der Schule verplappern.

Niemand wollte dabei erwischt werden, wie er das Naziregime kritisierte, denn das war die sicherste Methode, das nächste Opfer zu werden. Daher konnten Q und Hilde nur abends, nachdem die Mädchen ins Bett gegangen waren, mit ihren Eltern über ihre Befürchtungen sprechen.

„Ich kann mir einfach nicht vorstellen, wie es nach diesen Gräueltaten weitergehen soll", gestand Q.

Carl nickte. „Ich stimme dir zu, aber welche Möglichkeiten haben wir? Die Juden sind machtlos, sie können sich nicht wehren und jeder, der auch nur verdächtigt wird, mit ihnen zu sympathisieren, wird als Verräter betrachtet."

„Aber wo wird unsere Nation landen, wenn jeder nur dasteht und wegschaut?"

Carl starrte Q und Hilde lange an, bevor er sagte, „Ihr beide seid jung und frei von Verpflichtungen. Aber ich bin gerade dreiundfünfzig geworden, habe eine Frau und zwei Töchter, die auf mich angewiesen sind. Ich stimme vielleicht nicht mit dem überein, was die Nazis machen, aber ich kann es mir nicht leisten, mich ihnen zu widersetzen."

Q wollte nicht weiter darüber nachdenken und wechselte das Thema. „Vor einigen Tagen erhielt ich einen Brief von meiner Cousine Fanny aus Amerika. Sie hat uns auf einen Besuch eingeladen."

Emma mischte sich ins Gespräch ein. „Ihr solltet auf jeden Fall dorthin reisen, solange ihr noch könnt. Wenn ihr erst einmal Kinder habt, wird eine so weite Reise nicht mehr möglich sein."

Hilde kicherte. „Qs Mutter hat uns denselben Rat vor unserer Hochzeitsreise gegeben.“ Dann küsste sie Q auf die Wange und flüsterte ihm ins Ohr, „Klingt, als würden alle auf Enkelkinder warten.“

Q lächelte. Den Eindruck hatte er auch. „Wir wollen Fanny nächsten Sommer besuchen.“

„Ihr solltet nicht zu lange warten“, sagte Carl, zündete sich eine Zigarette an und bot auch Q eine an. „Wer weiß, wie lange es noch dauert bis es Krieg gibt und ihr das Land nicht mehr für eine Vergnügungsreise verlassen könnt?“

Q nickte. Es war ja schon mühsam gewesen, die Visa und Papiere für ihre Hochzeitsreise zu bekommen. Um wie viel herausfordernder würde es sein, zwei Jahre danach nach Amerika zu reisen?

„Wir schicken Fanny sofort einen Brief.“

KAPITEL 14

Die Kristallnacht war nur die erste von vielen Terrorkampagnen gegen die jüdische Bevölkerung sowohl in Deutschland als auch im angeschlossenen Österreich. Q war in ständiger Habachtstellung, eine Vorahnung von noch Schlimmerem in seinem Unterbewusstsein.

Sein Glaube an das Gute im Menschen wurde bis in die Grundfesten erschüttert, als er wieder und wieder Zeuge dessen wurde, was der Hass in den Menschen entfesselte. Nichts war mehr so wie früher und Q war entsetzt von den Taten seiner Landsleute.

Als das neue Jahr anbrach, kämpfte er noch immer mit Schuldgefühlen wegen Jakobs Tod. Er arbeitete freudlos vor sich hin, selbst bei den Dingen, die er normalerweise liebte.

„Q, du musst damit aufhören. Du bist nicht verantwortlich für Jakobs Tod", sagte Hilde ihm immer und immer wieder, aber Q hörte nicht zu. Seine Stimmung wurde langsam aber sicher schlechter, bis er in eine tiefe Depression rutschte. Der einzige Lichtblick war die Planung des anstehenden Besuchs bei seiner Cousine Fanny in Amerika.

„Wie ist das Wetter in Forest Hills?“, fragte Hilde beim Abendessen.

„Juni bis August sind die heißesten Monate des Jahres. Fanny hat geschrieben, dass die Temperaturen weit über 80° Fahrenheit steigen können, das sind fast 30° Celsius.“

„Ich werde Sommerkleider brauchen. Ich sollte unbedingt einkaufen gehen, was meinst du?“

Gegen seinen Willen musste Q schmunzeln. Wenn das Leben doch nur so einfach wäre. Er bezweifelte, dass Hilde Sommerkleider kaufen konnte. Nicht im Januar und nicht in einem Deutschland, das seine Produktion auf den Krieg konzentrierte.

Ohne Vorwarnung schlug seine gute Stimmung in Wut um und sein Frust brach aus ihm heraus. „Die ganze verdammte Nation fokussiert sich auf den Krieg. Jeder Industriezweig wurde umgestellt, um die Kriegsmaschinerie zu füttern. Es gibt keine Freiheiten mehr, meine Forschungen voran zu treiben. Alle meine Arbeit wird darauf ausgerichtet, kriegsrelevante Dinge zu erforschen, die sie als Waffen nutzen wollen.“

Q stieß ein leeres Glas um, während er sich in Rage redete.

„Es ist kaum zu glauben, dass dieselben engstirnigen Beamten die vor einigen Jahren über Ottos und meine Erfindungen gelacht haben, jetzt fieberhaft versuchen, etwas Ähnliches, aber natürlich Minderwertigeres herzustellen.“

Hilde nahm das Glas aus seiner Reichweite, bevor sie es

mit Wasser füllte. „Ich dachte, du wärst erleichtert, dass die Regierung deine Erfindungen nicht gekauft hat?“

“War ich. Bin ich.” Q seufzte. “Ich könnte nicht mit dem Wissen leben, dass meine Erfindungen benutzt werden, um unschuldige Menschen zu töten, nur wegen ihrer Abstammung. Und trotzdem tut es weh, dass diese arroganten Kerle meine Arbeit herabgewürdigt haben und denken, sie könnten es selbst besser hinkriegen.“ Er machte eine Pause und strich sich mit der Hand durch die Haare. „Und weißt du, was das Schlimmste ist?“

Hilde sah aus, als würde sie lieber nicht fragen. „Nein. Was?“

„Ich hatte immer geglaubt, eine Waffe ist weder gut noch schlecht; sie ist einfach. Aber die Menschen werden sie immer missbrauchen. Gib nur einem dieser Burschen in seinem Männlichkeitswahn eine Waffe zur freien Verfügung und er wird sie gegen seine Mitmenschen einsetzen. Hass, Angst und Machtgefühle werden ihn dazu bringen.“

Hilde legte eine Hand auf seinen Arm. „Du übertreibst, mein Liebster. Die Menschheit ist nicht so schlecht und die Dinge werden sich bessern.“

„Nein, werden sie nicht.“ Q vergrub den Kopf in seinen Händen, während das Übel der gesamten Welt auf ihm lastete.

„Vielleicht sollten wir überlegen, unsere Reise nach Amerika auf mehrere Monate auszudehnen, anstatt einem kurzen Besuch von ein paar Wochen?“, schlug Hilde vor.

Er sah überrascht hoch. Ein euphorischer Schauer schoss ihm durch die Adern. „Würdest du? Ich meine … unsere Reise nach Amerika ist das Einzige, was mir Freude bereitet. Aber immer, wenn ich daran denke, dass ich danach hierher zurückkommen muss, dann verfalle ich wieder in diese depressive Stimmung."

„Dann sollten wir uns um Einwanderungsvisa für Amerika bemühen", sagte Hilde.

Q sah sie mit weit aufgerissenen Augen an. Als er diese Idee zuerst angesprochen hatte, war sie dagegen gewesen. Aber im letzten Jahr hatten sich so viele Dinge verändert. Die Situation in Deutschland war hoffnungslos. Hitler würde niemals lockerlassen, bis er alles bekommen hatte, was er wollte. Österreich. Das Sudetenland. Was stand als nächstes auf seiner Liste?

„Ist es nicht feige, den leichten Ausweg zu nehmen und zu fliehen?", flüsterte er.

„Nein. Du hast schon so viel getan." Hilde legte ihre Hand auf seinen Arm. „Vielleicht bist du im Ausland von besserem Nutzen im Kampf gegen das Naziregime. Dort wo du dich auf deine Forschungen konzentrieren kannst. Wie dieses Echolot System um Schiffe und Flugzeuge aufzuspüren, von dem du mir erzählt hast."

Er hatte seine Echolot Theorien fast vergessen. Die britische Royal Air Force hatte Interesse gezeigt, aber von ihm verlangt, einen funktionsfähigen Prototypen zu liefern, nicht nur Theorien auf dem Papier.

„Vielleicht hast du Recht und es ist nicht feige auszuwandern. Ich fürchte, ich tauge nicht zum Helden."

„Du bist mein Held", sagte Hilde und kam um den Tisch herum, um sich auf seinen Schoß zu setzen. Zum ersten Mal, seit sie Jakobs Leiche gefunden hatten, spürte Q wieder Hoffnung und Aufgeregtheit über die Möglichkeiten, die vor ihnen lagen.

Er drückte sie an sich und sagte, „Lass uns gleich

Morgen früh zur Botschaft gehen und unsere Anträge für Einwanderungsvisa abgeben."

KAPITEL 15

Mehrere Wochen später erhielten sie einen Brief mit der Ablehnung ihrer beantragten Touristenvisa, mit der Begründung, dass Antragsteller für eine Green Card nicht gleichzeitig ein Touristenvisum bekommen könnten. Wahrscheinlich hatten die Behörden Angst, sie würden nach Ablauf der genehmigten Reisezeit einfach nicht das Land verlassen.

Q und Hilde waren entsprechend enttäuscht, aber weiterhin hoffnungsvoll. Die Lotterie der Nummern auf der Warteliste für die deutsche Quote würde später im Jahr erfolgen und sie beschlossen, dann erst zu verreisen. In der Zwischenzeit versuchten sie, ein so normales Leben wie möglich zu führen.

Als *Bel Ami* in die Filmtheater kam, überredete Hilde Q, mit ihr die Premiere zu besuchen. Seit Wochen war der Film in den Schlagzeilen gewesen und alle ihre Freundinnen wollten Olga Tschechowa und Johannes Riemann sehen. Es war eine willkommene Abwechslung zu der stumpfen Realität.

Hilde trug ein zweiteiliges Kleid mit einem Bleistiftrock und einer taillierten Jacke, die sich unterhalb der Taille auffächerte wie ein kurzer Rock. Die langen Ärmel und die tiefrote Farbe gaben ihrer Haut einen frischen Glanz. Mit den passenden hochhackigen Schuhen fühlte sie sich wie die Hauptdarstellerin höchstpersönlich.

Sie kicherte und träumte dem schneidigen Abenteurer Georges Duroy, der sie mit seinem Charme eroberte. Sie konnte nicht verstehen, warum Q den Film kitschig fand.

„Du mochtest ihn wirklich nicht?", fragte Hilde, während sie nach Hause gingen.

„Nein. Georges ist selbstsüchtiger Taugenichts."

„Ja, aber er hat so viel durchgemacht – hattest du nicht wenigstens ein Fünkchen Mitgefühl mit ihm?", schmollte Hilde.

„Nicht wirklich. Natürlich ist Krieg furchtbar und er hat lange in Afrika gedient, aber das entschuldigt sein Verhalten nicht. Jedenfalls bei mir nicht."

Hilde seufzte und schüttelte den Kopf. „Da müssen wir uns wohl drauf einigen, dass wir unterschiedlicher Meinung sind."

„Von mir aus." Q hielt inne und betrachtete ihre Schuhe. „Bist du sicher, dass du in denen nach Hause stöckeln willst? Wir könnten auch die Elektrische nehmen."

„Nein. Es ist so ein schöner Abend und ich brauche etwas frische Luft."

„Du siehst wunderschön aus", sagte er und zog sie eng an sich.

„Danke." Sie klemmte ihre Handtasche unter den Ellenbogen und schob ihre behandschuhte Hand durch die Armbeuge ihres Mannes. Der kleine Hut, den sie trug, hatte einen kurzen Netzschleier, der ihr bis knapp unter die Augen reichte. Diese Netze waren die neueste Mode und man sah sie überall in Berlin.

Sie sah zu ihrem Mann auf und grinste. „Du siehst heute Abend selbst ziemlich schneidig aus."

Q grinste zurück. „Ich kann ja nicht alle bewundernden Blicke nur dir überlassen, oder?"

Hilde befühlte den Stoff seines neuen, hellgrauen Leinenanzugs. Die Hosenbeine waren umgeschlagen und die Jacke mit einem breiten Revers versehen. Q hatte nur den mittleren Knopf geschlossen. Zu dem Anzug trug er ein weißes Hemd und eine weiße Krawatte.

Als sie zu Bett gingen, sagte sie, „Was das Aussehen angeht, könntest du Rhett Butler glatt den Rang ablaufen. Danke, dass du den Film mit mir angeschaut hast."

„Hmm. Ich könnte einige Gegenleistungen verlangen." Er zog sie neben sich ins Bett.

Am nächsten Tag lächelte Hilde noch immer, als sie im Büro ankam. Sie sah in ihren Kalender und stellte fest, dass sie an diesem Morgen eine Besprechung mit einem ihrer größten Kunden hatte. Seine Firma produzierte Schmierstoffe und Filter für Maschinen.

Herr Becker kam an, knetete seine Finger und rutschte auf dem Stuhl herum, den sie ihm anbot. Das war ungewöhnlich für ihn.

„Herr Becker, vielen Dank für Ihren Besuch. Es ist lange

her und ich wollte mit Ihnen die Statistiken durchgehen. Die Anzahl von Betriebsunfällen in Ihrer Berliner Fabrik ist in letzter Zeit stark angestiegen."

„Frau Quedlin." Der stämmige Mann in den Fünfzigern sah sie an wie ein Schuljunge, den man bei irgendwelchem Unfug erwischt hatte. Er faltete die Hände. „Wir haben bereits Maßnahmen eingeleitet, um die Zahl der Unfälle zu senken, falls Ihnen das Sorge macht."

Hilde sah ihm direkt in die braunen Augen und Herr Becker wich ihrem Blick aus. „Ich bin mir sicher, dass Sie das getan haben. Was mir ungewöhnlich vorkommt, ist dass unsere Versicherungsgesellschaft nur noch einen Bruchteil dieser Betriebsunfälle reguliert. Sind Sie nicht mehr mit uns zufrieden?"

Herr Becker senkte den Kopf. „Nein, das ist es nicht." Seine Stimme wurde zu einem Flüstern. „Der Berliner Fabrik wurden eintausend neue Arbeiter zugewiesen."

Hilde freute sich über seinen wachsenden Erfolg. „Herzlichen Glückwunsch. Das sind großartige Neuigkeiten." Als die Gesichtszüge des Mannes entgleisten und seine Augen einen schmerzvollen Ausdruck annahmen, senkte sie ebenfalls die Stimme und lehnte sich vor. „Es sind keine guten Neuigkeiten?"

„Nicht wirklich." Er beugte sich über den Schreibtisch und flüsterte, „Es sind Tschechen."

Sie verstand noch immer nicht. „Und …?"

Her Becker seufzte. „Aus dem Sudetenland. Junge Männer, die hierher gebracht wurden und jetzt gezwungen werden, für das Reich zu arbeiten."

„Sie meinen doch nicht …?" Hilde schnappte nach Luft.

Er seufzte erneut und sah sehr unglücklich aus. „Nein.

Sehen Sie. Ich würde lieber Mitarbeiter einstellen, die freiwillig für mich arbeiten, aber ich habe keine Wahl. Die Behörden haben meine Produktionsquoten erhöht und ohne die tschechischen Arbeiter kann ich die nicht erfüllen. Es ist einfach unmöglich, auf dem freien Mark eintausend Arbeitskräfte zu finden." Der Mann lehnte sich zurück und studierte intensiv seine Schuhspitzen.

Hilde brauchte einige Augenblicke, um seine Worte zu verarbeiten. Es ergab keinen Sinn. „Ich verstehe, warum ihre Betriebsunfälle angestiegen sind, aber warum sind die beantragten Schadensfälle gleichzeitig gesunken?"

Herr Becker hüstelte. „Weil wir sie nicht versichern. Sie werden als Arbeiter zweiter Klasse betrachtet, die nicht die gleichen Vergünstigungen erhalten wie unsere anderen Angestellten." Er redete sich in Rage und Hilde war froh, dass ihr Kollege, mit dem sie sich das Büro teilte, sich für den Tag krank gemeldet hatte.

„Ihre Arbeitsbedingungen sind grauenhaft. Sie bekommen weniger Lohn und müssen länger arbeiten. Sie müssen die ganze gefährliche Drecksarbeit machen, manchmal sogar ohne die nötigen Einweisungen oder Schutzausrüstung. Sie leben in Lagern. Und das Reichsarbeitsamt fordert von mir wöchentliche Berichte über ihre Leistung und ihr Benehmen. Jedem, der unterdurchschnittlich ist, drohen massive Sanktionen."

„Sanktionen?" Hilde wurde blass und sie fühlte sich leicht schwindelig.

„Ja. Das Arbeitsamt hat mir sogar spezielle Aufseher zur Verfügung gestellt und mehr als einmal habe ich gesehen, wie einer der Aufseher die tschechischen Arbeiter misshandelt hat. Aber mir sind die Hände gebunden. Das einzige, was ich tun kann, ist Misshandlungen in meiner Fabrik zu verbieten aufgrund allgemeiner Arbeitssicherheitsvorschriften. Was dann aber im Lager passiert, weiß ich nicht. Manche kommen am nächsten Tag nicht wieder."

Hilde hörte ganz auf zu atmen.

„Wenn ich die Produktionsquote nicht erfülle, dann wird es jemand anderes tun", fügte Herr Becker mit niedergeschlagener Stimme hinzu.

In diesem Moment betrat ihr Chef den Raum. Herr Becker sprang auf und begrüßte ihn, „Heil Hitler."

„Herr Becker, mir wurde gesagt, dass Sie heute kommen. Wie machen sich die neuen Arbeiter?"

Die Niedergeschlagenheit und das Jammern verwandelten sich vor Hildes Augen in fanatische Begeisterung. Herr Becker antwortete mit einer lauten Stimme. „Diese Arbeiter zu bekommen ist eine großartige Bereicherung für die Sache. Ich kann der Regierung nicht genug dafür danken, dass sie den Bedarf gesehen und so umsichtige Maßnahmen ergriffen hat, um meiner Firma zur besten Leistung zu verhelfen, die sie für das Vaterland erbringen kann."

„Das freut mich zu hören." Ihr Chef warf Hilde einen Blick zu und sie zog schnell den Kopf ein. „Hilft Frau Quedlin Ihnen bei Ihren Belangen?"

Herr Becker kam ihr gern zur Hilfe. „Ja, sie ist eine hervorragende Repräsentantin Ihrer Gesellschaft. Bedauernswerterweise müssen wir die neuen Arbeiter nicht versichern."

„Das weiß ich. Machen Sie sich darüber keine Sorgen. Wenn Sie sonst etwas von uns benötigen, lassen Sie es Frau Quedlin wissen. Wir müssen alle unser Bestes für Deutschland geben. Einen schönen Tag noch." Hilde wartete, bis ihr Chef das Büro verlassen hatte und verabschiedete sich dann von Herrn Becker.

Vermutlich hätte sie schockiert sein sollen, aber jeder buckelte vor den Nazis und ihren Idealen, wenn er unter Druck geriet. *Ich inbegriffen.* Während sie niemals öffentlich die Regierung lobte, hatte sie schon lange aufgehört, Negatives über die Nazis, das Dritte Reich oder Hitler zu sagen.

Wie jeder andere auch, wollte sie einfach nur überleben.

KAPITEL 16

ABGELEHNT.

Q starrte auf das Papier in seinen Händen … seine Hoffnungen und Träume zerstört. Ein Brief von der Botschaft der Vereinigten Staaten mit der knappen Nachricht, dass seine und Hildes Nummern in der Green Card Lotterie nicht gezogen worden waren. Aber sie wurden ermutigt, es im nächsten Jahr wieder zu versuchen.

In einem Jahr?

Unter den momentanen Umständen erschien das wie eine Ewigkeit. Hilde starrte ihn an und er räusperte sich, bevor er ihr den Brief vorlas. Ihr Versuch, gute Miene zum bösen Spiel zu machen, konnte ihn nicht überzeugen. Die Enttäuschung war zu offensichtlich.

„Nun, es sieht so aus, als würden wir diesen Sommer nicht nach Amerika reisen. Und dauerhaft umziehen werden wir in nächster Zeit ebensowenig."

Tränen stiegen Hilde in die Augen, während sie nickte.

Er nahm ihre Hände in seine. „Vielleicht sollten wir nochmal nach Italien fahren?“

„Ja, das wäre schön. Einige Orte besuchen, wo wir auf unserer Hochzeitsreise noch nicht waren.“ Sie lehnte sich an ihn, schlang die Arme um ihn und er wusste, dass sie sich nach der sorglosen Zeit sehnte, die sie fernab von Deutschland verbracht hatten.

„Ich werde das Touristenvisum für Italien gleich morgen beantragen. Und dann werde ich wohl an Fanny schreiben müssen und sie wissen lassen, dass wir dieses Jahr nun doch nicht zu Besuch kommen.“ Dann ging er in sein Arbeitszimmer, um Papier und Stift zu holen.

Er brauchte einige Minuten, um seine Enttäuschung in den Griff zu bekommen, bevor er sich hinsetzen und den Brief an seine Cousine schreiben konnte.

Liebste Fanny,

ich hoffe, dass dieser Brief Dich und Deine Familie bei bester Gesundheit und Stimmung vorfindet. Ich schreibe Dir, um die unerfreuliche Nachricht mitzuteilen, dass Hilde und ich Euch diesen Sommer nun doch nicht besuchen werden.

Das Schicksal hat uns den einfachsten Ausweg dadurch verwehrt, dass wir keine Green Card erhalten haben. Ich muss zugeben, dass Hilde und ich uns sehr auf die Möglichkeit gefreut hatten, in die Sicherheit Amerikas zu fliehen, aber das soll zum jetzigen Zeitpunkt nicht sein.

Nein, die höheren Mächte haben andere Pläne für uns. Deshalb bitte ich Dich darum, uns in Deinen Gedanken und Gebeten zu behalten, während wir hier inmitten größter Turbulenzen unser Leben weiterführen.

Dein Cousin,

Q

Er steckte den Brief in einen Umschlag und sagte Hilde Bescheid, dass er ihn zur Post bringen würde. Sein Verstand stellte sich langsam auf die neue Situation ein und als er wieder in die Wohnung zurückkehrte, hatte er eine neue Entschlossenheit gefunden.

Sein Wille, das Naziregime zu zerstören, war mit der Hoffnung geschwächt worden, dass er anderen diesen Kampf überlassen könnte. Jetzt jedoch brannte eine neue Flamme in seiner Brust. *Wenn es mein Schicksal ist, hier bleiben zu müssen, dann werde ich kämpfen, wo auch immer ich kann.*

„Hilde?“, rief er, während sie mit einem fragenden Blick aus der Küche kam.

„Q?“

„Ich habe einen Entschluss gefasst. Ich bin überzeugt, dass es unsere Bestimmung ist, hier zu bleiben und alles in unserer Macht stehende zu tun, um dieses Regime von innen heraus zu zerstören.“

Hilde nickte und setzte sich zu ihm auf das Sofa. „Was hast du vor?“

„Woher weißt du, dass ich etwas vorhabe?“

„Du warst spazieren und hast nachgedacht. Wenn das passiert, kommst du immer mit einem Plan zurück.“

Er legte schmunzelnd den Arm um ihre Schultern. „Du kennst mich zu gut, Liebling. Ich habe mich entschieden, Harro Schulze-Boysens Rat anzunehmen und mich nach einer passenden Stellung innerhalb der Regierung umzusehen. Direkt mit dem Regime verbunden zu sein ist der beste Weg, um Informationen zu sammeln.“

Hilde runzelte die Stirn und er versuchte, sie zu beruhigen. „Ich werde vorsichtig sein, aber ich muss es tun. Es ist etwas, was ich tun kann."

Einige Tage später erhielt Hilde einen Brief aus Zürich in der Schweiz. Sie drehte ihn in der Hand, um den Absender zu entziffern. Adam Eppstein. Es dauerte einen Moment, bis sie sich erinnerte, wer das war. Ihr früherer Vorgesetzter und Leiter der Finanzabteilung der Versicherungsgesellschaft. 1933 war er entlassen worden, weil er Jude war und seither hatte sie nichts mehr von ihm gehört.

Verehrteste Frau Quedlin,

ich muss mich entschuldigen, dass ich Ihnen nicht schon früher geschrieben habe, sobald wir Nachricht von ihrer Vermählung erhielten. Meine Frau und ich haben alle Brücken zu unserem Heimatland abgebrochen. Aber als wir von den schrecklichen Geschehnissen in Deutschland hörten, wollte ich mich bei Ihnen melden und mich bedanken.

Ich werde den Tag meiner Entlassung niemals vergessen, als Sie für mich da waren, mir geholfen haben, meine Sachen zu packen und mir einen Rat gegeben haben, den ich nicht hören wollte. Sie haben mir geraten, meine Familie woanders hinzubringen. In Sicherheit zu bringen.

Es hat über ein Jahr gedauert bis ich erkannt habe, dass Sie Recht hatten. So sehr ich mein Heimatland geliebt habe, es hat sich so sehr verändert, dass ich meine Kinder dort nicht mehr großziehen konnte.

1935 fand ich endlich den Mut, mich um Arbeit in der Schweiz zu bemühen. Und nach mehreren Monaten hat mir die Züricher Kantonalbank eine Stelle in ihrer Finanzabteilung ange-

boten. Meine Frau und ich hatten zunächst Schwierigkeiten, uns an den seltsamen Dialekt zu gewöhnen, der hier gesprochen wird, aber unsere Kinder sprechen ihn inzwischen wie Einheimische.

Deutschland zu verlassen war nicht ohne Mühen. Aber jeden Tag sind wir dankbar, in Zürich zu sein. Die Schweizer waren bisher sehr gut zu uns und wir haben viele gute Freunde gefunden.

Der Brief machte einen Absatz, die Tinte verkleckst als hätte Adam Eppstein einen Moment seinen Gedanken nachgehangen. Als der Brief weiterging, war die Schrift zittrig und Hilde hatte Schwierigkeiten, die nächsten Sätze zu entziffern.

Als wir von der Kristallnacht hörten, erlitt meine Frau einen Nervenzusammenbruch durch die Sorge um ihre, und meine, Verwandtschaft, die noch in Deutschland lebt.

Es hat einige Wochen gedauert, aber schließlich fanden wir heraus, dass die meisten unserer männlichen Verwandten in Arbeitslager gebracht worden waren.

Mein Herz ist zerrissen, während ich diesen Brief schreibe. Meine Familie und ich werden Sie immer in unseren Herzen und Gebeten tragen. Sie waren wahrlich unser Schutzengel und ich glaube, ohne Ihre weisen Worte wäre mein Leben vor vielen Jahren schon verwirkt gewesen.

Ich weiß, dass die Dinge in Deutschland zunehmend schlimmer werden und ich dränge Sie, alle nötigen Vorsichtsmaßnahmen zu ergreifen und keine unwillkommene Aufmerksamkeit auf sich zu ziehen.

Ich hoffe, dass wir uns irgendwann in der Zukunft wiedertreffen und ich mich persönlich bei Ihnen bedanken kann.

In Dankbarkeit,
Adam Eppstein

. . .

Hilde faltete den Brief sorgfältig zusammen, während ihr Tränen über die Wangen strömten. Ihre Hände zitterten und ihr Magen rebellierte unter dem Einfluss von Angst und Ergriffenheit. Sie warf den Brief auf den kleinen Tisch, der neben dem Sofa stand, legte eine Hand über den Mund und kämpfte gegen den Drang an, sich zu übergeben. Doch nur wenige Augenblicke später kniete sie vor der Kloschüssel und entleerte ihren Magen.

Danach spülte sie sich den Mund aus und wischte sich das blasse Gesicht mit einem feuchten Lappen. Auf wackeligen Beinen schleppte sie sich ins Schlafzimmer, wo sie auf die Matratze sank.

KAPITEL 17

Im Laufe der nächsten Wochen wurde Hildes Übelkeit nicht besser. Damit Q sich keine Sorgen machte, verbarg sie ihr Unwohlsein weitestgehend vor ihm. Sie war überzeugt, dass Stress und Angst für die gelegentlichen Anfälle verantwortlich waren.

An manchen Tagen wachte sie auf und musste sich übergeben, bevor sie sich überhaupt anziehen konnte. An anderen Tagen ging es ihr gut, bis ihr Magen urplötzlich bei dem Geruch von Essen rebellierte.

Das Muster hielt bis Ende Juni an, wo sie jeden Morgen spucken musste und wurde dann schlimmer. Nachdem ihr an fünf aufeinander folgenden Tagen den ganzen Tag über unwohl war, machte sie noch am selben Nachmittag einen Termin beim Arzt.

Einige Stunden später verließ sie die Arztpraxis mit gemischten Gefühlen. Zu Hause wartete sie ungeduldig auf Q, um ihm die Diagnose mitzuteilen.

„Ich hatte heute Nachmittag einen Termin", überfiel sie ihn, sobald er die Tür öffnete.

„Ein neuer Kunde?"

„Nein … der Termin war nicht bei der Arbeit. Ich bin heute gar nicht zur Arbeit gegangen."

Q sah sie an. „Du bist nicht arbeiten gegangen? Bist du krank?"

Hilde schüttelte den Kopf und versuchte, das Lächeln zu verbergen, das sich auf ihrem Gesicht breit machen wollte. „Ich habe mich in letzter Zeit nicht sehr wohl gefühlt und es schien sich heute Morgen deutlich verschlimmert zu haben." Sie hielt eine Hand hoch, als Q anfing zu sprechen. „Es ist alles in Ordnung. Ich war beim Arzt. Das war der Termin von dem ich gesprochen habe."

„Was war seine Diagnose?" Q suchte in ihren Augen nach der Antwort und Hilde konnte dieses kleine Spiel keine Sekunde länger fortsetzen. Sie legte ihre Hand an sein Kinn. „Seine Diagnose … in sechs Monaten wirst Du Vater." Sie beobachtete, wie sich sein Blick von Sorge in Ungläubigkeit verwandelte. Er sah auf ihren immer noch flachen Bauch herab und legte ehrfürchtig eine Hand dorthin, während die Realität ihrer Worte in seinem Kopf Gestalt annahm.

„Ein Baby? Du bist schwanger?", fragte er leise.

Hilde nickte. „Ich weiß, der Zeitpunkt ist schlecht—"

„Niemals! Ich werde Vater!", rief Q und tanzte mit ihr durch das Wohnzimmer. „Das ist die schönste Nachricht, die ich je bekommen habe!"

Hilde lachte, während er sie herumwirbelte und dann herzhaft küsste.

„Stopp!", schrie sie und sobald er sie abgesetzt hatte,

rannte sie ins Bad. Q folgte ihr und reichte ihr einen Waschlappen. „Tut mir leid. Was hat der Arzt darüber gesagt, wie es dir geht?“

Hilde machte sich frisch und antwortete, „Morgendliche Übelkeit. Er hat gesagt, es hört normalerweise nach drei Monaten auf, aber jede Schwangerschaft ist anders.“

Nach einigen Wochen war aus der ganztägigen Übelkeit eine leichte morgendliche Übelkeit geworden. Hilde konnte arbeiten gehen, aber wenn sie nachmittags nach Hause kam, war sie erschöpft und musste sich erst einmal hinlegen.

Nach längeren Diskussionen hatte Q sie davon überzeugt, nicht nach Italien zu reisen, sondern den Sommer über zu Hause zu bleiben. Sie war schließlich damit einverstanden, aber brauchte dringend eine Abwechslung von ihrem normalen Alltag.

Q musste ihre Unzufriedenheit bemerkt haben. „Hilde, wie wäre es, wenn wir deine Schwestern einladen, einen Teil ihrer Sommerferien bei uns zu verbringen?“

„Ich schätze, das könnten wir“, sagte Hilde.

„Du hast doch immer so viel Spaß, wenn du mit den Mädels zusammen bist. Warum lädst du sie nicht zu uns ein? Du kannst deinen Jahresurlaub nehmen und etwas entspannen.“

Hilde lächelte müde. „Das ist eine gute Idee. Vielleicht wird diese Übelkeit besser, wenn ich mal ein bisschen entspanne.“ Sie rutschte tiefer unter die Decke und fügte dann hinzu, „Aber ich will nicht, dass sie von der Schwangerschaft erfahren. Wir haben noch niemandem aus der Familie davon erzählt.“

„Die Entscheidung überlasse ich dir.“ Q küsste ihre Nase und legte den Arm um sie.

Hilde nickte und rief am nächsten Morgen ihre Eltern an, um ihre Schwestern einzuladen. Julia konnte leider nicht zu Besuch kommen, denn sie war vom Reichsarbeitsdienst auf einen Bauernhof in Mecklenburg geschickt worden, um dort ihr Pflichtjahr zu absolvieren. Aber Sophie war überglücklich über die Einladung und sie arrangierten alles Nötige für die Reise, sobald das Schuljahr zu Ende war.

Ihren Chef informierte Hilde, dass sie ihren Urlaub nun doch wie geplant nehmen wollte und er wünschte ihr gute Erholung. Q half ihr, die Wohnung für die Ankunft ihrer Schwester vorzubereiten. Am Ankunftstag holte sie Sophie vom Bahnhof ab.

„Du bist hier", sagte Hilde und drückte ihre Schwester lange an sich.

„Ich bin so aufgeregt! Vielen Dank für die Einladung. Ich habe mich zu Hause so gelangweilt. Julia ist weg und Vater sagt, ich bin zu jung für den Bund Deutscher Mädel. Dabei ist Julia nur vier Jahre älter als ich." Sophies Augen glänzten.

Hilde lächelte und hakte sich bei ihrer Schwester ein. „Ist das dein einziges Gepäckstück?", fragte sie mit Blick auf den kleinen Koffer, den ihre Schwester trug.

„Ja. Ich bin bereit mich ins Großstadtleben zu stürzen. Und einkaufen zu gehen."

Wieder lächelte Hilde. „Mittagessen und dann Einkaufen." Die Beiden aßen in einem kleinen Restaurant ein schnelles Mittagessen, bestehend aus Suppe und einem belegten Brötchen. Nach dem Essen wanderten sie durch die Geschäfte und schmiedeten Pläne für Besuche in Museen und Kunstgalerien.

Während der nächsten Tage streiften Hilde und Sophie durch Berlin, lachten zusammen und machten all die vergnüglichen Dinge, die junge Leute so machten. Q musste arbeiten, aber er gesellte sich abends und am Wochenende zu ihnen. Es war fast so sorglos wie zu der Zeit, bevor Hitler an die Macht kam. Mehr als einmal sagte Q zu Hilde, wie erleichtert er über Sophies Anwesenheit war. So hatte Hilde Gesellschaft.

Und einfach so verschwand ihre Morgenübelkeit. Eines Tages hörte sie auf und Hilde bemerkte es noch nicht einmal.

An Hildes siebenundzwanzigstem Geburtstag am 23. August überraschte Q seine zwei Frauen mit Eintrittskarten zur Freiluftaufführung von *Der Mond* von Carl Orff. Es war eine opernähnliche Produktion, die auf dem gleichnamigen Märchen der Gebrüder Grimm basierte.

Nachdem der letzte Applaus verklungen war, sammelten die drei ihre Sachen ein, um zu Qs Wagen zu gehen.

Hilde hakte sich bei ihm ein und schwärmte von der schönen Musik und den opulenten Bühnenbildern. „Vielen Dank, mein Liebster. Das war so ein wundervolles Geburtstagsgeschenk."

Q konnte nicht antworten, da jemand seinen Namen rief. „Wilhelm Quedlin!"

Sie blieben stehen, während ein Mann im dunklen Anzug auf sie zu kam. Hilde zog fragend eine Augenbraue hoch, aber Q schien nicht im mindesten beunruhigt zu sein. Stattdessen winkte er. „Erhard Tohmfor, Dich habe ich nicht mehr gesehen, seit wir die Universität verlassen haben."

„Ja, Q. Schön dich zu sehen. Wie geht es dir?"

„Mir geht es gut. Erhard, darf ich dir meine Frau Hilde und ihre Schwester Sophie vorstellen?"

„Meine Damen, es ist mir ein Vergnügen, Ihre Bekanntschaft zu machen." Erhard Tohmfor küsste beiden Frauen die Hand und erklärte, „Q und ich kennen uns schon seit dem ersten Semester im Chemiestudium."

„Das ist wahr", sagte Q, „Aber irgendwie haben wir uns aus den Augen verloren, als wir mit unsere Doktorarbeiten in verschiedenen Bereichen geschrieben haben."

„Ich würde dich gern auf den neuesten Stand bringen, aber ich will dir nicht noch mehr Zeit von eurem gemeinsamen Abend rauben. Warum treffen wir uns nicht nächste Woche mal zum Mittagessen?", schlug Erhard vor.

„Das klingt gut. Wie wäre es Montag um zwölf?" Q erwähnte ein Restaurant in der Nähe des Kaufhaus des Westens und Erhard versprach, ihn dort zum Mittagessen zu treffen. Er verabschiedete sich und Q geleitete die beiden Frauen nach Hause.

KAPITEL 18

Am folgenden Montag betrat Q das Restaurant, um Erhard zu treffen. Auf der Mittagskarte wurden drei verschiedene Gerichte zu günstigen Preisen angeboten, und dementsprechend voll war es. Q wählte Gulasch mit gekochten Kartoffeln, Erhard bestellte Kassler mit Sauerkraut. Als die Kellnerin das Essen servierte, bezahlte jeder seinen Anteil und Q atmete tief ein. „Das riecht köstlich, nicht wahr?“

Erhard hatte die Gabel bereits in der Hand. „Ja. Ich wette, es schmeckt noch besser. Ich bin hungrig wie ein Bär.“

“Nun erzähl mal, wo arbeitest du inzwischen?“, fragte Q, nachdem er einen herzhaften Bissen genommen hatte.

Erhard kaute und schluckte ein Stück Kassler herunter. Ein genießerischer Seufzer entfuhr ihm beim Geschmack des geräucherten Schweinefleischs. „Ich arbeite für Loewe Radio.“

Q zog eine Augenbraue hoch. Loewe Radio produzierte

allerlei hochentwickelte Funkausrüstung für das Militär, aber sie stellten auch den Volksempfänger her, ein kleines, günstiges Radio für Jedermann. Er grinste bei der Erinnerung, wie er vor einigen Jahren eins der ersten dieser Geräte gekauft und *verbessert* hatte, um auch Kurzwellen empfangen zu können. Der gute alte Volksempfänger leistete ihm noch immer gute Dienste, inklusive des Empfangs der strikt verbotenen ausländischen Radiosender.

„Na sowas. Du arbeitest sicherlich für eine *interessante* Firma."

„Ja, es ist wunderbar. Ich habe dort 1934 angefangen und bin erst kürzlich zum Leiter des Chemielabors befördert worden. Wir haben die fortschrittlichsten Technologien zur Verfügung und genug Geld für Forschung." Erhard strahlte über beide Ohren und zählte die Forschungen seiner Firma auf dem Gebiet der Rundfunktechnik auf. „Wir arbeiten gerade daran, Filme in die Häuser der Menschen zu bringen mit unserem *Einheits-Fernseh-Empfänger E1*."

Q hatte von dem E1 gehört, der dem Volksempfänger ähnlich war, aber mit Bildern. Dieses moderne Gerät wurde auch Fernseher genannt und bisher war es für den Otto-Normal-Verbraucher unerschwinglich gewesen.

„Herzlichen Glückwunsch", sagte Q. „Es klingt, als würdest du deine Arbeit genießen." *Nicht so wie ich.* Anscheinend musste Erhard sich keine Gedanken um Budgetkürzungen oder Verlagerung der Forschung für militärische Zwecke machen.

„Ja, das tue ich. Im Moment ist so viel los. Der E1 ist für das Volk, aber abgesehen davon arbeiten wir an bahnbrechenden neuen Technologien. Drahtlose Übertragungen. Fernsteuerung. Standortbestimmung durch Schallwellen. Es ist ein Paradies für Wissenschaftler." Erhard gestikulierte mit den Händen und Q fühlte sich in Universitätszeiten zurück versetzt.

Sie hatten die gleichen kommunistischen Ideale und Zukunftsträume verfolgt. Während seine wissenschaftliche Seite Erhards Enthusiasmus für die neue Technik nachvollziehen konnte, fühlte sich seine humanistische Seite betrogen. „Du hast dich verändert", sagte er.

Erhard hob eine Augenbraue. „Wie das?"

„Du arbeitest für das Regime. Damit verrätst du alles, woran du damals geglaubt hast. Frieden. Gleichheit. Freiheit. Alles, was deine Firma entwickelt ist für den Krieg bestimmt, sogar der E1!" Q hatte seine Stimme erhoben und seinen leeren Teller von sich geschoben.

Erhard sah ihn scharf an und ließ den Blick dann durchs Restaurant schweifen. „Nicht hier. Warte ein paar Minuten und dann folge mir."

Qs Kinnlade klappte herunter als Erhard vom Tisch aufstand und den Flur entlang in Richtung Küche wanderte. Neugierig wartete er die angeordneten Minuten und folgte dann dem Mann, mit dem er vor Jahren so viel gemeinsam gehabt hatte.

Erhard wartete auf ihn und zog ihn dann zur Hintertür hinaus in eine Gasse hinter dem Restaurant. Er sah sich um. Sie waren allein. „Bist du noch immer ein Gesinnungsfreund?"

Q bedachte seinen Freund mit einem forschenden Blick. „Fragst du mich, ob ich noch immer die gleiche Meinung vertrete wie damals, als wir an der Uni waren?"

Als Erhard nickte, sagte Q, „Ja. Meine Meinung hat sich nicht geändert."

„Nun, meine auch nicht." Erhard stockte und erklärte dann leise, „Ich habe meine Forschungsarbeit bei Loewe geliebt. Aber als die Firma letztes Jahr arisiert wurde und die Besitzer nach Amerika auswandern mussten, wollte ich kündigen."

„Warum hast du es nicht getan?", fragte Q und presste die Lippen zusammen.

„Weil mir die Leitung des gesamten Chemielabors und der Produktionsabläufe angeboten wurde."

Q kniff die Augen zusammen und Erhard hielt eine Hand hoch. „Bevor du mich verurteilst, hör mir zu. Ich habe diese Stelle angenommen, weil sie mir die Möglichkeit gibt, gegen die Regierung zu arbeiten. Ich sabotiere die Produktion von militärischer Ausrüstung."

„Was?" Qs Gehirn brauchte einige Augenblicke, um Erhards Worte zu verarbeiten. Der Mann, der hier vor ihm stand, tat genau das, was Schulze-Boysen vorgeschlagen hatte. Das Regime von innen heraus schädigen.

Beide Männer standen schweigend da, bis Q seine Stimme wiederfand. „Es tut mir leid, dass ich dich falsch eingeschätzt habe, mein Freund."

„Nichts für ungut", antwortete Erhard. Er sah sich noch einmal um, bevor er sich wieder Q zuwandte und ihn lange forschend ansah. Bevor er fortfuhr, atmete er tief aus. „Ich könnte wirklich noch jemanden im Labor brauchen. Einen Wissenschaftler, aber auch jemanden, dem ich vertrauen kann, das Richtige zu tun."

Als die Tür sich öffnete und mehrere Angestellte in die Gasse traten, drehten sich Erhard und Q weg und gingen in Richtung Hauptstraße. Sie liefen schweigend fast einen ganzen Häuserblock, bevor Q seinen Freund ansah und fragte, „Kann ich eine Nacht darüber schlafen?“

Erhard nickte. „Aber warte nicht zu lange, weil—“

Er wurde mitten im Satz unterbrochen, als sich ihnen zwei Männer in den Weg stellten. Trotz der Augusthitze trugen sie lange, schwarze Ledermäntel und Kampfstiefel. Gestapo.

„Papiere!“, forderte einer.

Erhard wandte sich ihnen zu und salutierte mit dem Hitlergruß, was Q wohl oder übel auch tat, jedoch mit zusammengepressten Kiefern. Die Gestapobeamten untersuchten ihre Ausweise eingehend, bevor sie diese wieder aushändigten.

Aber anstatt sie gehen zu lassen, schien der größere der beiden die Abwechslung zu genießen und fing an, ihnen eine Frage nach der anderen zu stellen. „Wo arbeiten Sie?“

„Loewe. Wir produzieren Funkausrüstung für die Wehrmacht“, sagte Erhard und zeigte seinen Firmenausweis vor.

„Und Sie?“ Der Mann nickte Q zu.

„Ich arbeite für die Biologische Reichsanstalt“, antwortete Q und händigte seinen Dienstausweis aus. Ihm sträubten sich die Nackenhaare bei der Vorstellung, dass diese Männer sich langweilten und auf Ärger aus waren.

„Warum spazieren Sie beide durch die Stadt, anstatt zu arbeiten?“, fragte der Beamte mit den seelenlosen grauen Augen.

„Ihr Verhalten ist sehr verdächtig“, fügte sein Partner hinzu.

Q schluckte schwer und warf Erhard einen Blick zu. Erhard wirkte durch die Gestapo nicht im geringsten eingeschüchtert und senkte seine Stimme zu einem verschwörerischen Ton, „Sie sind sehr aufmerksam. Mein Partner und ich befinden uns auf einer geheimen Mission, beauftragt vom Führer persönlich, um feindliche Funkstationen aufzuspüren."

Q blinzelte bei der platten Lüge, aber Erhard zog sogar einen Spannungsmesser aus der Tasche und zeigte ihn den Beamten. *Ein Spannungsmesser? Um Funkstationen zu finden? Falls diese Kerle auch nur ein Fünkchen Verstand haben, werden sie wissen, dass das völliger Schwachsinn ist.*

Aber die Blicke der Männer klebten an Erhards Lippen, während er ihnen die Funktionsweise dieses hochentwickelten technischen Geräts erklärte, wobei er genug Fachbegriffe einstreute, um sie zu verwirren. Beide Männer gaben ihr Bestes so zu tun, als würden sie alles verstehen, was er ihnen erklärte und bedankten sich am Ende sogar bei Erhard für seine wichtige Arbeit.

Q lachte im Stillen über die Leichtgläubigkeit der Männer. Endlich gingen sie salutierten Erhard sogar, als wäre er jemand sehr wichtiges. Q schaffte es, an sich zu halten, bis die beiden Beamten ein gutes Stück entfernt waren, bevor er sich an seinen Freund wandte. „Sehr gut gemacht, mein Freund."

„Das war erfrischend, nicht wahr?" Erhard schmunzelte.

Bevor sie sich verabschiedeten, hielt er Q zurück. „Sei vorsichtig, mein Freund. In den letzten paar Monaten gab es einen plötzlichen Anstieg von Militärverträgen mit Loewe und sie deuten alle auf September hin. Bisher hat uns der Krieg kaum Verluste gekostet, aber da kommt etwas Großes auf uns zu. Etwas, das weder die Engländer noch die Franzosen ignorieren können."

Q nickte. „Das glaube ich auch. Nicht weil ich klassifizierte Informationen besitze wie du, aber es liegt etwas in der Luft. Ich kann es förmlich riechen."

„Ein Grund mehr, für Loewe zu arbeiten. Du wärst in einem unabkömmlichen Beruf. Sogar ein Stück weit vor Willkür geschützt, wie du eben gesehen hast."

„Ich muss mit Hilde darüber sprechen. Ich melde mich, versprochen."

Erhard blickte ihn prüfend an, dann entspannte er sich. „Ich verstehe. Ich freue mich darauf, bald von dir zu hören."

Q ging an diesem Tag bewusst langsam von der Arbeit nach Hause. Das Gespräch mit Erhard wog schwer auf seinem Gewissen. Er war die Dinge schon tausendmal in seinem Kopf durchgegangen. Jetzt musste er mit Hilde sprechen.

Als er die Wohnung betrat, schier platzend vor Gesprächsbedarf, waren Hilde und Sophie in der Küche mit der Zubereitung des Abendessens beschäftigt. Er knirschte mit den Zähnen und grüßte sie. Was dann beim Essen folgte, war ein nicht enden wollendes Geplauder über ihren Tag, durchsetzt mit der einen oder anderen Frage nach seinem Treffen mit Erhard.

Q biss sich auf die Zunge. Sein Anliegen war für junge Ohren nicht geeignet. Nach dem Essen entschuldigte er sich und zog sich in sein Arbeitszimmer zurück. Während er vorgab zu arbeiten, lauschte er auf die Geräusche in der Wohnung, bis er – endlich – die Tür des Gästezimmers hörte und sich Schritte seinem Arbeitszimmer näherten.

Hilde steckte den Kopf herein. „Sophie schläft."

„Gut." Er sprang von seinem Stuhl auf.

„Was ist denn nur los mit dir?", fragte Hilde, aber Q

schüttelte den Kopf und griff ihre Hand. „Geh mit mir spazieren."

Sie nahm eine rostbraune Strickjacke vom Haken an der Tür und zog sie über ihre kurzärmelige Sommerbluse, bevor sie ihm nach draußen folgte. Es war schon weit nach zehn Uhr und der Mond warf ein fahles Licht auf die verwaisten Straßen. Q beschleunigte sein Tempo und zog sie hinter sich her, bis sie eine leere Bank erreichten.

„Setz dich", sagte er, machte aber keine Anstalten, sich zu ihr zu setzen.

„Q, so langsam machst Du mir Angst", sagte sie und stand wieder auf. „Seit du nach Hause gekommen bist, bist du so unruhig."

„Ich möchte, dass du Sophie nach Hause schickst. Morgen."

Sie trat einen Schritt rückwärts, die Hand flog an ihren Hals. „Was? Warum? Wir haben so viel Spaß zusammen."

Er presste die Lippen aufeinander. „Es ist wichtig, dass du mir in dieser Sache vertraust und sie sofort morgen früh nach Hause schickst."

Hilde sah ihn an, verschränkte die Arme vor der Brust und schüttelte den Kopf. „Nicht wenn du mir nicht sagst warum."

Q starrte sie an. „Ich will mich nicht erklären müssen ..."

„Nun, wenn du von mir erwartest, dass ich morgen meine Schwester nach Hause schicke, dann solltest du das tun. Ich bin deine Heimlichtuerei leid. Glaubst du ich merke nicht, wie du dich nachts raus schleichst, die geflüsterten Telefonate, die versteckten Papiere in deinem Arbeitszimmer, deine wachsende Anspannung? Ich bin nicht blöd, weißt du?"

Er seufzte. „Nein, bist du nicht." Er nahm sie in die Arme und küsste ihr Haar. „Ich will dich beschützen. Mit unserem Kind, das du in dir trägst, und deiner Schwester zu Besuch, wollte ich dir wenigstens einen sorglosen Sommer verschaffen."

Hilde lehnte sich an seine Brust. „Das ist lieb von dir, mein Liebster, aber wie soll ich denn sorglos sein, wenn ich deine Anspannung spüre? Sag mir, was los ist."

Q schaute sie mehrere lange Augenblicke an, bevor er einen Atemzug herauspresste und sagte, „Es gibt bald Krieg."

„Krieg?" Sie schüttelte den Kopf und sah verwirrt aus. „Wir sind doch seit dem Anschluss Österreichs vor eineinhalb Jahren ständig in dem einen oder anderen Krieg."

„Ja. Aber jetzt kommt etwas Großes. Ein echter Krieg. Schlimm und hässlich. Mein alter Freund Erhard Tohmfor hat meine Befürchtungen heute bestätigt."

„Wann?", flüsterte Hilde.

„Sehr bald. Sophie muss nach Hause. Sofort. Bitte?"

Hilde nickte. „Ich werde sie sofort Morgen früh zum Bahnhof bringen. Es gibt einen frühen Zug nach Hamburg ..." Tränen glänzten in ihren Augen und liefen ihr dann über die Wangen. „Oh Q, wird es wirklich dazu kommen?" Es brach ihm das Herz, die Angst in ihren Augen zu sehen.

„Ich fürchte ja. Sophie wird bei ihren Eltern viel sicherer sein als hier bei uns in der Hauptstadt."

Am nächsten Morgen erklärten sie einer sehr enttäuschten Sophie, dass sie ihren Aufenthalt in Berlin abbrechen und sofort nach Hause zurückkehren mußte. Hilde half Sophie beim Packen und Q fuhr sie zum Bahnhof.

Während Hilde ihrer Schwester winkte, sah Q die Tränen über ihre Wangen strömen. „Wir werden sie wiedersehen“, versicherte er seiner Frau.

Einige Tage später, am 3. September 1939, erklärten Frankreich und England Deutschland den Krieg, nachdem Hitler am ersten September in Polen einmarschiert war.

KAPITEL 19

Das normale Leben war im November schon nur noch eine entfernte Erinnerung. Im Rückblick erkannte Q problemlos die Ecksteine des sorgfältig geplanten Angriffs auf Polen. Nur drei Tage vor dem Termin hatte die deutsche Regierung Rationsbücher eingeführt.

Von da an wurde alles, was der Mensch zum Leben braucht – inklusive Lebensmittel, Textilien und Rohstoffe – rationiert. Jeder Haushalt bekam abhängig von der Anzahl der darin lebenden Personen eine Lebensmittelkarte.

Q musste das der Regierung zugute halten. Es war ein kluger Schachzug, um die Panik in den Griff zu bekommen, die sonst ausbrechen würde, sobald Deutschland einen echten Krieg begann. Gleichzeitig beugte es dem Bunkern von Lebensmitteln vor.

Sobald Sophie nach Hamburg abgereist war, erzählte Q Hilde von Erhards Stellenangebot – und den subversiven Tätigkeiten, die es mit sich brachte. Wie immer unterstützte sie ihn in seinem Kampf gegen Hitlers Regime, aber er konnte auch erkennen, dass sie noch immer wünschte, sie hätten die Green Card für Amerika bekommen.

Einige Wochen später betrat Q das Arbeitsamt bewaffnet mit dem Anstellungsvertrag von Loewe und setzte sich auf eine der Holzbänke in dem langen, leeren Flur. Eine Putzfrau kam vorbei, die den Boden auf Hochglanz wienerte.

Im krassen Gegensatz zu den Zuständen vor fünf Jahren waren die Flure jetzt menschenleer. Die Nazis hatten es geschafft, die Vollbeschäftigung zu erreichen. Aber zu welchem Preis? Q ballte seine Hand zur Faust. Dieses Affentheater war lächerlich!

Die Tür neben ihm öffnete sich und ein Mann mittleren Alters mit Hornbrille rief ihn herein. Nach dem obligatorischen Hitlergruß bot der Beamte ihm einen Stuhl an. Der Raum war mit Holzschreibtischen, Stühlen und Aktenschränken ausgestattet, die schon bessere Tage gesehen hatten. An der Wand hing ein Portrait von Hitler, eingerahmt von zwei Hakenkreuzfahnen. Ein Schauer lief über Qs Rücken und er packte seine Aktentasche fester.

„Sie suchen Arbeit?", fragte der Mann mit einem freundlichen Lächeln.

„Nein. Ich bin gekommen, um die Erlaubnis einzuholen, meine Arbeit für die Biologische Reichsanstalt zu beenden und –"

Das Lächeln des Mannes verschwand. „Papiere!"

Q zog seine Papiere aus der Aktentasche und händigte sie dem Beamten aus, der sie eingehend studierte.

„Doktor Quedlin, Ihr Anliegen ist äußerst ungewöhnlich. Warum wollen Sie Ihre derzeitige Stellung bei der Reichsanstalt aufgeben?"

„Wie Sie aus meinen Papieren ersehen können, hat Loewe mir eine leitende Position in der Forschung und Entwicklung der Funktechnologie –"

„Ja, das sehe ich", sagte der Mann kurz angebunden. „Aber wenn jeder in den kriegswichtigen Industriezweigen einfach seine Arbeit wechseln würde, wenn ihm danach ist, könnten wir den Krieg niemals gewinnen."

Natürlich. Hartgesottener Nazi. „Mein Herr, ich verstehe Ihre Sorge. Das Arbeitsamt hat sehr viel bessere Kenntnisse über die Bedürfnisse unseres Vaterlandes als der einzelne Angestellte. Und es käme mir auch nie in den Sinn, den Dienst zu quittieren, mit dem ich so weise betraut wurde. Ich bin zu Ihnen gekommen, in der Hoffnung Klarheit zu gewinnen. Möglicherweise hilft mir die Anstellung bei Loewe, einen noch wertvolleren Beitrag zu den Kriegsanstrengungen zu leisten."

Das Lächeln kehrte zurück auf das Gesicht des Beamten. „Es kommt selten vor, dass Wissenschaftler wie Sie das überlegene Wissen des Arbeitsamtes akzeptieren."

Qs Augenlid zuckte, aber er zwang ein freundliches Lächeln auf seine Lippen. „Danke."

„Bitte erklären Sie mir, in welcher Hinsicht die neue Position dem Führer und dem Vaterland dient." Der Beamte lehnte sich in seinem Stuhl zurück und faltete die Hände vor seinem Bauch, während er Q aufmerksam beobachtete.

„Die Position, die mir von Loewe angeboten wurde, ermöglicht es mir, an Projekten zu arbeiten, von denen die Wehrmacht direkt profitiert. Die neuen Technologien werden langfristig dem Schutz unserer Soldaten dienen. Jetzt, wo wir uns im Krieg befinden, sollte dies mein erstes

Anliegen sein und die Arbeit im Pflanzenschutz – wenn auch wichtig – muss zurückstehen."

Der Beamte lehnte sich vor, Begeisterung in der Stimme. „Der Krieg wird bald vorüber sein. Polen wurde in vier Wochen erobert. Die Franzosen kommen als nächstes dran. Wir werden sie genauso einfach besiegen. Und unser Führer hat noch weitere Pläne."

Q stimmte dem zwar nicht zu, nickte aber trotzdem. „Machen Sie sich keine Sorgen um Stalin?"

„Nein, natürlich nicht. Unsere Regierungen haben doch den Nichtangriffspakt unterschrieben und die Sowjetunion hat uns bei der Aufteilung Polens gute Dienste geleistet."

Galle stieg in Qs Kehle auf. Viele Jahre lang hatte man die Sowjetunion als Feinde Deutschlands betrachtet, und jetzt waren sie auf einmal die besten Freunde.

Während Q mit seinen Gefühlen kämpfte, drückte der Beamte die notwendigen Stempel auf seinen Anstellungsvertrag und gab ihn zurück. „Machen Sie dem Regime alle Ehre, Doktor Quedlin."

„Vielen Dank, mein Herr." Q steckte die Papiere in seine Aktentasche und verließ den Raum mit einem flauen Gefühl im Magen.

Als er in der Biologischen Reichsanstalt dem Direktor seine genehmigte Kündigung überreichte, fiel ihm ein großer Stein vom Herzen. Bei Loewe würde er etwas wesentlich Bedeutungsvolleres tun können.

Seit Hilde ihm gesagt hatte, dass sie ihr erstes Kind erwartete, hatte eine ungewohnte Sorge von ihm Besitz ergriffen. Geld.

Wenn ihm etwas passierte, wollte er sichergehen, dass Hilde und das Baby auch ohne sein Einkommen bequem leben konnten. Sie hatte sich an einen bescheidenen Luxus gewöhnt und er wollte nicht, dass sie knausern musste.

Mit diesem Gedanken im Hinterkopf hatte er seine Bemühungen intensiviert, die kommerziellen Rechte an einem weiteren seiner Patente zu verkaufen. Überraschenderweise war das nicht sehr schwer, denn mit dem Krieg in vollem Gange standen die Firmen Schlange bei den lukrativen Rüstungsverträgen und einige seiner Patente im Bereich des Nachweisens von Gasen waren sehr gefragt.

Als er nach Hause kam, erwartete Hilde ihn mit einem Brief in der Hand. Sie sah jetzt noch schöner aus mit ihrem gerundeten Bauch, den rosigen Wangen und dem glänzenden Haar. Q küsste ihren Mund und ihren Bauch, um Mutter und Kind zu begrüßen, dann nahm er ihr den Brief ab.

Trotz ihrer Proteste zog er sich in sein Arbeitszimmer zurück, um ihn zu öffnen. Er zögerte einige Augenblicke mit klopfendem Herzen, bevor er den Brief sorgfältig mit dem Brieföffner aufschlitzte, den seine Mutter ihm zur Hochzeit geschenkt hatte.

Sekunden später stürmte er ins Wohnzimmer und bremste vor Hilde, hob sie vorsichtig hoch und drehte sich einmal mit ihr im Kreis.

Hilde kicherte. „Gute Nachrichten?"

„Ja, Liebling. Die Drägerwerke haben zugestimmt, noch eins meiner Patente für die bescheidene Summe von … Trommelwirbel … fünfundzwanzigtausend Reichsmark zu kaufen."

„Fünfundzwanzig?" Hilde zog die Stirn in Falten und rechnete im Kopf. „Das … oh, Grundgütiger! Das ist mehr als ein Fünfjahresgehalt für dich."

Q wölbte stolz die Brust. „Ich weiß. Es ist unglaublich, nicht wahr? Ich werde deinen Vater anrufen und ihn fragen, wie wir das Geld anlegen sollen. Ich möchte, dass es dir und dem Baby zur Verfügung steht, sollte mir etwas passieren."

Hildes Blick trübte sich. „Dir wird nichts passieren, mein Liebster. Beschwör es nicht herauf."

„Du hast Recht", sagte er. „Aber ich möchte, dass dieses Geld unsere Notreserve ist. Bei diesem Krieg weiß man nie."

Nach dem Abendessen setzte sich Hilde hin, um sich auszuruhen und ein Jäckchen für das Baby zu stricken. Q zog sich in sein Arbeitszimmer zurück und rief seinen Schwiegervater an.

Sie tauschten einige Höflichkeiten aus und dann kam Q zur Sache. „Carl, kann ich dir eine Frage bezüglich Steuern stellen?"

„Natürlich. Auch wenn ich mehr Erfahrung mit dem Steuerrecht für Firmen habe und nicht für Privatpersonen."

„Es sieht so aus, als würden wir eine bescheidene Summe Geld für meine Patente bekommen."

Carl lachte leise in den Hörer. „Wie bescheiden genau? Kleinere Summen sind steuerfrei."

„Fünfundzwanzigtausend", sagte Q, nahm den Brieföffner zur Hand und strich mit dem Daumen über den Amethyst. Seine Mutter behauptete, der Amethyst sei sein Glücksstein.

„Herzlichen Glückwunsch-", sagte Carl, aber Q fiel ihm ins Wort.

„Nein, nicht. Nicht bevor ich das Geld wirklich in den Händen halte."

Carl lachte. „Gut. Bei dieser Summe wirst du die volle Kriegssteuer von fünf Prozent zahlen müssen. Davon abgesehen gibt es, glaube ich, keine weiteren steuerlichen Auswirkungen."

Q schüttelte den Kopf. „Ich frage mich, was als nächstes kommt? Zu den extra Steuern und den Lebensmittelkarten kommt jetzt noch, dass du um Erlaubnis bitten musst, wenn du die Arbeitsstelle wechseln willst und eine Reisegenehmigung zu bekommen ist nahezu unmöglich."

„Jeder sagt der Krieg ist bald vorbei."

„Zumindest sollen wir das glauben." Q rieb noch einmal den Amethyst.

„Also, was willst du mit dem Geld machen?", fragte sein Schwiegervater.

„Nun, Hilde und ich haben darüber gesprochen. Ich denke, wir sollten einen kleinen Teil darauf verwenden, hochwertige Dinge zu kaufen, die ihren Wert auch in einer Hyperinflation nicht verlieren."

„Gute Idee. Was zum Beispiel?"

„Schmuck und antike Möbel waren zwei Dinge, die uns eingefallen sind." Q grinste in Erinnerung an Hildes leuchtende Augen, als er Edelsteine erwähnt hatte.

Carl atmete hörbar aus und Q stellte sich vor, wie er gerade Rauch ausblies. Carl hatte sich vermutlich eine Zigarette angesteckt, während er es sich in seinem Sessel bequem gemacht und den Anruf entgegen genommen hatte. „Das ist eine solide Wahl. Du solltest auch in Goldmünzen investieren. Aber sei gewarnt, du wirst sie so diskret wie möglich kaufen müssen und sie an einem sehr sicheren Ort verstecken. Ich würde vorschlagen, sie irgendwo zu vergraben."

„Wir haben keinen Garten und ich würde sie nicht irgendwo vergraben wollen, wo sie jemand anderes finden kann. Oder wir könnten sie bei euch im Garten vergraben … Für den Fall, dass Hilde und mir etwas zustößt."

Carl hob die Stimme. „Genug von diesem düsteren Gerede. Euch wird nichts zustoßen. Keiner von euch ist Wehrmachtsoldat."

Q presste die Lippen aufeinander. Auch wenn das Land im Krieg war, tat fast jeder so, als hätte sich nichts verändert. *Vielleicht brauchen die Menschen diese Art von Verdrängung, um mit der Gefahr umgehen zu können?* „Aber die Leute machen sich Sorgen. Einige meiner Kollegen in Berlin verbrachten ihren Sommerurlaub und die Wochenenden damit, ehrenamtlich auf den Bauernhöfen außerhalb der Stadt auszuhelfen."

„Ja, hier in Hamburg ist es das Gleiche. Sie wollen gute Beziehungen schaffen für den Fall, dass das Essen knapp wird", sagte Carl nachdenklich. „Ich kann den Hunger, den wir nach dem Weltkrieg hatten, noch immer in den Knochen spüren. Das war eine Erfahrung, die ich nicht wiederholen möchte und ich will schon gar nicht, dass meine Töchter das durchmachen müssen."

„Ein weiterer Grund, unser Geld sicher zu investieren. Danke für deinen Rat. Hilde und ich werden mit diesem Segen bestimmt umsichtig umgehen, wenn es denn dazu kommt."

„Besteht die Möglichkeit, dass es nicht dazu kommt?", fragte Carl.

„Heutzutage kann alles passieren."

„Nun, ich werde euch die Daumen drücken. Plant ihr noch immer, an Weihnachten zu Besuch zu kommen?"

„Ja. Ich muss Zugfahrkarten kaufen wegen der Treibstoffrationierung." Q verzog das Gesicht und kritzelte eine Notiz auf ein Stück Papier.

„Sag Bescheid, an welchem Tag und um welche Uhrzeit ankommt. Wir werden euch vom Bahnhof abholen."

„Das werden wir. Nochmals vielen Dank. Bis bald."

KAPITEL 20

Hilde rutschte auf ihrem Sitz herum, um eine bequeme Position zu finden. Der Zug rumpelte durch die Landschaft Richtung Hamburg. Weißer Frost überzog die Felder und Nebelschwaden gaben der Gegend etwas Geheimnisvolles.

„Ich hoffe, wir haben weiße Weihnachten, so wie letztes Jahr“, sagte sie und lehnte sich an Qs Schulter.

„Statistisch gesehen hatte Norddeutschland in den letzten fünfzig Jahren alle zehn Jahre weiße Weihnachten“, antwortete Q und sie boxte ihm gegen die Brust. Er schmunzelte und schaute auf ihren enormen Bauch. „Sieh es positiv. In deinem Zustand möchtest du keinen Schnee schippen.“

„Nein. Aber ich würde gern mit einer Tasse heißen Tee am Fenster sitzen und meinem Mann dabei zusehen.“ Sie kicherte und drückte dann die Hand gegen die Seite ihres Bauches.

„Was ist los, Liebling?“, fragte Q besorgt.

„Nichts. Das Baby tritt mich nur wieder." Hilde atmete tief durch und nahm die Hand weg, um ihm eine Beule in der Größe eines Babyfußes zu zeigen, die an der Bauchdecke entlang tanzte. „Siehst du, es bewegt sich."

Q verfolgte die Beule mit der Hand und lachte leise.

„Ich hoffe, es entscheidet sich, lieber früher als später geboren zu werden", sagte Hilde müde. Im letzten Monat ihrer Schwangerschaft fühlte sie sich wie ein Walross und jede Bewegung war mühsam geworden.

Qs Augen nahmen einen panischen Ausdruck an. „Das Baby soll erst in zwei Wochen kommen. Ich habe dir doch gesagt, dass es nicht klug war, jetzt noch nach Hamburg zu reisen. Was, wenn die Wehen zu früh anfangen? Hier im Zug?"

Hilde lachte seine Sorgen beiseite. „Wir haben das bereits ausführlich diskutiert. Die Reise dauert nur wenige Stunden. Und die Hebammen in Hamburg sind genauso gut wie die in Berlin, sollte unser Krümel sich entschließen, zu früh zu kommen."

Am Bahnhof in Hamburg stiegen sie aus dem Zug und wurden von ihrem Vater auf dem Bahnsteig begrüßt. Er drückte Hilde fest an sich und betrachtete sie bewundernd. „Meine kleine Tochter ist erwachsen geworden. Und bald wirst du selbst eine Mutter sein."

Ihre Stiefmutter, Emma, hatte bereits das Abendessen vorbereitet. Am nächsten Morgen halfen alle, den Weihnachtsbaum für Heiligabend zu schmücken – mundgeblasene Glaskugeln aus dem Erzgebirge, handgeflochtene Strohsterne in verschiedenen Formen und Farben. Als krönenden Abschluss schmückte Carl den Baum mit echten

Kerzen – gebrauchte vom letzten Weihnachten, aber immerhin Kerzen.

Obwohl Hildes Halbschwestern, Julia und Sophie, schon viel zu alt waren, um noch an das Christkind zu glauben, tat die Familie trotzdem so, als würde es existieren. Es war eine der geliebten Traditionen, die keiner aufgeben wollte.

Aber in diesem Jahr war es schwierig, in Weihnachtsstimmung zu kommen. Der Krieg lauerte über dem Land wie ein schwarzer Schatten, der sich jeden Moment auf sie stürzen und alles verwüsten würde.

Emma sammelte alle Lebensmittelkarten ein, inklusive der Extraration für die schwangere Hilde, und schaffte es so, ein anständiges Weihnachtsfestmahl zu zaubern.

„Vollmilch! Das ist ein Geschenk des Himmels", rief Emma, als sie Hildes Extrarationen inspizierte.

„Diese fettarme Milch, die wir Normalsterblichen kaufen dürfen, ist absolut widerlich", stimmte Q zu. „Ich bin überzeugt, dass sie zusätzlich noch mit Wasser verdünnt wird, nachdem jedes Tröpfchen Fett und die Sahne entfernt wurde."

Emma lächelte. „Q, würdest du in die Vorratskammer gehen und mir eine Tafel Schokolade holen, die ich auf dem obersten Regal versteckt habe?"

Als er mit der Schokolade in der Hand zurückkehrte, lief Hilde das Wasser im Mund zusammen. Es war dieser Tage so schwer, an solche kleinen Luxusartikel zu kommen. Aber Emma nahm sie ihm aus der Hand und schmolz sie im Wasserbad. Bald zog der Geruch geschmolzener Schokolade durch das Haus und einer nach dem anderen fand sich jedes Familienmitglied in der Küche ein.

Emma goss die Vollmilch in die geschmolzene Schokolade und rührte einen köstlichen Schokoladenpudding zum Nachtisch an. Dann stellte sie ihn in die Vorratskammer zum abkühlen, schloss die Tür ab und verstaute den Schlüssel in ihrer Schürzentasche. „Das ist für heute Abend. Und jetzt macht euch alle für die Messe fertig."

Nach der Kirche hüpfte Sophie auf und ab. „Können wir jetzt die Geschenke aufmachen?"

Alle lachten und Carl lies ein kleines Glöckchen erklingen. Die Familie versammelte sich um den Weihnachtsbaum und öffnete die Geschenke. Die meisten der Geschenke, die Hilde bekam, waren Sachen für das ungeborene Baby. Selbstgestrickte Strampler, Windeln, eine Wolldecke, und sogar kleine Schühchen, um die winzigen Füße vor der Winterkälte zu schützen.

Sie dankte allen, bevor sie ihre Aufmerksamkeit dem großen Karton widmete, den Q schon im Zug mitgeschleppt hatte. Er war sehr geheimnisvoll gewesen und hatte sie mit ihrer Neugierde aufgezogen.

„Mach es auf, Schwester", drängte Sophie begeistert.

Hilde pellte voller Spannung den Karton aus der Verpackung. Als sie ihn öffnete, rang sie vor Freude nach Luft. Innen lag ein teurer Pelzmantel mit einem passenden Schal und Lederhandschuhen.

„Lass mich dir helfen, ihn anzuprobieren", sagte Q, stellte den Karton auf den Boden und zog sie auf die Füße. Er nahm den Mantel aus dem Karton und half ihr, die Arme in die Ärmel zu stecken. Mit ihrem gewölbten Bauch war es allerdings nicht einmal annähernd möglich, die Knöpfe zu schließen.

Alle lachten. „Das Baby muss bald kommen, damit du dein Geschenk anziehen kannst", sagte Julia mit einem

Grinsen.

Hilde küsste Q. "Danke. Er ist wunderschön. Und warm. Ich werde ihn tragen, sobald unser Kind auf der Welt ist."

Die Tage vergingen und Hilde genoss die Zeit mit ihren Schwestern und – überraschenderweise – mit Emma. Je mehr Zeit sie mit ihrer Stiefmutter verbrachte, desto mehr mochte sie sie.

Q genoss die freie Zeit, bevor er seine Stelle bei Loewe im Januar 1940 antrat. Er und Carl zogen sich oft in das Arbeitszimmer des älteren Mannes zurück, um eine Zigarre oder Zigarette zu rauchen und über Politik zu diskutieren.

Q sagte, „Ich kaufe denen die offizielle Propaganda nicht ab, dass der Krieg bald vorbei sein wird."

„Aber die Eroberung Polens ging so problemlos. Vielleicht wird Hitler damit zufrieden sein", argumentierte Carl.

„Das bezweifle ich. Nicht jedes Land wird gleich zusammenklappen wie Polen. Und Hitler wird erst zufrieden sein, wenn er ganz Europa erobert hat." *Und mehr.*

Carl ballte eine Faust und hielt sie in die Luft. „Ich hasse diese verdammten Nazis! Ich fühle mich so machtlos. Ich wünschte, ich könnte etwas tun."

Für einen kurzen Moment war Q versucht die Wahrheit zu sagen, aber er biss sich auf die Zunge. Es war zu gefährlich, seinen Schwiegervater einzuweihen. Die minimale Befriedigung, die Carl haben würde, war das Risiko nicht wert, dass Qs Geheimnis ans Licht kam. Er wechselte das Thema, „Wie gefällt Sophie in diesem Jahr die Schule?"

„Sie hasst sie. Seit der Krieg begonnen hat, hat die

Qualität des Unterrichts rapide nachgelassen. Die meisten der jungen Lehrer wurden eingezogen. Übrig geblieben sind die, die kurz vor der Rente stehen."

„Und Julia?", fragte Q.

Carl sah erst wütend, dann resigniert aus. „Sie hat in diesem Sommer mit dem Reichsarbeitsdienst begonnen. Sie sagt, sie ist nicht dazu bestimmt, Bäuerin zu werden, aber was kann sie oder ich schon tun? Sie wird ein Jahr dort sein … vielleicht tut ihr die harte Arbeit gut."

Q bezweifelte das stark, aber er sagte nichts.

Das Gespräch wandte sich ihren Reiseplänen nach Amerika zu. „Wie hat deine Cousine die Nachricht aufgenommen, dass ihr nicht zu Besuch kommen könnt?", fragte Carl.

„Sie war enttäuscht, wie wir auch. Aber im Rückblick sehe ich ein, dass es besser so war. Wenn wir nach Amerika gereist wären, um Fanny zu besuchen, wären wir wegen des Kriegsausbruchs nicht zurückgekommen."

Er und Hilde hatten über diese Tatsache schon oft gesprochen. Sie hätten jegliche Möglichkeit verloren, mit ihren Familien in Kontakt zu bleiben – und nach Hause zurückzukehren. „Es scheint, als hätten die Götter andere Pläne für uns."

Carl griff die unklare Aussage auf und fragte, „Pläne?"

Q warf seinem Schwiegervater einen Blick zu, tat es dann aber mit einem Lachen ab. „Nur eine Redewendung, Carl."

KAPITEL 21

Voller Verwunderung blickte Hilde auf das Baby in ihren Armen. Einige Stunden zuvor hatte sie einen gesunden Jungen zur Welt gebracht und wie alle Mütter war sie mit Freude erfüllt.

„Wie sollen wir ihn nennen?", fragte sie Q, der neben ihr auf dem Bett saß.

„Wir haben über verschiedene Namen gesprochen, aber ich mag immer noch Volker am liebsten."

Hilde nickte. „Der Name gefällt mir auch." Sie sah auf das winzige Menschlein und strich mit dem Finger über seine Wange. „Magst du den Namen, Kleiner? Volker? Es ist deiner."

Es klingelte und Q stand auf, um den Besuchern zu öffnen. Hilde hörte gedämpfte Stimmen und sich nähernde Schritte. Dann rief eine fröhliche Stimme an der Türschwelle, „Klopf, Klopf."

Hilde blickte auf und sah ihre Freundinnen, Gertrud und Erika. „Kommt rein. Darf ich euch Volker vorstellen?"

Gertrud beugte sich mit ihrem riesigen Bauch über Hilde und drückte sie. „Er ist perfekt“, sagte sie und fügte hinzu, „Ich bin so neidisch. Ich muss noch acht Wochen durchhalten.“

„Du wirst sehen, die Zeit vergeht schnell“, versicherte Hilde ihrer Freundin.

Dann war Erika an der Reihe, die junge Mutter und ihr Baby zu drücken. „Herzlichen Glückwunsch. Du wirst nicht so bald wieder arbeiten kommen, oder?“, fragte sie.

Hilde schüttelte den Kopf. „Nein, ich will mindestens ein Jahr daheim bleiben. Ich traue keinem anderen zu, sich um meinen kleinen Krümel zu kümmern.“

„Gut. Du musst bald das nächste Kind für den Führer bekommen. Mein Mann und ich planen schon das Dritte.“

Hilde erschauerte. *Gott bewahre, dass ich Kinder für den Führer produziere.*

Erika war seit ihrer Hochzeit mit dem strammen, jungen SS-Scharführer, Reiner Huber, vollkommen von den Nazis eingenommen. Reiner war der Sohn vom allseits bekannten SS-Obersturmbannführer Wolfgang Huber. Die Hochzeit vor einem Jahr hatte es in die Klatschspalten geschafft und Hitler selbst hatte seine Glückwünsche geschickt.

„Du hättest ihn Adolf nennen sollen. Das wäre ein ehrenhafter Name gewesen“, fuhr Erika fort, während Hilde und Gertrud ein Augenrollen austauschten. Erikas Naziliebe grenzte an Lächerlichkeit. Sie hatte sogar ihre drei Monate alten Zwillinge Adolfine und Germania genannt.

Hilde verbarg ihr Gesicht und wandte ihre Aufmerksamkeit wieder Volker zu, während Erika weiter das Regime lobte. „Hast du schon von den neuen Plänen des

Führers gehört, wie er Deutschland von den minderwertigen Juden und osteuropäischen Rassen befreien will?“

Sowohl Gertrud als auch Hilde stöhnten, trauten sich aber nicht, Erikas Redefluss zu unterbrechen. Schließlich meldete sich Gertrud zu Wort und erinnerte Erika daran, dass Mutter und Sohn Ruhe brauchten.

Nachdem die Frauen gegangen waren, kam Q wieder ins Zimmer. Er mußte die Beunruhigung in ihren Augen gesehen haben, denn er fragte, „Was ist los, Liebling?“

„Nichts. Es ist nur … Erika. Sie war mal meine beste Freundin und jetzt redet sie nur noch diesen Nazimüll. Es macht mich traurig.“

Q setzte sich auf das Bett und streichelte ihre Wange. „Fühl dich nicht schuldig. Du kannst ihre Meinung nicht ändern.“

„Ich weiß.“ Hilde seufzte. „Aber sie raubt mir Energie. Eigentlich möchte ich sie lieber nicht mehr sehen.“

„Dann lass es.“

Wenn es nur so einfach wäre.

Einige Tage später kamen ihre Mutter und ihr Stiefvater zu Besuch. Annie überhäufte ihren Enkelsohn mit Komplimenten. „Seht nur wie süß er ist mit seinen hellblauen Augen und den blonden Löckchen. Er sieht genau aus wie sein Vater.“ Dann lehnte sie sich vor um Volker auf den Arm zu nehmen, hielt aber mitten in der Bewegung inne. Sie hielt das Baby mit beiden Händen in der Luft, als wollte sie ihn jemandem anbieten.

Annies Augen nahmen einen verwirrten Ausdruck an, während sie krampfhaft überlegte, wie sie ihren neugeborenen Enkel halten sollte.

„Mutter, halte ihn einfach nah bei dir. Stütze seinen Kopf und drücke ihn nicht zu fest", schlug Hilde vor.

Annie versuchte, ihren Anweisungen zu folgen, traf dabei aber auf ein weiteres Problem: Babysabber. Sie versuchte verzweifelt, ihn eng im Arm zu halten und gleichzeitig seinen Mund von ihrer makellosen weißen Bluse fern zu halten.

Nach ein paar Versuchen gab sie auf und reichte ihn an Hilde zurück. „Halte du das Baby. Ich kann ihn von hier aus besser bewundern."

Hilde biss sich auf die Zunge, als der fast vergessene Schmerz zurück kam und ihr die Brust zuschnürte. Der Schmerz darüber, dass ihre Mutter sie verlassen hatte. Jetzt war sie selbst eine Mutter und allein der Gedanke, ihr Kind jemand anderem zu überlassen, schnitt ihr durchs Herz.

„Nun, ihr solltet euch beide etwas ausruhen", sagte Annie nur wenige Minuten nach ihrer Ankunft. „Wir sehen uns ein andermal."

Q schmunzelte, als Hilde ihm später von Annies Besuch erzählte. „Das sieht ihr ähnlich. Ich schätze, sie wird sich nie ändern."

Sie saßen zusammen auf dem Sofa, Qs Arm um ihre Schultern gelegt, derweil Volker wie ein Engel in seiner Wiege schlief. Hilde seufzte. „Ich wünschte, Vater und Emma könnten hier sein."

„Ich weiß. Aber Hamburg ist zu weit weg für einen kurzen Besuch. Besonders mit den ganzen Reiseeinschränkungen, die es jetzt gibt. Aber wir können ihnen Photographien schicken."

„Ja." Hilde schmiegte sich an ihn. „Weißt du, jetzt erkenne ich erst, was Emma für ein guter Mensch ist. Sie hat ihr Bestes gegeben, um mir eine Mutter zu sein. Ich wollte es damals nur nicht wahrhaben."

„Ja, Emma ist ein guter Mensch, und sie hat gute Arbeit geleistet, als sie dich großzog", sagte Q, aber Hilde war in seinen Armen bereits eingedöst. Er legte sie vorsichtig auf das Sofa und deckte sie zu.

Sie bewegte sich und murmelte im Schlaf, „Ich wünschte nur, meine eigene Mutter wäre mehr wie Emma."

KAPITEL 22

Als der Winter in den Frühling überging und die Zeit nahte, dass sie sich wieder um eine Green Card bemühen konnten, entschieden sich Q und Hilde dagegen. Ihr Platz war in Deutschland.

Q hatte bei Loewe als Produktionsleiter angefangen. Vom ersten Tag an hielten er und Erhard jeden Montag eine Besprechung ab, um die „Qualitätskontrolle" der Produktion zu erörtern. Normalerweise trafen sie sich in Erhards Büro hinter verschlossenen Türen, aber manchmal mussten sie die Fertigung und die Labore inspizieren. In diesen Situationen sprachen sie mit versteckten Bedeutungen.

Erhard hob beispielsweise die Augenbrauen und erwähnte, dass die Ausschussrate zu hoch war, und Q wusste, dass es an der Zeit war zu überlegen, wie man sie noch weiter steigern konnte. Wenn Erhard darauf bestand, dass er die termingerechte Lieferung von Ersatzteilen für ein bestimmtes Projekt sicherstellen musste, wusste Q, dass er die Bestellung verzögern und als Begründung eine

Änderung der technischen Voraussetzungen angeben sollte.

Bald schon aßen sie zusammen zu Mittag und sprachen über Alles und Jeden, wenn keiner in Hörweite war auch über Politik. Q genoss diese Mittagspausen, denn Erhard war der einzige Mensch – abgesehen von Hilde– zu dem er ehrlich sein konnte.

Ein erfrischender Tapetenwechsel, wo er so viele Jahre auf jedes Wort hatte achten müssen und nie seine wahre Meinung hatte äußern können.

Während einer dieser Mittagspausen sagte Erhard, „Q, wir brauchen mehr Unterstützung."

„Warum? Das wäre ein zusätzliches Risiko."

Erhard seufzte. „Der Direktor hat mich gestern Abend in sein Büro zitiert. Er will mich ab nächsten Monat zu seinem persönlichen Assistenten ernennen."

„Herzlichen Glückwunsch", sagte Q mit dünnen Lippen und sah alles andere als glücklich aus.

„Ich weiß, es ist nicht gerade ideal, weil ich dann in administrativen Aufgaben festhänge und bei unserer Sache keine große Hilfe mehr bin. Aber es wird Misstrauen erregen, wenn ich ablehne. Das können wir noch weniger gebrauchen."

„Dann muss ich es wohl allein machen."

Erhard schüttelte den Kopf. „Nein. Du kannst nicht alles allein im Blick behalten. Und bei vielen Entscheidungen brauchst du eine zweite Unterschrift."

„Ich kann doch immer noch deine Unterschrift bekommen", beharrte Q stur. „Abgesehen davon wissen wir nicht, wem wir trauen können. Es würde unser ganzes Unterfangen in Gefahr bringen."

„Klugscheißer", murmelte Erhard.

„Das habe ich gehört!", knurrte Q und Erhard sah ihn schief an.

„Wir warten ein paar Wochen ab und reden dann nochmal darüber", schlug Erhard vor.

„Von mir aus. Ich werde mich um die Produktion kümmern." Q nahm seine leere Brotdose und verließ den Raum.

In der gleichen Woche besuchten Q und Hilde mit Baby Volker Qs Mutter. Mit vierundsiebzig war Ingrid nicht mehr gut zu Fuß und verließ nur noch selten ihre Wohnung. Aber sie liebte Volker und das Baby war verrückt nach seiner Oma.

An diesem Abend hatte sie sich bereit erklärt, auf den Säugling aufzupassen, damit Q und Hilde mit Qs Freunden ins Filmtheater gehen konnten. Hilde machte viel Wirbel um Volker, weil sie der Gedanke, ihn auch nur für ein paar Stunden zu verlassen, ängstigte.

Q und seine Mutter tauschten ein paar vielsagende Blicke hinter ihrem Rücken aus und Ingrid sagte, „Hilde, Liebes, es ist zwar schon ein Weilchen her, aber ich habe vier Kinder großgezogen."

„Und sie hat mitgeholfen, die vier Kinder meines Bruders großzuziehen", fügte Q hinzu.

Hilde legte Volker zögerlich in Ingrids Arme. „Ich weiß, aber es ist das erste Mal, dass ich ihn allein lasse."

Ingrid drückte Volker fachmännisch an ihre Brust und

lächelte Hilde an. „Ihr zwei geht ruhig aus und amüsiert euch. Volker und ich werden das Gleiche tun."

Q hatte bereits die Tür geöffnet, als Hilde noch einmal umdrehte, um Volker einen letzten Kuss auf die Stirn zu drücken. „Wenn er weint, hat er Hunger. Ich habe ein Fläschchen Milch in die Küche gestellt, das noch aufgewärmt werden muss. Aber nicht zu heiß machen. Du musst die Temperatur an deinem Handgelenk prüfen –"

Ingrid lachte. „Hilde, geh und amüsiere dich. Volker wird es hier bei mir gut gehen." Sie drückte seine kleinen Hände. „Nicht wahr, mein Schatz?"

„Können wir jetzt gehen?", fragte Q und schob seine Frau aus der winzigen Wohnung die Treppe hinunter. „Wir müssen uns beeilen, oder der Film fängt ohne uns an."

Leopold und seine Frau hatten bereits die Eintrittskarten gekauft und warteten im Foyer auf sie.

„Da seid ihr ja endlich." Leopold winkte sie herüber. „Ihr seid spät dran."

Q sah Hilde an. „Sie konnte sich nicht von Volker trennen."

Dörthe lachte. „Unsere beiden sind schon zwei und vier, aber an die Zeiten erinnere ich mich noch." Sie legte eine Hand auf Hildes Arm. „In ein paar Monaten wirst du froh sein, wenn du ihn für ein paar Stunden bei seiner Oma abliefern kannst."

Hilde versuchte, gute Miene zum bösen Spiel zu machen, aber jeder konnte sehen, dass sie sich noch immer um ihren Sohn sorgte.

„Lasst uns rein gehen", schlug Leopold vor.

Wie immer war das Theater rappelvoll. Dieser Tage gab es fast keine anderen Vergnügungsmöglichkeiten mehr. Der beliebte Film *Wunschkonzert,* eine Liebesgeschichte mit Verwirrungen, war Hildes Wahl gewesen.

Bis der Hauptfilm begann mussten sie aber erst einige grauenvolle Propagandafilme zur Unterlegenheit der jüdischen Rasse über sich ergehen lassen.

„Ich habe es so satt, mir diesen Müll anzusehen", beschwerte sich Leopold, während er in der Pause Wein kaufte.

„Diese Kurzfilme wären urkomisch, wenn es nicht so traurig wäre", fügte Q hinzu.

Hilde nickte und stellte leise fest, „Als ich Volker heute im Kinderwagen spazieren fuhr, habe ich zwei Frauen gesehen, die einen gelben Stern trugen. Sie sahen so … verzweifelt aus. Ohne jede Hoffnung."

„Alle Juden müssen den jetzt tragen. Damit man sie sofort erkennen kann", sagte Leopold mit einem festen Nicken. „Hat jemand was von Jakob gehört?"

Q und Hilde warfen sich einen traurigen Blick zu. Dann erklärte Q, „Jakob wurde während der *Kristallnacht* ermordet."

„Was? Wie hast du das heraus gefunden?", wollte Leopold wissen und Dörthe legte eine Hand über ihren Mund.

„Wir wollten ihn zum Hamburger Hafen fahren. Stattdessen fanden wir ihn tot auf der Treppe in seinem Elternhaus ..." Q schluckte schwer und blinzelte, um die Tränen zurück zu drängen. „Wenn ihr die Zerstörung gesehen hättet … ich habe mich geschämt, ein Deutscher zu sein."

Einige Leute gingen hinter ihnen vorbei und Leopold fuhr Q an, „Pass auf was du sagst!"

Q sah seinen Freund misstrauisch an. Er dachte,

Leopold sei kein Freund der Nazis. Die Glocke erklang und sie gingen zu ihren Plätzen zurück, um den Film zu sehen. Als sie sich später voneinander verabschieden wollten, nahm Leopold Q beiseite und flüsterte ihm zu, „Der verpflichtende Wehrdienst wird bald eingeführt. Sie brauchen mehr Soldaten."

Q nickte. Etwas lag in der Luft; die Rüstungsverträge bei Loewe hatten immens zugenommen. „Danke für die Warnung. Bei Loewe arbeite ich in einer unabkömmlichen Stellung für wichtige militärische Projekte."

„Und, genießt du deine wichtige Arbeit dort?", fragte Leopold, während er Q mit seinen Blicken erdolchte.

„Das tue ich. Es ist sehr erfüllend." Q öffnete den Mund, um Leopold von seiner Arbeit für den Widerstand zu erzählen, oder davon, dass es die Tatsache war, dass er die Rüstungsproduktion sabotierte, die ihn seine Arbeit so genießen ließ. Aber er schloss ihn wieder. Er und Leopold waren zwar schon in der Schule befreundet gewesen und er hatte ihm blind vertraut – bis vor einer Stunde.

Und selbst wenn Leopold seine Handlungen befürwortete – was Q noch immer von seinem Freund glaubte – gefährdete das Wissen Leopolds Sicherheit. Oder die Sicherheit der Angestellten in seiner Farbenfabrik.

KAPITEL 23

Während der Frühling in den Sommer überging, wurde Baby Volker immer größer und jedes Mal, wenn Hilde ihn ansah, spülte eine Welle der Liebe durch ihren Körper. Aber jedes Mal sah sie auch ihr zweijähriges Ich.

Die Erinnerung daran, wie ihre eigene Mutter sie im Haus ihrer Großmutter zurückgelassen hatte, zerriss ihr das Herz. Hilde streichelte Volkers schlafendes Gesicht – und sah sich selbst, wie sie ihrer Mutter hinterher weinte. „Lass mich nicht allein. Komm zurück."

Jahrelang hatten Albträume sie verfolgt, bis sie Frieden in Qs Liebe gefunden hatte, aber jetzt kehrten die Gefühle mit Macht zurück. Sie atmete tief durch, bis der Schmerz nachließ und blinzelte einige Tränen weg, als es an der Tür klingelte.

„Mutter, was tust du denn hier?", fragte Hilde, die Worte rau in ihrer Kehle. Es war, als hätten ihre innersten Gedanken ihre Peinigerin heraufbeschworen.

Annie trat gutgelaunt ein. „Ich bin gekommen, um meinen Enkel zu sehen."

„Er schläft gerade, sollte aber bald aufwachen. Möchtest du eine Tasse Ersatzkaffee?"

Ihre Mutter zog eine Grimasse. „Muckefuck? Himmel, es ist mir ein Rätsel wie man so eine Plörre trinken kann."

„Niemand mag es, aber was anderes bekommt man mit den Lebensmittelkarten nicht."

Annie nickte weise. „Dann nehme ich Tee. Das nächste Mal bringe ich uns richtigen Kaffee mit."

Hilde konnte sich nur darüber wundern, wie um alles in der Welt ihre Mutter an echten Kaffee kam. Wahrscheinlich durch irgendeinen hochrangigen Bewunderer ihres berühmten Ehemannes, der seine Dankbarkeit mit kleinen Vergünstigungen ausdrückte.

Sie führte ihre Mutter ins Wohnzimmer und machte dann in der Küche Tee für sie beide. Sie trug das Tablett vorsichtig zurück zu ihrer Mutter.

„Vielen Dank für den Tee", sagte Annie und nahm einen Schluck, bevor sie sich zurücklehnte und mit ihrer langen Perlenkette spielte.

„Gern geschehen. Wie geht es deinem Mann und Klaus?"

„Gut. Obwohl dein Bruder vielleicht bald eingezogen wird."

Beide Frauen schwiegen und Hilde zerbrach sich den Kopf darüber, was sie ihrer Mutter wohl erzählen könnte. Das Baby schrie, aber bevor Hilde aufstehen konnte, hörte es wieder auf.

„Warum hast du mich verlassen?", platzte es aus ihr heraus, bevor sie sich bremsen konnte.

Annie war einen Moment sprachlos. „Was? Das fragst du

mich jetzt? Das ist schon so lange her und du musst das doch inzwischen vergessen haben."

Hilde schüttelte den Kopf. „Das werde ich nie vergessen. Es verfolgt mich immer noch."

Ihre Mutter errötete, während ihre Hand zu der Perlenkette zurückkehrte, die um ihren Hals hing. „Du verstehst das nicht. Ich war noch sehr jung, als du geboren wurdest. Ich konnte mich kaum um mich selbst kümmern, und dann die Bürde eines Säuglings –"

„Ich war eine Bürde?"

„Nun, eine Bürde ist vielleicht nicht das richtige Wort. Es waren schwere Zeiten wegen des Weltkriegs und ich war ganz allein. Ich brauchte Zeit für mich. Ich bin mir sicher, du hast Verständnis dafür."

Hilde starrte ihre Mutter finster an. „Nein. Ich habe kein Verständnis dafür. Du hast dich immer an erste Stelle gesetzt, selbst auf Kosten deiner Tochter. Du hättest mich für ein Wochenende bei Oma lassen können, oder meinetwegen für ein paar Wochen oder Monate, aber für immer?"

Annie packte die Kette fester und rieb die Perlen zwischen ihren Fingern. „Es war genauso der Fehler deines Vaters wie meiner. Warum hat er sich nicht um dich gekümmert?"

„Vielleicht weil er Soldat an der Front war!" Hilde sprang auf und lief um den Couchtisch herum. „Wie um alles in der Welt sollte er sich denn um mich kümmern? Sollte er mich mit in die Schützengräben nehmen?"

„Jetzt übertreibst du aber", rügte ihre Mutter. Als Hilde nicht aufhörte, ihre Runden zu drehen, traten Tränen in Annies Augen. „Wenn ich alles noch einmal von Vorn machen könnte, hätte ich einen Weg gefunden, dich bei mir zu behalten. Es vergeht kein Tag an dem ich mir nicht wünsche, ich hätte die Dinge anders gehandhabt."

Hilde blieb verdutzt stehen bei diesem plötzlichen Wechsel in der Taktik ihrer Mutter. Sie starrte sie an und obwohl sie sich sicher war, dass Annies Reue gespielt war, konnte sie nicht anders, als einen Hoffnungsschimmer zu sehen. „Tust du das?"

Annie nickte und wischte sich einige Tränen aus den Augen. „Ich verspreche, ich werde es wieder gut machen."

„Mutter, du musst nichts wieder gut machen. Vielleicht sollten wir die Vergangenheit einfach … Vergangenheit sein lassen." Die Zeiten waren schlimm genug, Hilde musste sie mit dem Groll gegen ihre Mutter nicht noch schlimmer machen.

Annie stand auf und drückte ihre Tochter kurz an sich. Es war keine große Geste, aber Hilde war sprachlos im Angesicht einer augenscheinlich ehrlichen Gefühlsregung ihrer Mutter.

Ein weiteres Weinen des Babys rief beide Frauen ins Schlafzimmer. Annie schien sich wirklich zu bemühen, es besser zu machen und hielt Volker ein paar Minuten im Arm, trotz des Sabbers, der ihre Strickjacke befeuchtete.

Im Sommer 1940 zogen Q und Hilde in eine größere Wohnung in Berlin Nikolassee. Das zweistöckige Wohnhaus bot einen großen Vorgarten mit einer von Hecken umsäumten Rasenfläche sowie einen kleineren Garten im hinteren Bereich, der allen Mietern zur Verfügung stand und sogar einen Sandkasten und eine Schaukel für die Kinder beinhaltete.

Hilde liebte die neue Wohnung und Umgebung. Das Wohnviertel Nikolassee war weit genug von der Stadtmitte entfernt, so dass es so ruhig und friedlich war wie Berlin nur sein konnte. In fußläufiger Entfernung von ihrem neuen Heim lagen Grünanlagen und mehreren Seen, inklusive des riesigen Wannsees.

Während des Sommers verbrachten Hilde und Volker viele Nachmittage am Strand des Sees, spielten im Sand, planschten im seichten Wasser am Ufer und genossen das Leben. An manchen Tagen vergaß Hilde den Krieg völlig, aber an anderen Tagen wurde sie grob an die Realität erinnert.

Heute war so ein Tag. Hilde und Gertrud hatten entlang des Ufers des Wannsees mit ihren Kinderwagen einen Spaziergang gemacht. Kurz bevor sie die Brücke zur Insel Schwanenwerder, einer wohlhabenden Wohngegend, erreichten, erschien ein Trupp SS-Soldaten aus dem Nichts und hielt den gesamten Verkehr auf – Fußgänger, Fahrräder und die vereinzelten Automobile.

Eine schwarze Mercedes-Limousine rollte über die Brücke zu einer der großen Villen auf der Insel. „Goebbels", sagte Hilde zu ihrer Freundin, „Er lebt auf der Insel."

Gertrud spitzte die Lippen. „Ich wünschte, dieser Krieg wäre bald vorüber. Ich mache mir tagein, tagaus Sorgen um meinen Mann."

Hilde nickte. Der Ärmste hatte noch nicht einmal seine drei Monate alte Tochter zu Gesicht bekommen. Sie legte eine Hand auf Gertruds Arm. „Er wird nach Hause kommen. Du wirst schon sehen."

Ihre Freundin tupfte ein paar Tränen mit dem Taschentuch weg und sobald die SS-Männer, die ihnen den Weg versperrt hatten, verschwunden waren, setzten sie ihren Spaziergang fort. Hilde behielt ihre eigenen Sorgen für sich. Q war nicht eingezogen worden, weil er bei Loewe eine kriegswichtige Position innehatte. Trotzdem fürchtete sie jeden einzelnen Tag um seine Sicherheit.

„Wenigstens ist dein Mann zu Hause", brach Gertruds Stimme in Hildes Gedanken.

„Das ist eine kleine Erleichterung. Ich fürchte, er würde den Wehrdienst aufgrund seiner pazifistischen Ideale verweigern." *Und aufgrund seines Hasses auf Hitler*. „Und du kennst die Strafen für Kriegsdienstverweigerung ..."

„Alles war vor dem Krieg so viel besser." Gertrud nickte.

Volker und Luisa, Gertruds Tochter, fingen gleichzeitig an zu weinen.

„Zeit für die Raubtierfütterung", sagte Hilde und sie gingen zur nächsten Bank, um ihre Kinder zu stillen. Während die beiden Säuglinge zufrieden nuckelten, fuhr Hilde fort, „Meine Mutter drängt mich, Volker abzustillen. Dabei ist es fast unmöglich, Vollmilch zu kaufen und wie soll ein aktives Baby mit fettarmer Milch überleben?"

„Ich weiß. Es gibt nie genug Essen von guter Qualität mit diesen vermaledeiten Lebensmittelkarten. Ich musste sogar eine von meinen alten Schürzen zerschneiden, um Luisa ein Kleid und ein Jäckchen zu nähen, weil ich alle unsere Textilrationen für eine neue Decke verbraucht hatte."

„Ich weiß. Gott sei Dank ist Q nicht sehr wählerisch und auch sein neuer Chef ist es nicht. Also musste ich ihm keinen neuen Anzug kaufen und konnte alle Textilrationen für Volker verwenden. Ich hatte auch das Glück, dass eine Nachbarin mir ein paar Sachen von ihrem Sohn zum Auftragen gegeben hat.

„Wie gefällt Q seine neue Arbeit?"

„Er ist begeistert." *Weil er eine der Schlüsselfiguren in einer Sabotagegruppe ist und außerdem Informationen für den Widerstand sammelt.* „Erhard Tohmfor, sein Chef, ist ein Freund von der Universität. Sie scheinen sehr gut miteinander auszukommen."

„Hast du ihn kennengelernt?", fragte Gertrud, während sie Luisa zurück in den Kinderwagen legte.

„Ja, er und seine Frau haben uns schon öfter besucht. Erhard ist ein wundervoller Mensch, der geborene Anführer. Er holt aus jedem seiner Angestellten das Beste heraus." Hilde seufzte. Sie sehnte sich danach, mit jemandem über ihre Ängste wegen Qs Arbeit für den Widerstand zu sprechen, aber auch wenn Gertrud definitiv kein Nazi war – im Gegensatz zu Hildes früherer bester Freundin Erika – war dieses Thema tabu.

Nachdem sie sich von Gertrud und Luisa verabschiedet hatte, schob sie Volkers Kinderwagen nach Hause und erzählte ihm alle ihre Ängste und Sorgen. Er reagierte auf ihre Nöte mit einem glücklichen Lächeln und einem glucksenden Gebrabbel.

„Du bist doch ein durch und durch glücklicher kleiner Kerl", sagte sie zu ihrem Sohn. „Keine Sorge. Wir können daran eh nichts ändern."

Seit Volkers Geburt hatten sie und Q das Thema sorgfältig vermieden. Sie fragte nicht, er erzählte nichts. Aber sie hatte Augen im Kopf und sah, wenn er ganz aufgeregt nach Hause kam, oder spät abends noch ausging mit unter der Jacke versteckten Papieren. Er dachte, sie würde schon schlafen, aber sie lag wach im Bett und betete, dass er heil zurückkommen würde.

In diesen Stunden stand sie oft auf und ging ins Kinderzimmer, um an Volkers Bettchen zu stehen und zuzusehen, wie er schlief – ihr Herz voller Liebe, aber gleichzeitig schwer vor Angst.

Die erste Hälfte des Jahres 1940 war ein Wirbel von militärischen Erfolgen – mit kurz aufeinander folgenden Blitzkriegen eroberte die Wehrmacht des Führers nacheinander Dänemark, Norwegen, Belgien, Luxemburg und die Niederlande.

Dann schickte Hitler seine Truppen nach Frankreich, durch den dichten Wald der Ardennen, von dem die Alliierten dachten, er wäre undurchdringlich. Zur allgemeinen Überraschung marschierte die Wehrmacht nach einer nur sechswöchigen Kampagne in Paris ein.

Acht Tage später kam Q in übelster Laune nach Hause. „Ich kann es nicht glauben." Er nahm eine streng gehütete Flasche Schnaps aus dem Schrank und goss sich ein Gläschen ein. „Frankreich hat kapituliert. Hast du eine Ahnung, was das bedeutet?"

Die hatte Hilde nicht.

„Dieser Wahnsinnige dominiert jetzt ganz Europa zusammen mit seinem alten Kumpel Mussolini in Italien. Da Frankos Spanien und Stalins Sowjetunion befreundete Länder sind, bleibt nicht mehr viel übrig, was er noch besetzen und unterwerfen könnte." Er trank noch ein Glas. „Hast du Hitlers Rede im Radio gehört?"

„Nein, ich war mit Volker spazieren."

„Hitler nannte sich den größten Feldherrn aller Zeiten!", sagte Q.

„Er hat sich allen Ernstes mit Napoleon verglichen?", fragte Hilde und rollte die Augen.

Q nickte und sein Gesicht wurde immer finsterer. „Hat er."

Hilde kuschelte sich auf dem Sofa an Q. „Positiv betrachtet können wir hoffen, dass er genauso endet wie sein größenwahnsinniges Idol."

Q starrte Hilde an. „Was?"

„Sein Reich ist kollabiert und er starb im Exil auf St. Helena."

„Ich weiß, was mit Napoleon passiert ist", sagte Q. „Aber wieso glaubst du, Hitler könnte aufgehalten werden? Wer ist denn noch übrig, um ihn zu stoppen? Die Engländer etwa?"

Hilde suchte in seinen Augen, fand dort aber nur Entmutigung. „Du kannst die Hoffnung nicht aufgeben. Es gibt so viele mutige Menschen wie dich und Erhard. Männer und Frauen, die aktiv daran arbeiten, das Naziregime zu stürzen. Es sieht vielleicht im Moment unmöglich aus, aber die Nacht ist vor der Dämmerung immer am dunkelsten."

Q zog sie in seine Arme und murmelte, „Darum liebe ich dich so sehr. Du lässt es einfach nicht zu, dass ich aufgebe."

Doch die Nacht würde noch dunkler werden.

Hitler begann das strategische Bombardement Englands. Im Gegenzug griffen englische Bomber deutsche Ziele an.

Jedes Mal, wenn sie die Flugzeuge über sich hörte oder sah, hielt Hilde die Luft an und betete, dass sie ihre tödliche Ladung woanders abwerfen würden.

Eines Tage erhielten sie von der Regierung eine Nachricht, dass jedes Privatfahrzeug für militärische Zwecke zur Verfügung gestellt werden musste. Nur Ärzte und Lebensmittellieferanten waren davon ausgenommen.

Hilde knüllte das Stück Papier zusammen und warf es gegen die Wand, aber Q lachte nur über ihren stummen Protest, als er nach Hause kam. „Wir hatten sowieso nie genug Treibstoff, um damit fahren zu können."

Ein paar Tage schmollte sie über den Verlust ihres Transportmittels, bis Q sie mit zwei Fahrrädern überraschte.

„Q, sie sind wunderbar!"

„Ja, nicht wahr?" Er strahlte. „Jetzt können wir im Sommer die Grünflächen von Berlin erkunden. Stell dir nur vor, wir können eine Fahrradtour mit der ganzen Familie rund um den Wannsee machen. Vielleicht sogar auf einem der Bauernhöfe übernachten. Das wäre wie Urlaub."

„Das fände ich schön, aber wie transportieren wir Volker auf dem Fahrrad?"

„Oh." Er wurde ernst und legte seine Stirn in Falten, während er angestrengt nachdachte. „Warte ..." Er ließ sie stehen und stürmte in sein Arbeitszimmer.

Sie zuckte die Schultern. Manche Dinge würden sich nie ändern.

Q erwähnte die Fahrräder nicht mehr, aber einige Tage später brachte er einen alten Metallkorb nach Hause. Der solide Korb war rundherum aus durchlaufendem Draht gefertigt. Nur an einer Seite waren zwei Löcher im Geflecht, jedes so groß wie eine dicke Faust.

„Was ist das?", fragte Hilde und beäugte das Ding misstrauisch.

„Das ist ..." er hielt den Korb mit einem breiten Grinsen hoch, „Volkers neuer Fahrradsitz." Er zog Mutter und Sohn hinter sich her in den Schuppen und befestigte den Metallkorb mit einigen Drahtresten am Lenker des Fahrrads. Kurze Zeit später lehnte Volker in gefährlicher Schräglage am Rand des Korbes, seine Beinchen durch die Löcher im Geflecht gesteckt.

Hilde sprang herbei, um ihren Sohn zu stützen. „Q. Das ist großartig, aber meinst du nicht, er ist noch zu klein, um in so einer Konstruktion zu sitzen?"

Volker gluckste und untersuchte den Korb neugierig.

„Siehst du? Er mag es." Q strahlte stolz. „Sollen wir unsere erste Tour wagen?"

„Auf keinen Fall. Er kann noch nicht einmal sitzen, geschweige denn sich ausbalancieren, während wir Fahrrad fahren." Sie hob Volker hoch und setzte ihn auf dem sicheren Boden ab. „Danke, Q. Das ist so eine tolle Idee, aber mit unserer ersten Tour werden wir noch ein paar Wochen warten müssen."

KAPITEL 24

Es wurde Herbst. Die Blätter begannen, sich zu verfärben und die Temperaturen fielen. Q saß in einer seiner wöchentlichen Sitzungen mit Erhard zur Qualitätskontrolle. Der anhaltende Krieg hatte der Firma eine Reihe von neuen Aufträgen eingebracht und Q hatte alle Hände voll zu tun, die Produktionsabläufe zu beaufsichtigen und zu sabotieren. Er hatte gar keine Zeit mehr für seine Spionagearbeit.

„Erhard, wir müssen darüber sprechen, uns Hilfe ins Boot zu holen", sagte Q, nachdem er die Tür zum Büro geschlossen hatte.

Erhard hob den Kopf. „Hast du nicht genau diese Idee vor einigen Monaten abgelehnt?"

„Ja. Und ich bin immer noch überzeugt, dass es ein Risiko ist, aber bei den vielen neuen Aufträgen habe ich keine Zeit mehr, Informationen zu sammeln und mit unseren russischen Freunden in Kontakt zu bleiben. Und ..." Q kratzte sich am Kopf.

„Und was?", fragte sein Freund.

„Wenn mir oder dir etwas passieren sollte, brauchen wir eine weitere Person, die unsere Arbeit weiterführen kann."

„Hmm." Die Sekunden auf der Uhr tickten in der Stille. Erhard rieb sich das Kinn. „Tatsächlich habe ich da jemanden im Auge."

„Wen?"

„Einen der leitenden Chemieingenieure, Martin Stuhrmann."

Q zog die Augenbrauen hoch. „Stuhrmann? Der ist in der Partei. Woher weißt du, dass er auf unserer Seite ist?"

Erhard holte etwas aus, um zu erklären. „Hast du von Arvid und Mildred Harnack gehört?" Als Q nickte, fuhr Erhard fort, „Sie sind alte Bekannte von mir und gehören zu einer Widerstandsgruppe."

Das war Q neu.

„Stuhrmann ist ein Freund eines Freundes von Mildred Harnack. Er hat seinen Unmut über die Naziideologie mehr als einmal geäußert."

„Nur weil jemand die Nazis nicht mag bedeutet das nicht, dass er bereit ist, gegen sie zu arbeiten." Q schüttelte den Kopf. „Wir sollten ihn testen, bevor wir ihm irgendwas erzählen."

„Ihn testen?", fragte Erhard.

„Ja. Wir fühlen ihm auf den Zahn, dann stellen wir eine Falle, um zu sehen, ob er vertrauenswürdig ist oder nicht. Danach sehen wir weiter." Qs Gehirn lief bereits auf Hochtouren, um einen Plan auszuarbeiten.

„Gut."

In den folgenden Wochen verbrachten sie ihre Mittagspausen mit Martin Stuhrmann. Er war Anfang dreißig, ein solider und pflichtbewusster Ingenieur, der die Anforderungen immer dreimal überprüfte. Seine braunen Haare waren präzise seitlich gescheitelt und seine haselnussbraunen Augen beobachteten seine Umgebung sorgfältig.

Q und Erhard besprachen absichtlich oft technische Entwicklungen und Politik und legten dabei besonderen Wert auf die technischen Entwicklungen, die dem Militär dienten und deren ethische Folgen.

Nachdem sie dies einige Wochen lang getan hatten, beschlossen sie, die Falle zu stellen. Erhard rief Martin in sein Büro und schloss die Tür. Martin schien überrascht zu sein, dass Q auch anwesend war, sagte aber kein Wort.

Erhard griff an. „Martin, mir ist aufgefallen, dass die Qualität der Produktion in deinem Team wieder nachgelassen hat. Letzte Woche mussten wir mehrmals ganze Chargen wegwerfen. Und gestern war die Paste für die Kathoden verunreinigt und dadurch unbrauchbar."

Q stimmte mit ein. „Als ich den Wechsel des Fließbandes angeordnet habe, ist das nötige Werkzeug kaputt gegangen und die Produktion stand für mehrere Stunden still."

Als beide Männer zu Ende gesprochen hatten, war Martin blass und zitterte. Er sah Erhard mit angsterfülltem Blick an und fragte heiser, „Unterstellt ihr mir, dass ich die Produktion sabotiert habe?"

Q und Erhard tauschten einen Blick aus und schüttelten dann beide den Kopf. „Wir beschuldigen dich nicht, aber wir sind der Meinung, dass jemand absichtlich diese Probleme verursacht, weil er glaubt, damit den Krieg verkürzen und Hitler stürzen zu können."

Martins Schultern bebten. „Das würde niemand tun. Sabotage ist ein schwerwiegendes Verbrechen und wenn derjenige geschnappt wird, würde er standrechtlich erschossen … oder Schlimmeres."

„Stimmt." Sie sagten nichts weiter, sondern überließen es dem armen Martin zu ergründen, was sie von ihm wollten.

Erhard wechselte das Thema. „Also, wenn wir den Krieg gewonnen haben, denkst du, das Leben in Deutschland wird noch lebenswert sein?"

Martin wirkte verwirrt. „Natürlich. Ich meine, das sagt uns die Regierung doch, oder?"

Q fügte hinzu, „Oder denkst du, es wäre für alle besser, wenn der Krieg jetzt enden würde, selbst wenn Deutschland nicht gewinnt?"

Beide Männer beobachteten Martin genau – dies war der entscheidende Test. Was sie ihn gerade gefragt hatten, war sehr gefährlich. Wenn Martin ein Nazi war, würde er sofort den Betriebsobmann davon unterrichten oder direkt zur Gestapo gehen.

Martin sah sie mit großen Augen an und antwortete mit einer Gegenfrage, „Deutet ihr etwa an, dass unser Führer nicht weiß, was das Beste für unser Land ist?"

Q und Erhard legten die Köpfe schief, blieben aber eine Minute lang stumm. Schließlich sagte Erhard, „Danke, Martin. Das ist alles für heute."

Martin verließ den Raum mit schlurfenden Schritten und Q musste ein Lachen unterdrücken. „Der arme Kerl. Jetzt ist er völlig verwirrt."

Erhard stimmte zu. „Ja. Aber seine Reaktion wird uns sagen, wo wir stehen. Wenn er singt, wäre das enttäuschend, aber nicht lebensbedrohlich –"

„Für uns", vervollständigte Q den Satz. „Weil du der

Gestapo einfach die Beweise für Martins Sabotage zeigen wirst und sie ihm kein Wort glauben werden."

„Ja, und du wirst mein Zeuge sein, falls das nötig ist. Ich habe schon einen Eintrag in mein Protokollbuch gemacht, dass wir Sabotage in der Produktion vermuten und dass wir begonnen haben, verdächtige Angestellte zu befragen."

„Aber wenn er schweigt, wissen wir, dass er auf unserer Seite ist. Wie lange sollten wir warten?", fragte Q.

„Ich denke, drei Wochen ist eine angemessene Zeit."

Martin erzählte es niemandem. Der Betriebsobmann tauchte zwar während der nächsten Wochen mehrmals in Erhards Büro auf, aber jedes Mal ging es um Routineangelegenheiten. Einmal meldete er einen Betriebsunfall, ein anderes Mal forderte er die Freistellung der Belegschaft, um an einer Parteiversammlung teilzunehmen, und so weiter.

Es waren drei angespannte Wochen.

Erhard und Q hatten gerade eine weitere Besprechung zur "Qualitätskontrolle" beendet, als Q sagte, "Ich denke es ist an der Zeit, unseren neuen Helfer zu rekrutieren.

„Das stimmt. Aber wir werden ihm nichts von unserer Untergrundarbeit erzählen – noch nicht."

Q nickte. Er und Erhard verstanden sich. „Vorsicht ist die Mutter der Porzellankiste."

„Du hast Recht, wir können nicht vorsichtig genug sein."

Als Martin hereinkam, sah er leicht beunruhigt aus, nahm aber auf einem Stuhl am runden Tisch in Erhards Büro Platz.

„Martin, seit unserer letzten Besprechung hast du dich

gut gemacht. Ich möchte, dass du eine wichtige Aufgabe mit der größtmöglichen Diskretion erledigst", sagte Erhard.

Martins Haselnussaugen weiteten sich. „Natürlich."

Q lehnte sich in seinem Stuhl zurück und beobachtete die beiden Männer am Tisch. Erhard, sein langjähriger Freund und Komplize, saß zu seiner Linken. Fast vierzig Jahre alt, mit nahezu militärisch kurz geschnittenen, blonden Haaren und durchdringenden blauen Augen, die demjenigen, mit dem er sprach, ins Gehirn zu blicken schienen. Seine Haltung zeigte Autorität, während Martin auf der anderen Seite auf heißen Kohlen zu sitzen schien.

Einen Moment lang fühlte Q sich schuldig, Martin in ihre Widerstandsaktivitäten mit hinein zu ziehen.

„Ich möchte, dass du Zeichnungen, technische Daten, Fertigungsaufträge sammelst … alles, was man brauchen würde, um eine Serienproduktion außerhalb von Loewe aufzubauen. Kannst du das bis heute Abend zusammenstellen?"

Es war ein ungewöhnlicher Auftrag, aber Erhard war der Chef, also wagte es Martin nicht, ihm zu widersprechen. Er nickte.

Nachdem Martin gegangen war, meldete sich Q zu Wort. „Wir sollten ihm die Wahrheit sagen. Er muss die Möglichkeit haben abzulehnen."

Erhard nickte. „Das werden wir. Heute Abend."

Am nächsten Tag trafen sich die Drei wieder zum Mittagessen. „Wie ist es gestern gelaufen?", fragte Q.

Martin strahlte wie eine Glühbirne. „Großartig. Ich

wollte Erhard die Papiere in seinem Büro geben. Aber er sagte, ich solle sie bis abends behalten und er würde an der Ecke der Siemensstraße auf mich warten. Das fand ich ein bisschen seltsam und war irgendwie besorgt – aber noch neugieriger."

Erhard schmunzelte. „Martin hat unseren Test mit Bravour bestanden. Ich habe ihn gefragt, ob er für unsere Sache arbeiten will."

Martin errötete bei dem Lob. „Wisst ihr, anfangs hatte ich wirklich Angst, dass ihr mich der Sabotage beschuldigen würdet, aber als ihr die Zeit nach dem Sieg erwähnt habt … Ich habe mich an unsere Gespräche erinnert und bemerkt, dass es einen gemeinsamen Nenner gab. Ich habe vermutet, dass ihr beide irgendwelche staatsfeindlichen Sachen macht –"

„Sag sowas nicht", unterbrach Q ihn. „Wir nehmen diese Worte niemals in den Mund, verstanden?"

„Ja."

Erhard fügte hinzu, „Je weniger du weißt, desto besser ist es. Für alle. Frag nicht. Mach einfach."

Martin hielt einen Moment inne. Angst, Aufregung und Stolz kämpften in seinen Augen, bis er einmal tief durchatmete. „Ihr habt Recht. Ich weiß, was mit Leuten passiert, die sich gegen unseren Führer stellen."

„Wenn die Zeit reif ist, wirst du mehr erfahren. Jetzt geht es darum, solange weiter zu machen, bis wir Erfolg haben. Eines Tages werden wir die Früchte unserer Arbeit ernten."

„Schön gesagt, Erhard", kommentierte Q die kleine Rede seines Freundes.

Die drei Männer standen auf und Q und Martin

verließen zusammen die kleine Kantine. Auf dem Weg zu den Laboren konnte Martin seine Aufregung kaum zügeln. „Wann fangen wir an? Und wie?“

„Ganz ruhig. Ich werde dir unsere Fertigungsabläufe zeigen und all die Probleme, die auftreten können.“

Zwei Tage später sagte Erhard während der Mittagspause, „Martin hat seine erste Aufgabe sehr gut gelöst; jetzt habe ich eine für euch beide.“

Q sah den Eifer in Martins Gesicht und schmunzelte. *War ich vor zehn Jahren auch so enthusiastisch?* Es schien, als ob ihre Arbeit für den Widerstand für Martin ein aufregendes Spiel war, ein herausfordernder Wettkampf, die Regierung zu überlisten.

Erhards Stimme schnitt in seine Gedanken: „… ich brauche von euch zwei Kurzwellensender.“

Großartig. Das würde ihnen die Möglichkeit geben, mit Moskau und möglicherweise anderen Ländern zu kommunizieren. Qs Gedanken preschten voraus zu der Frage, wie sie diese Sender verstecken konnten. „Wir könnten sie als Prototypen tarnen.“

Sowohl Martin als auch Erhard starrten ihn an, als hätte er den Verstand verloren. „Unsere Mitarbeiter als Prototypen tarnen?“

„Nein. Die Sender. Wenn wir eine der Fernsteuerungseinheiten, welche die Wehrmacht bestellt hat, benutzen und –“

„Q, stopp.“ Erhard unterbrach ihn. „Ich habe Martin gerade gesagt, dass wir alle Angestellten auf ihre Zuverlässigkeit überprüfen müssen, falls es zu einem Umsturz kommt. Siehst du, warum wir Hilfe brauchen? Du kümmerst dich um die Sender während Martin unsere Angestellten im Auge behält."

Q funkelte seinen Freund an, grinste dann aber. „Gut. Ich werde mit der Ausrüstung herumspielen. Martin kann so viel mit den Anderen reden, wie er will."

„Jetzt lasst uns mal die Fertigungsziele für diese Woche anschauen", sagte Erhard und sah Martin genau an. „Denkt immer daran, unser oberstes Ziel ist es, den Produktionsausschuss zu steigern, aber das muss sehr vorsichtig passieren. Es muss immer an einem Materialfehler liegen, niemals an der Nachlässigkeit unseres Personals."

„Wenn wir auch nur den leisesten Verdacht erregen, dass ein Mitarbeiter diese Probleme verursacht haben könnte, kommen wir alle ganz schön ins Schwitzen", fügte Q hinzu.

Martin nickte.

In den letzten Monaten war es zunehmend schwieriger geworden, den sowjetischen Agenten zu kontaktieren. Daher hatte sich Qs Fokus verschoben. Er beschaffte den Russen keine technischen Informationen mehr, sondern tat alles, um die deutsche Regierung zu schädigen – Sabotage, Sammeln von kriegsrelevanten Informationen, Vorbereitung auf ein Leben nach diesem ganzen Terror.

Er hoffte noch immer, dass das deutsche Volk Hitlers wahres Gesicht erkennen und diese Misere beenden würde. Wenn es einen Aufstand der gesamten Nation gegen die herrschende Regierung gäbe, bräuchten sie vertrauenswürdige Personen an Ort und Stelle. Mit Martins Hilfe beim Beurteilen des Personals wäre Loewe vorbereitet.

KAPITEL 25

Im Dezember nahmen Hilde und Q erneut den Zug nach Hamburg, um Weihnachten bei ihren Eltern zu verbringen. Es war erstaunlich einfach gewesen, die nötigen Reisegenehmigungen zu bekommen. Noch nicht einmal das Naziregime wagte es, in die deutschen Weihnachtstraditionen einzugreifen, wozu auch der Besuch bei Verwandten gehörte.

Hilde lehnte sich an das Fenster und betrachtete die vorbeiziehende Landschaft. Wohin sie auch sah war Zerstörung – das Ergebnis der anhaltenden Luftangriffe. Sie seufzte tief und Q nahm ihre Hand.

„Ich hoffe, dieser Krieg wird bald zu Ende sein", sagte sie. „Es wird jeden Tag schlimmer."

„Er wird enden." Antwortete Q, „So oder so. Entweder gewinnen wir den Krieg und Hitler unterwirft ganz Europa, oder unser Land wird komplett zerstört. Die Alliierten werden noch härter durchgreifen als nach dem letzten Krieg, wenn sie gewinnen." Q erschauerte.

„Ich war zu jung, um mich an den Weltkrieg zu erinnern“, sagte Hilde und hing ihren Gedanken nach, während Volker friedlich auf Qs Schoß schlief. Sie hatte darüber nachgedacht, nächstes Jahr wieder arbeiten zu gehen, aber Q hatte sie davon überzeugt, zu Hause bei ihrem Sohn zu bleiben.

Er hatte ihr alle administrativen Aufgaben in Bezug auf seine privaten Forschungen übertragen. Nicht, dass er noch viel erfand. Er lebte in der ständigen Angst, seine Erfindungen könnten für militärische Zwecke missbraucht werden.

Aber er arbeitete immer noch mit einem Patentanwalt zusammen, um die Nutzungsrechte seiner früheren Erfindungen ins Ausland zu verkaufen. Die meisten technischen Dinge verstand Hilde nicht, aber ihre Fähigkeiten mit der Schreibmaschine halfen bei der notwendigen Korrespondenz.

Manchmal ließ er sie die technischen Anleitungen bezüglich der Radioproduktion bei Loewe abtippen. *Er denkt, ich verstehe das nicht, aber das tue ich.* Entweder Erhard oder er selbst würde ihre Abschriften an die Russen weitergeben. Sie fragte nie und er sagte nichts, aber sie wusste es. Sie konnte es in seinen Augen, in seiner Haltung sehen, wenn die Aufgaben, die er ihr gab, Teil seiner Spionagearbeit waren.

Sie seufzte wieder und betrachtete ihren schlafenden Sohn. Volker war ein süßer kleiner Junge mit weißblonden Haaren, der ohne große Anstrengung Freude in ihr Leben brachte. Er hatte die Locken und hellblauen Augen seines Vaters geerbt, aber ihren Mund und Nase. *Ich würde alles dafür geben, ihn in einer friedlichen Welt aufwachsen zu sehen.*

„Es ist sein erstes Weihnachtsfest“, sagte sie und wickelte eine seiner Locken um ihren Finger.

Q nickte. „Und er wird in weniger als drei Wochen seinen ersten Geburtstag feiern.“

„Glaubst du, er versteht, was in dieser Welt vor sich geht?“ Ihre Stimme konnte ihre Furcht nicht verbergen.

„Das bezweifle ich. Er ist zu jung. Aber wir werden alles so normal und harmonisch gestalten wie möglich – für uns alle.“

„Ich fühle mich ein bisschen schuldig, dass meine Eltern ihn nicht schon früher sehen konnten.“

„Es war einfach nicht möglich, die Reise anzutreten, weder für dich noch für sie.“

„Ich weiß, aber ...“ Volker rührte sich im Schlaf, öffnete die Augen aber nicht. Sie lächelten sich an und hörten auf zu sprechen, weil sie das müde Kind nicht wecken wollten.

Etwas später hielt der Zug in Hamburg und Emma holte sie am Bahnhof ab. „Oh, sieh nur. Was für ein süßer Schatz du bist! Du siehst ja noch niedlicher aus als auf den Photographien, die deine Mama mir geschickt hat. Sag hallo zu deiner Oma.“

Volker sah sie mit aufmerksamen Augen an und schien jedes Wort zu verstehen, denn er hob seine kleine Hand, um Emmas Gesicht zu berühren und brabbelte ein paar unverständliche Worte.

Hilde lachte. „Er ist intelligent.“

„Ja, weil er mein Sohn ist“, sagte Q voller Stolz.

Auf dem Weg zum Haus der Dremmers wurden sie Zeuge der Verwüstung durch die schlimmen Luftangriffe auf Hamburg vor einem Monat. Hilde zuckte unwillkürlich zusammen. „Emma, wir sind so erleichtert, dass euch nichts passiert ist."

Emma blieb kurz stehen und presste die Lippen aufeinander. „Wir hatten Glück, aber viele andere nicht."

Emma wechselte das Thema und erzählte von den Neuigkeiten in der Familie. „Julia wird zu Weihnachten nicht nach Hause kommen. Sie bleibt auf dem Bauernhof mit dem Reichsarbeitsdienst." Ihr Gesichtsausdruck wurde weicher und ihre Augen strahlten. „Sie hat eine Arbeit in der Verwaltung des Hofes angeboten bekommen."

„Machst du dir keine Sorgen, dass sie so weit weg ist?", fragte Hilde.

„Sorgen? Nein. Auf dem Land bekommt sie wenigstens genug zu essen. Und es ist sicherer. Die Bomber konzentrieren sich auf die großen Städte."

Hilde wollte ihre Stiefmutter fragen, warum sie Hamburg nicht verließ und mit Sophie auf das Land zog, aber sie kannte die Antwort bereits. Genau wie sie selbst würde Emma ihren Mann nicht allein lassen.

Einen Moment lang füllte sich ihr Herz mit Trauer, weil Ingrid nicht bei ihnen sein konnte. Q betete seine Mutter an, aber sie war zu alt und gebrechlich für die Fahrt nach Hamburg. Stattdessen verbrachte sie die Feiertage mit ihrem anderen Sohn, Gunther.

Hilde zog eine Grimasse. Sie und Gunther waren noch nie gut miteinander ausgekommen und waren dazu übergegangen, sich gegenseitig aus dem Weg zu gehen, nachdem er vor einigen Jahren mit seiner Familie wieder nach Berlin gezogen war.

„Woran denkst du?", unterbrach Q ihre Gedanken.

„Nichts."

„Warum siehst du dann so besorgt aus?“

„Es ist nur … Ich habe an deine Mutter gedacht und an Gunther. Alle seine Söhne, außer dem Jüngsten, sind bereits eingezogen worden. Es muss für ihn und Katrin so furchtbar sein.“

„Seit wann magst du meinen Bruder?“, neckte er sie.

Hilde schenkte ihm ein kleines Lächeln. „Das hat nicht direkt was mit mögen zu tun, aber ich kann die Angst verstehen, die er durchmachen muss, wenn er drei Söhne an der Front hat und wartet, hofft und jeden Tag betet, dass sie nach Hause kommen werden.“

Q drückte ihre Hand. „Ich weiß. Hoffen wir, dass dieser Krieg lieber früher als später endet und sein Jüngster diese Erfahrung nicht machen muss.“

Emma unterbrach sie. „Wie alt sind deine Neffen?“

„Vierundzwanzig, zwanzig, achtzehn und vierzehn.“

„Vierzehn. Ein Jahr jünger als Sophie“, sagte Carl.

„Es ist ein Verbrechen an unserer Jugend! Wie sollen sie in einer solchen Welt Kinder sein? Wie sollen sie glücklich und sorglos sein, wenn das Unheil ständig über ihren Köpfen schwebt?“ Q hatte die Stimme erhoben und Hilde umarmte ihn.

Jeder wusste, dass er Recht hatte. Wenn der Krieg weiter ging, war es nur noch eine Frage der Zeit, bis auch Heranwachsende wie sein Neffe in den Kampf geschickt wurden.

„Nun, wir lassen uns unsere Weihnachtsfeiertage nicht verderben. Kein Kriegsgerede mehr. Das Essen ist fertig“, verkündete Emma.

Während des Essens brachten sie sich gegenseitig auf den neuesten Stand. Die Firma, in der Hildes Vater sich um die Steuern und die Buchhaltung kümmerte, hatte sich verändert und produzierte jetzt ausschließlich Kriegsgüter. Uniformen für die Wehrmacht, um genau zu sein.

Und schon wieder waren sie beim Thema Krieg. Emma warf ihrem Mann einen scharfen Blick zu und Hilde beeilte sich, ihre Schwester zu fragen, „Sophie, wie läuft es in der Schule dieses Jahr?"

Sophie verzog das Gesicht. „Schrecklich. Wenn überhaupt Schule ist."

„Ich wette, dir gefallen die schulfreien Tage", sagte Q und Hilde dachte, sie sähe ein verschmitztes Blitzen in seinen Augen. Trotz seiner Leidenschaft für Wissenschaft musste er ein furchtbarer Schüler gewesen sein. Sie machte eine mentale Notiz, Ingrid nach Qs Schuljahren zu fragen.

„Nein. Die sind noch schlimmer." Sophie schmollte. „Sie zwingen uns zu arbeiten."

Q schmunzelte. „Nun, ich glaube Arbeit hat noch keinem geschadet."

„Diese Art von Arbeit schon", beharrte Sophie. „Die ganze Woche über müssen wir unseren Beitrag zur Unterstützung des Reiches leisten. Auf den Bauernhöfen bei der Ernte auf den Feldern und in den Obstgärten helfen, oder altes Metall sammeln, um noch mehr Waffen zu produzieren."

Hilde schluckte. Die Nazis benutzten Schulkinder für die Kriegsproduktion?

Sophie hatte sich in Rage geredet und nicht einmal die strengen Blicke ihrer Mutter konnten ihren Redeschwall eindämmen. „Ich hasse es! In der Schule zwingen sie uns, die täglichen Berichte der Streitkräfte anzuhören und erzählen uns von den großen Siegen unserer Soldaten und dann sollen wir über die strategischen Geniestreiche unseres Führers reden."

„Genug", warf Carl ein. „Ich glaube, deine Mutter wollte nichts mehr über den Krieg hören."

Ein langes Schweigen breitete sich aus, bis Volker sie mit seiner fröhlichen Natur und seinem Spieltrieb erlöste. Er bestand darauf, auf den Boden gesetzt zu werden und alle begrüßten die Ablenkung.

Volker hatte sich in den letzten Wochen an den Möbeln hoch gezogen, musste aber noch lernen, seiner Balance genug zu vertrauen, um loszulassen und seine ersten Schritte zu gehen. Jetzt, mit einem großen Publikum, klatschte er seine kleinen Hände zusammen und machte zwei Schritte, bevor er auf den Boden plumpste.

Hilde sprang mit Tränen des Stolzes in den Augen auf und drückte ihren Sohn an sich, während sie ihn für seine großartige Leistung lobte.

KAPITEL 26

Der nächste Tag war Heiligabend.

Es war traditionell der Tag, an dem sie gemeinsam den Weihnachtsbaum schmückten, aber als Hilde sich in dem kleinen Haus ihrer Eltern umsah, stand kein Weihnachtsbaum vor dem Fenster. Es war schwierig und teuer, an Bäume zu kommen. Stattdessen hatte ihr Vater einige Zweige gesammelt, diese zusammengebunden und an einem Holzständer befestigt. Es war nicht viel, aber es würde reichen müssen.

Sie brauchten gerade mal fünf Minuten, um die Zweige wie gewohnt mit einigen der kostbaren Glaskugeln und ein paar Strohsternen zu schmücken. Hilde betrachtete den unzureichenden Ersatz für einen Weihnachtsbaum und konnte nur den Kopf schütteln. Die Nazis hatten unermüdlich versucht, das christliche Fest in eine profane Feier zu verwandeln, die Julfeier.

Allerdings mit mäßigem Erfolg. Wenn es eins gab, worüber das deutsche Volk bereit war, mit seiner Regierung zu streiten, dann waren es die geliebten Weihnachtstraditionen. Nicht einmal die eingefleischtesten Nazis mochten den Gedanken einer Julfeier.

Hilde erinnerte sich an ein Propagandaflugblatt, das sie und Q im Zug nach Hamburg gefunden hatten. Sie hatte es ganz vergessen und zog es jetzt aus der Tasche.

„Das wird da draußen verteilt", sagte sie zu Emma.

Emma blickte auf das Flugblatt und ließ es dann fallen, als wäre es vergiftet. „Nur über meine Leiche! Wir haben Glaskugeln und Strohsterne verwendet, seit ich ein Kind war und so bleibt es auch bis ich sterbe."

Hilde hob das Flugblatt auf und warf es in den Müll. Das Bild eines Mannes in SS-Uniform, der Hakenkreuze an einen Weihnachtsbaum hängte, drehte ihr den Magen um. *Denen ist nichts heilig! Noch nicht einmal die Geburt Jesu.*

Als sie wieder ins Wohnzimmer kam, brummelte Emma noch immer wütend vor sich hin. Wäre es nicht so traurig gewesen, hätte man darüber lachen können. Wie die meisten Deutschen würde Emma niemals öffentlich die Nazis kritisieren, aber das war, bevor sie versucht hatten, sich in die Weihnachtstraditionen einzumischen, die ihr so sehr am Herzen lagen.

Jetzt benahm sie sich wie eine Löwin, die ihre Jungen beschützt. Carl kam zu ihnen und als er mitbekam, worüber seine Frau sich so aufregte, entschuldigte er sich und kam kurz darauf mit einem weiteren Flugblatt zurück.

„Die hier haben sie vor ein paar Tagen in der Firma verteilt."

Q nahm es und las es unter dem Gelächter der anderen laut vor.

Betreff: Wegfall der diesjährigen Weihnachtsfeiertage.

Infolge der durch den Krieg bedingten Verhältnisse muss in diesem Jahr von Weihnachten als Feiertagen abgesehen werden.

Begründung: der heilige Josef ist zur Wehrmacht eingerückt.

Die heilige Maria ist in einem Rüstungsbetrieb Dienst verpflichtet.

Das Jesuskind wurde infolge der ständigen Fliegeralarme kinderlandverschickt.

Die Weisen aus dem Morgenland erhielten keine Einreiseerlaubnis.

Der Stern von Bethlehem musste verdunkelt werden.

Die Hirten wurden zum Sicherheitsdienst eingezogen

Der Stall wurde zur Flakstellung ausgebaut.

Das Stroh wurde von der Truppe beschlagnahmt.

Die Windeln des Jesuskindes mussten bei der Reichsspinnstoffsammlung abgeliefert werden.

Die Krippe wurde der NSV zur Verfügung gestellt.

Wegen des Esels allein dürfte es sich nicht lohnen, Weihnachten zu feiern.

Als Q seinen Vortrag beendet hatte, warf er erst einen Blick auf das Flugblatt und dann auf Carl. „Das haben sie in deiner Firma verteilt?“

Carl wurde blass. „Die Vorgesetzten waren schon in die Feiertage verschwunden. Als wir von der Mittagspause zurückkamen, lagen die hier auf unseren Schreibtischen.“

„Wer auch immer diese Flugblätter gemacht und verteilt hat, setzt damit sein Leben aufs Spiel. Wir müssen das sofort verbrennen“, sagte Q.

„Q, übertreibst du nicht ein wenig?“, fragte Emma.

„Nein. Wir landen alle im Gefängnis, wenn so etwas in unserem Besitz gefunden wird.“

Carl fügte hinzu, „Emma, er hat Recht. Ich hätte das

Flugblatt niemals mitnehmen sollen. Ich habe uns alle gefährdet, indem ich es mit nach Hause gebracht habe.“

Q trat an die Spüle und steckte das Flugblatt in Brand. Als er es nicht länger festhalten konnte, ohne sich die Finger zu verbrennen, ließ er es ins in die Spüle fallen und spülte die Asche in den Abfluss. Dann drehte er sich um und sah Hilde und den Rest ihrer Familie an.

Wie viele Weihnachten werden noch so sein?, fragte sich Hilde.

Nach dem Abendessen öffneten sie die Geschenke, die dieses Jahr sehr bescheiden und praktisch waren. Warme Winterhandschuhe für Emma. Handgestrickte Socken für Sophie. Zigarren für Carl. Ein Pullover für Q und ein Schultertuch für Hilde. Der Einzige, der mit Geschenken überhäuft wurde, war der kleine Volker.

Carl hatte sich daran gemacht, den alten Holzschlitten, den seine Töchter vor vielen Jahren benutzt hatten, wieder aufzumöbeln. Zuerst war Volker ziemlich skeptisch, aber nachdem sein Opa ihn die erste Runde ums Haus gezogen hatte, wollte er nie wieder ohne seinen Schlitten sein. Nach viel Geschrei stellten seine Eltern den Schlitten neben sein Bett, wo er ihn sehen und anfassen konnte.

Emma hatte direkt bei ihrer Ankunft von allen die Lebensmittelkarten eingesammelt und war einkaufen gegangen. Die extra Essensrationen, die alle „echten“ Deutschen zu Weihnachten zugeteilt bekommen hatten, waren ein Segen und am 25. Dezember hatte Emma einen Festtagsbraten mit Bratkartoffeln und Schmalz zubereitet, der allen das Wasser im Munde zusammenlaufen ließ.

Das ganze Haus roch nach köstlichem Essen und wenigstens an diesem Tag vergaßen sie alle das Elend des

Krieges. Hilde half ihrer Stiefmutter in der Küche und beobachtete voller Überraschung, wie Emma den fertigen Braten in der Mitte durchschnitt. Sie verpackte eine Portion sorgfältig zusammen mit Kartoffeln und steckte sie in eine braune Papiertüte. Zum Schluss tat sie noch einige Plätzchen in eine Dose und stellte sie oben auf die Mahlzeit.

„Hilde, möchtest du einen Spaziergang mit mir machen?"

Neugierig nickte sie, denn sie wollte wissen, was Emma im Schilde führte. Sie zog Volker seine Mütze und den Mantel an, bevor sie ihn in den Kinderwagen setzte. Emma versteckte das Essenspaket unter der Decke zu Volkers Füßen, und dann gingen sie spazieren.

Sie gingen eine ganze Weile bevor Emma sie von der Straße weg zu einem kleinen Haus führte. Die Fensterläden hingen schief in den Angeln, die Scheiben waren zerbrochen und notdürftig mit Holzbrettern ersetzt worden. Der ehemals hübsche Garten war ein Bild der Verwüstung. Kein Rauch stieg aus dem Schornstein. Das Haus hatte definitiv schon bessere Zeiten gesehen und in Anbetracht des schändlichen Zustands, in dem es sich befand, bezweifelte Hilde ernsthaft, dass dort noch jemand lebte.

Bilder aus der Vergangenheit fluteten ihren Kopf und Hilde erinnerte sich plötzlich. Eine jüdische Familie mit drei kleinen Mädchen ungefähr im Alter von Julia und Sophie hatte hier jahrelang gelebt. Sie verbannte das Bild von den ordentlichen Mädchen die im Garten spielten während ihre Mutter sich liebevoll um Gemüse und Blumen kümmerte, aus ihren Gedanken.

„Leben die noch hier?", flüsterte sie.

Emma warf ihr einen bedeutungsvollen Blick zu und

nickte. Dann sah sie sich schnell um und verschwand mit dem Paket zur Hintertür. Hilde hörte ein kurzes Klopfen an der Tür und spürte eine ganz neue Bewunderung für ihre Stiefmutter in sich aufsteigen. Ihre eigene Mutter würde niemals etwas so Selbstloses tun, ohne dafür eine Gegenleistung zu erwarten.

Einige Augenblicke später war Emma wieder bei Hilde und dem Baby. Sie kehrten nach Hause zurück und hatten ihre Straße schon fast erreicht, als Hilde fragte, „Weiß Vater davon?“

Emma nickte. „Wir können nicht viel tun, nur Kleinigkeiten hier und da.“ Sie hielt inne und wandte sich Hilde zu. „Ich bin zu der Überzeugung gelangt, dass dieser Krieg nicht gut für unser Land ist.“

„Du bist eine gute Frau. Ich wünschte, ich hätte das schon vor zwanzig Jahren begriffen – Mutter.“

Tränen stiegen in Emmas Augen, während sie Hilde fest drückte. „Das ist das erste Mal, dass du mich ‚Mutter‘ genannt hast.“

„Ich weiß“, war alles, was Hilde flüstern konnte, bevor auch sie spürte wie ihre Augen feucht wurden. Die beiden Frauen klammerten sich aneinander, bis Volker kund tat, dass er jetzt genug von dem Spaziergang hatte.

Wieder zu Hause fanden sie Sophie auf ihrer Flöte spielend vor, während Carl und Q in eine politische Diskussion über die Auswirkungen des Krieges verwickelt waren.

Als sie Carls Arbeitszimmer betraten, blitzten seine dunklen Augen während er sagte, „Zur Hölle mit diesem ganzen Gerede von der Heimatfront. Goebbels kann meinetwegen jedem die immer gleichen Phrasen in den Kopf hämmern. Ich kaufe ihm nichts davon ab.“

Q ahmte Goebbels' Stimme nach und rezitierte, „Jeder muss seinen Teil dazu beitragen, die Soldaten an der Front zu unterstützen."

Hilde lachte leise, „Du könntest Sprecher für die Propagandafilme werden."

Q schüttelte den Kopf und verzog das Gesicht. „Sehr lustig."

Während der nächsten Tage erfuhr Hilde, wie sehr Emma sich um ihre Familie kümmerte. Wie die meisten Hausfrauen, die die Möglichkeit dazu hatten, baute sie in dem kleinen Garten hinter ihrem Haus Gemüse an.

Sie musste den Sommer über hart gearbeitet haben, denn der Keller war mit Vorräten gefüllt. Selbst angebaute Möhren, Kartoffeln, Zwiebeln und eine Reihe von anderen Gemüsesorten lagerten dort, die sie mit einfachsten Mitteln konserviert hatte.

Draußen auf den Beeten war noch Wintergemüse, inklusive mehrerer Kohlköpfe. Daraus machte sie Sauerkraut, indem sie den Kohl kleinhackte und gute vierzehn Tage in Essig stehen ließ.

An einem Tag holte Emma eine besondere Leckerei für die Familie aus ihrem geheimen Vorrat. Sie machte Pfannkuchen und bestrich sie mit selbstgemachter Erdbeermarmelade, die Julia vom Bauernhof geschickt hatte. Bei dem Mangel an Zucker und Süßigkeiten waren einfache Pfannkuchen mit Marmelade ein himmlischer Genuss.

Jeden zweiten Tag ging Emma spazieren, eine braune Tüte mit Essen unter ihrem Mantel versteckt.

KAPITEL 27

Q, Hilde und Volker kehrten Anfang 1941 auf einer abenteuerlichen Zugfahrt nach Berlin zurück. Es war schwierig gewesen, Fahrkarten zu bekommen. Durch den Mangel an Privatfahrzeugen und die Rationierung von Treibstoff waren sämtliche Züge überfüllt.

Nach den Feiertagen musste jeder wieder zurück an die Arbeit und obwohl private Vergnügungsfahrten verpönt waren, hatte sich kaum jemandvon der Naziideologie oder dem Krieg davon abhalten lassen, seine Verwandten zu besuchen.

Q verstaute den Kinderwagen zusammen mit ihren Koffern im Gepäckwagen und folgte Hilde und Volker zu ihrem Waggon. Sie mussten sich mit mehreren anderen Personen ein Abteil teilen, worüber Q nicht sehr glücklich war. Die Luftangriffe über der Hauptstadt und Hamburg waren eine konstante Bedrohung und er fürchtete, der Zug würde zum Halten gezwungen werden.

Um auf Nummer sicher zu gehen, hatte er einen Beutel mit genug Essen und Trinken für einen Tag mit in den Zug gebracht, den er jetzt auf dem Schoß hielt. Er sah Hilde an, die hübsch und entspannt aussah mit dem schläfrigen Volker auf dem Schoß und ihrem leuchtend roten neuen Tuch um die Schultern. Sorge nagte an ihm.

„Wie tragen wir Volker, wenn wir den Zug schnell verlassen müssen?", fragte er sie.

„Warum sollten wir uns beeilen müssen?"

„Wenn es Fliegeralarm gibt und –"

„O, es gab seit Tagen keine Luftangriffe. Warum sollten die Alliierten heute wieder damit anfangen?"

„Vielleicht weil niemand damit rechnet? Oder weil sie genauso aus den Weihnachtsferien zurückkommen wie wir?"

„Du machst dir zu viele Gedanken", sagte sie und drückte ihrem Sohn einen Kuss auf den Kopf.

„Vielleicht tue ich das." Widerwillig schwieg er eine Weile, aber dann sah er sie wieder an. „Es wäre mir wirklich lieber, wenn wir vorbereitet wären. Nur für den Notfall."

Sie seufzte theatralisch. „Seit wann bist du so ein Pessimist?"

„Bitte."

„Na gut. Was soll ich tun? Ihn mir auf den Rücken binden?"

Es war gar keine so schlechte Idee, aber als er ihr leuchtend rotes Schultertuch betrachtete, fiel ihm noch etwas Besseres ein. „Wir benutzen dein Schultertuch."

„Ernsthaft?"

„Ja, steh auf." Er entschuldigte sich bei den anderen Reisenden und drehte Hilde hierhin und dorthin, während er den kleinen Volker vor ihre Brust hielt. Er wickelte das Tuch zweimal kreuzweise um ihren Körper, bevor er es hinten verknotete. Volker schien es zu genießen und Q grinste. „So geht‘s. Jetzt musst du ihn nicht im Arm halten, falls wir rennen müssen."

Unter den amüsierten Blicken der Mitreisenden setzte Hilde sich wieder hin und versuchte, eine bequeme Stellung zu finden.

Keine halbe Stunde später heulten die verhassten Sirenen ihre Warnung. Der Zug hielt an und die Passagiere wurden angewiesen, schnellstmöglich in dem nahen Wald Zuflucht zu suchen. Nach drei solchen Unterbrechungen kamen Q und seine Familie viel später als erwartet, aber letztendlich sicher in Berlin an.

Mehrere Wochen nach Q's Rückkehr nach Berlin hatte er eine weitere der wöchentlichen Besprechungen mit Erhard und Martin. Martin war ein sehr eifriges Mitglied ihrer kleinen Sabotagegruppe geworden und wollte noch mehr Personen in ihre Bemühungen involvieren.

„Das ist keine gute Idee", antwortete Erhard mit einem Kopfschütteln.

„Aber wir könnten so viel mehr bewirken –"

Q mischte sich ein. „Mehr Leute zu involvieren kann unserer Sache nur schaden. Und nicht nur der Sache, sondern auch uns und jedem, der beteiligt ist. Wenn wir zu viel machen, erregen wir Verdacht."

Martin machte den Mund auf, um weitere Argumente vor zu bringen, aber Erhard fiel ihm ins Wort. „Q hat Recht, wir drei haben sämtliche Produktionsabläufe der Firma unter Kontrolle. Wir brauchen nicht noch mehr Leute."

Schließlich nickte Martin und sie beschäftigten sich mit anderen Themen, inklusive der Frage, ob und wie sie Kontakt mit anderen Widerstandsgruppen aufnehmen sollten. Nach einer hitzigen Diskussion entschieden sie, dass nur Erhard mit anderen Gruppen Kontakt halten würde, während Q über den russischen Agenten direkt mit Moskau in Kontakt blieb.

„Und was ist meine Aufgabe?", fragte Martin, enttäuscht wie ein eifriger Schuljunge.

„Du gibst uns Rückendeckung, falls etwas passiert", sagte Erhard, aber Martin schien nicht überzeugt. „Schau mal, du bist in der Partei –"

Martin lief rot an. „Ich weiß, aber ich bin nur beigetreten, weil das jeder gemacht hat und weil ich dadurch befördert wurde."

Erhard sah ihn an. „Ich verurteile dich nicht, Martin, überhaupt nicht."

„Ich werde aus der Partei austreten. Heute noch", sagte Martin aufgewühlt.

Q klappte die Kinnlade herunter. „Das ist eine schlechte Idee. Ganz schlecht."

Erhard nickte zustimmend. „Ich schließe mich Qs Meinung an. Die Leute würden Verdacht schöpfen, wenn du jetzt aus der Partei austrittst. Man würde zu viel über dich spekulieren, über deine Familie und über diese Firma."

Martin ließ die Schultern hängen, ein Bild des Jammers.

Q fühlte mit ihm. „Warte – in der Partei zu sein ist ein guter Deckmantel. Du kommst in die Parteitreffen und hörst Dinge, von denen wir nie erfahren würden. Tatsächlich ist es deine Aufgabe, mit dem Betriebsobmann auf gutem Fuße zu stehen und die Augen offen zu halten, ob irgendjemand den Verdacht hegt, dass wir nicht im besten Interesse unseres Führers arbeiten."

Martin strahlte wie ein Honigkuchenpferd, als er mit dieser wichtigen Aufgabe betraut wurde.

Nachdem er gegangen war, nahm Q Erhard beiseite und fragte, „Hast du keine Angst, dass Martin uns in seinem Eifer verraten könnte?"

„Nein, im Gegenteil. Ich glaube, er versteht unsere Ansichten und seine neue Aufgabe wird uns gute Dienste leisten, du wirst schon sehen."

Neben der Sabotage der Kriegsproduktion und dem Kopieren aller geheimen technischen Dokumente, um sie an ihre Kontakte zu liefern, hatten sie begonnen, sich auf die Zeit nach Hitler vorzubereiten.

„Wir müssen ihnen nur die Augen öffnen, wie lächerlich und größenwahnsinnig der Krieg und Hitler wirklich sind, dann wird sich das deutsche Volk in einer Revolution erheben", sagte Q.

„Ja, aber wie streuen wir bei der Betriebsleitung Zweifel über die Regierung, ohne uns dabei zu verraten?"

„Das weiß ich noch nicht, aber wir finden einen Weg. Habe ich dir von dem satirischen Weihnachtsflugblatt erzählt, das mein Schwiegervater an seinem Arbeitsplatz vorgefunden hat?"

Erhard schmunzelte. „Ja, das war wirklich lustig."

„Es gibt also Gleichgesinnte, die nicht mehr schweigen wollen. Ich glaube zwar nicht, dass Flugblätter ausreichen, um Hitler zu stürzen, aber sie bringen die Leute dazu, nachzudenken – und zu zweifeln."

Eine Woche später saß Q hochkonzentriert an seinem Schreibtisch. Er kopierte streng geheimes Material, um ein Blaupause für die Serienproduktion von Funkausrüstung zu erstellen, als Martin ins Labor kam.

Q blickte hoch und funkelte ihn an. Gerade Martin sollte wissen, dass er Unterbrechungen nicht schätzte, wenn er in Gedanken vertieft war. Aber anstatt sich zurückzuziehen, trat der unerträgliche Dummkopf näher, ohne darauf zu achten, wo er seine Füße hinsetzte. Er stolperte und schüttete einen Becher voll Ersatzkaffee quer über sämtliche Papiere, die vor Q lagen.

Q sprang auf und öffnete den Mund, um den jungen Mann wütend zurecht zu weisen, als ihm die beiden Luftwaffenfunktionäre, zwei Männer in SS Uniform sowie der Betriebsobmann auffielen, die Martin auf dem Fuße folgten.

Er schluckte und beschäftigte sich damit, die durchweichten Papiere zu entsorgen und seinen Arbeitsplatz abzuwischen, während der Betriebsobmann Martin einen scharfen Blick zuwarf. „Können Sie nicht besser aufpassen, Stuhrmann?"

Martin gab alles, um zerknirscht auszusehen. „Das tut mir so leid."

Aber der Betriebsobmann hatte ihn schon mit einer Handbewegung zum Schweigen gebracht und wandte sich jetzt an die Funktionäre. „Meine Herren, bitte seien Sie versichert, dass keine Flüssigkeiten in der Fertigungshalle erlaubt sind. Unsere Arbeiter müssen zum Essen oder Trinken in den Pausenraum gehen. Leider bestehen die Wissenschaftler auf einer Sonderbehandlung."

Der Luftwaffenmajor schien gut gelaunt zu sein, denn er nickte nur. „Ja. Ja. Lassen Sie uns mit der Inspektion fortfahren."

Der Betriebsobmann schlug die Hacken zusammen und sagte, „Major Schmid, bitte folgen Sie mir zur Produktionslinie der hochmodernen Funkausrüstung für unsere Streitkräfte. Unser Produktionsleiter, Martin Stuhrmann, wird Ihnen alle Fragen beantworten."

Q warf Martin einen Blick zu und nickte ein stilles *Danke,* bevor die Gruppe das Labor durchschritt und durch die Tür in die Fertigungshalle ging. Q wandte sich mit zitternden Händen wieder seiner Arbeit zu.

An diesem Abend, als Q nach Hause ging, spürte er die Begegnung noch immer in seinen Knochen.

Das Abendessen war kalt – wieder einmal.

KAPITEL 28

„Es tut mir leid, mein Liebling. Ich konnte nicht genug Kohle bekommen um den Ofen in der Küche anzumachen. Mit dem bisschen, das ich bekommen habe, habe ich das Wohnzimmer geheizt", sagte Hilde.

„Das ist mir egal."

Sie sah ihn an und runzelte die Stirn. „Was ist los, mein Liebster? Hattest du einen schlechten Tag?"

Q nickte nur. „Ich erzähl's dir, wenn der Kleine schläft."

Zwei Stunden später saßen sie zusammen auf dem Sofa. Sie kuschelte sich an ihn, während er ihr von den Ereignissen des Tages erzählte.

„Es klingt, als hätte Martin sich heute bewiesen, falls du noch an ihm gezweifelt hattest."

Er schwieg eine Weile, während er ihren Arm streichelte. „Ich weiß nicht, wie viel länger ich das noch durchhalte."

„Du musst stark bleiben und weiter machen. Ich habe ununterbrochen Angst und es wird immer Zeiten geben, in denen wir unserer Furcht nachgeben wollen, aber ich kenne dich – du musst für das einstehen, woran du glaubst."

„Aber zu welchem Preis?", fragte Q sie.

„Was wenn alle einfach aufgeben würden? Dies alles würde niemals enden. Unser Land braucht Menschen wie dich."

Seine Stimme klang müde, als er antwortete, „Ich bin mir nicht mehr sicher, ob unser Land überhaupt noch der Mühe wert ist."

Hilde strich mit der Hand durch seine Locken. „Dann tu es für unseren Sohn. Für seine Zukunft, damit er in einem lebenswerten Land aufwachsen kann. Sei ihm ein gutes Vorbild."

Q drehte den Kopf und küsste sie. „Ich bewundere dich. Du bist so stark und durch dich will ich ein besserer Mann sein. Du bist die beste Lebenspartnerin, die ich mir je hätte wünschen können." Sie küssten sich wieder und er versprach, „Eines Tages, wenn dieser Krieg vorbei ist, werden wir unser Leben wieder genießen. Wie auf unserer Hochzeitsreise, nur besser."

Hilde schmiegte sich eng in seine Arme. „Ich hoffe, dieser Tag kommt bald."

Sie hörten den Fliegeralarm in der Ferne, wie fast jede Nacht. Beide hielten den Atem an, bereit, Volker aus seinem Bettchen zu holen und in den Keller zu rennen, der als Schutzraum diente, aber die Sirenen verstummten.

Hilde seufzte. „Ich bin so dankbar, dass wir hier draußen leben. Wenn wir immer noch im Zentrum wohnen würden, müssten wir jede Nacht im Bunker verbringen."

„Ja, es war eine gute Entscheidung, aus verschiedenen

Gründen. Hier draußen gibt es nichts, was sich lohnt zu bombardieren, nur Seen und Wiesen."

„Ja." Hilde zitterte in seinen Armen und er fragte, „Ist dir kalt, Liebling?"

„Nein, ich glaube, ich hab es dir noch nicht erzählt. Letzte Woche, als ich mit Volker deine Mutter besucht habe, sind wir an unserem alten Wohnhaus vorbei gekommen." Ihre Stimme brach. „Es war ausgebombt und völlig unbewohnbar. Oh Gott! Wird dieser Albtraum denn niemals aufhören?"

Am nächsten Tag ging Q mit neuem Mut und einem gestärkten Sinn für seine Bestimmung zur Arbeit. Sie hatten gerade eine riesige Bestellung von neuen, verbesserten tragbaren Funksendern für die Wehrmacht erhalten, die bis Juni ausgeliefert werden sollten.

Die Dringlichkeit beim Lieferdatum warf bei Q die Frage auf, welches Land Hitler als nächstes überfallen wollte. Er und Erhard besprachen die Möglichkeiten und da die Liste der Länder, die noch nicht von den Nazis besetzt waren, nicht sehr lang war, kamen sie zu dem Schluss, dass es England sein musste.

Aber wie konnte man die Engländer warnen? Sie hatten keine Kontakte zur britischen Regierung.

Q seufzte verzweifelt und stattdessen arbeiteten sie einen Plan aus, wie sie die Produktion der tragbaren Funksender verzögern konnten. Q machte sich gleich an die Arbeit und zerstörte aus Versehen ein wichtiges Werkzeug, das für die Herstellung des Prototypen benötigt wurde. Es war das Einzige, das Loewe besaß – Pech für die Firma – und er ging mit hängendem Kopf in das Büro des Direktors.

Während er von einem Fuß auf den anderen trat, begann er seine Entschuldigung. „Es tut mir so leid, Herr Direktor, aber als ich die Funkfrequenzen des Prototypen für die Wehrmacht geprüft habe, ist unser Messgerät explodiert."

Der Direktor schimpfte über seine Unvorsichtigkeit und wurde dabei so laut, dass Erhard das Büro betrat. „Herr Direktor, gibt es ein Problem?"

Als Erhard Qs schuldbewussten Blick wahrnahm, mit dem er den Boden studierte, konnte er sich ein Lachen kaum verkneifen und musste in eine andere Richtung gucken.

„Ja. Doktor Quedlin hat irgendein Messgerät zerstört, dass wir für den neuen Prototypen brauchen!", schrie der Direktor.

Wie immer hatte Erhard die Situation unter Kontrolle und antwortete ruhig, „Herr Direktor, ich gebe Ihnen Recht, dass das sehr unglücklich ist. Ich habe immer und immer wieder betont, dass wir Ersatzgeräte brauchen für den Fall, dass genau so etwas passiert. Leider ist es – wie Sie wissen –fast unmöglich, irgendetwas zu bestellen, was nicht unbedingt notwendig ist. Die Regierung scheint zu glauben, dass unsere Geräte endlos haltbar sind, aber das sind sie nicht. Die meisten unserer Messgeräte sind viel zu alt, um noch zuverlässig zu funktionieren."

Jetzt war es an Q, auf seine Zehen zu starren, um sein Grinsen zu verbergen. Während Erhard mit dem allgemeinen Zustand ihrer Gerätschaften durchaus Recht hatte, hätte dieses spezielle Gerät noch weitere dreißig Jahre gute Dienste geleistet, wenn er nicht vor dem Gebrauch zwei

Kabel vertauscht und das Messgerät damit effektiv ruiniert hätte. Es war eine hübsche kleine Explosion gewesen.

Am Anfang seines Wissenschaftlerdaseins hatte er immer Angst gehabt, etwas zu zerstören und war übervorsichtig gewesen, aber jetzt spürte er einen gewaltigen Adrenalinschub, wann immer etwas schief ging.

Der Direktor meldete sich wieder zu Wort. „Gut. Bestellen Sie ein Neues. Und machen Sie es dringend."

Erhard nickte und Q verließ das Büro, wobei er ein zerknirschtes Gesicht aufsetzte. Zurück im Labor zeigte er Martin ein stummes Daumenhoch, als er ihm von dem kaputten Gerät berichtete.

Martin nickte und erklärte, „Wir hatten auch ein Problem mit den Produktionsmaschinen für die Gehäuse. Sie haben versagt und ich habe den ganzen Tag gebraucht, um den Fehler zu finden."

„Ich hoffe, du konntest ihn beheben", feixte Q.

„Leider nicht. Die Motoren haben sich festgefressen, weil wir minderwertiges Schmieröl geliefert bekommen haben. Da waren zu viele Partikel drin und ich musste alles wegwerfen. Wir müssen auf die nächste Charge warten."

Partikel so wie Sand und Metallspäne, die du ins Öl gekippt hast? „Es ist so schwierig, qualitativ hochwertige Rohstoffe zu kaufen. Ich frage mich, was als nächstes kommt."

Für Q und Martin war es wie ein Spiel, sich gegenseitig bei der Beeinträchtigung der Produktionsabläufe zu übertrumpfen. Manchmal musste Erhard sie ausbremsen und sie warnen, bei ihrer Sabotagearbeit etwas subtiler vorzugehen.

Der Sommer kam und Q erhielt endlich die Antwort auf die Frage, wo Hitler als nächstes zuschlagen würde.

Die Sowjetunion.

Erhard und seine Frau besuchten Hilde und Q an dem Abend, als die Nachricht einschlug, dass Hitler die Sowjetunion angriff, weil Stalin Pläne gegen Deutschland geschmiedet hatte.

Hilde hob ihre Hand an den Mund. „Sind unsere beiden Länder nicht Verbündete?"

„Nun, anscheinend nicht mehr", erwiderte Q.

„Ich kann nicht glauben, dass Hitler seinen Freund Stalin angegriffen hat und die größte Offensive des ganzen bisherigen Krieges anstrengt", sagte Erhard.

Seine Frau schüttelte den Kopf, der Schock noch in ihren Augen sichtbar. „Dieser Vorwurf, dass sie Pläne gegen unser Land schmieden, ist doch offensichtlich erfunden."

Qs Hände ballten sich zu Fäusten. „Wir müssen unsere Bemühungen verstärken. Wenn Hitler diesen Krieg gegen Russland gewinnt, wird sein nächstes Ziel die Weltherrschaft sein."

Am nächsten Tag kontaktierte der russische Agent ihn. Q hatte Pavel jetzt schon seit einigen Jahren Informationen geliefert und betrachtete ihn fast als Freund.

Pavel hatte keine guten Neuigkeiten zu berichten. „Ich werde heute nach Moskau abreisen und wir werden uns nicht wieder treffen können. Ich kann Ihnen nicht sagen, ob und wie Sie von jetzt an kontaktiert werden. Im Moment werden alle Agenten nach Hause beordert."

„Ich wünsche Ihnen alles Gute und eine sichere Heimreise." Q schluckte. „Sagen Sie Ihren Vorgesetzten, dass wir ihnen mit allem zur Verfügung stehen, was sie brauchen, um diesen Krieg zu verkürzen. Weder ich noch meine Helfer haben unsere Meinung geändert."

Der Agent zog eine Karte hervor, die er in zwei Teile zerriss. Er gab Q eine Hälfte. „Wenn ein anderer Agent Sie kontaktiert, fragen Sie nach der anderen Hälfte dieser Karte. Wenn er sie nicht vorweisen kann, ist er nicht auf Ihrer Seite."

„Was ist mit der Frage, ob es anstrengend ist, den Ätna zu besteigen?"

„Wer hat Ihnen das denn gesagt?", fragte Pavel verwirrt.

„Der andere Agent, den ich in Sizilien getroffen habe."

„Oh." Pavels Blick verdüsterte sich. „Davon weiß ich nichts. Nun, dann fragen Sie nach beidem, nur um sicher zu gehen."

KAPITEL 29

An einem heißen Sommertag im August 1941 traf sich Hilde mit Gertrud und Erika und einer Reihe von Kindern am Strand des Wannsees. Für Mütter mit kleinen Kindern war dies ein bevorzugter Treffpunkt, ein Rückzugsort innerhalb der Stadtgrenzen, um die Sorgen des Krieges, wenn auch nur für ein paar Stunden, zu vergessen.

Trotz Hildes Vorhaben, ihre frühere Freundin nicht mehr zu treffen, weil sie jetzt Nazi war, hatte Q sie ermutigt, den Kontakt wieder aufzunehmen. Ihr Schwiegervater war SS-Obersturmbannführer Wolfgang Huber und Hilde könnte vielleicht einige wertvolle Informationen sammeln und sie an Q weitergeben.

Wie immer lobte Erika Hitler in den höchsten Tönen und Hilde tat ihr Bestes, um sich die Übelkeit, die das in ihr verursachte, nicht anmerken zu lassen. Sie hätte der Frau am liebsten ein wenig gesunden Menschenverstand eingeprügelt. Wusste sie überhaupt, welchen Müll sie da von sich gab?

Glücklicherweise lenkte Gertrud das Gespräch in sicherere Bahnen. Kinder. Erika hatte vor gerade mal drei Monaten ihren ersten Sohn zu Welt gebracht. Sie schwärmte vom arischen Aussehen des Babys, seinen blonden Haaren und der stattlichen Gestalt.

Hilde verkniff sich eine bissige Bemerkung. Der Junge sah aus wie alle Babys, ohne viel Haare auf dem Kopf und auch nicht sonderlich groß oder stark. Im Gegenteil, er war süß und pummelig.

Nach einer Weile sagte Gertrud, „Hilde, ich beneide dich."

„Mich? Warum?", wollte Hilde wissen.

„Du hast deinen Mann noch zu Hause. Meiner ist an die Ostfront verlegt worden. Wir haben ihn nur für ein paar Tage Fronturlaub zu Gesicht bekommen."

Dankbarkeit breitete sich in Hilde in gleichem Maße aus, wie sie ihre Freundin bemitleidete. Qs Widerstandsarbeit war gefährlich, aber vielleicht nicht so gefährlich wie die Front. „Ja, ich bin so dankbar, dass er in einer kriegswichtigen Stellung arbeitet."

Erika stimmte zu, „Q leistet wertvolle Arbeit, aber mein Mann tritt in die Fußstapfen seines Vaters und wurde gerade erst befördert. Er ist in Paris." Ihre Augen bekamen einen verträumten Ausdruck. „Er hat mir geschrieben, dass ich ihn schon bald besuchen kann, wenn der kleine Adolf etwas älter ist und bei meiner Mutter bleiben kann."

Hilde erschauderte. Es ging noch immer nicht in ihren Kopf, dass Erika ihre Kinder Adolfine, Germania und Adolf genannt hatte. *Widerlich.*

Sie schob den Gedanken beiseite und richtete ihre Aufmerksamkeit auf die Kinder. Volker war jetzt eineinhalb

Jahre alt und lief herum wie ein Profi. Er war ein aktiver kleiner Junge, aber in letzter Zeit hatte er Probleme mit seiner Verdauung.

„Volker war diese Woche schon wieder krank. Er hat zwei Nächte hintereinander erbrochen und ich mache mir ernsthafte Sorgen. Wenn ich doch nur gesundes Essen für ihn bekommen könnte und nicht diesen Mist, den wir mit den Lebensmittelkarten kaufen können."

„Hilde, jeder muss für den Krieg Opfer bringen. Du solltest dich nicht beklagen." Erika warf ihr einen vorwurfsvollen Blick zu.

Hilde zeigte nicht, wie sehr sie diese Reaktion verletzt hatte und fand bald einen Grund zu gehen. Q fand es vielleicht nützlich, dass sie mit Erika in Kontakt blieb, aber sie hielt das Nazigeschwätz ihrer früheren Freundin keine Minute länger aus.

Einige Tage später kam Q nach Hause, wie immer müde. Die ständige Angst und Heimlichtuerei forderte ihren Tribut und Hilde überlegte, wie sie ihn aufmuntern konnte. Sie hatte ihm ein süßes Geheimnis verschwiegen, das sie für den richtigen Moment aufgehoben hatte.

Als er sich jetzt wieder über die Sinnlosigkeit seiner Sabotage beklagte, entschied sie, dass dieser Moment so gut war wie jeder andere. „Q, du musst weiter machen. Du musst unseren Kindern ein gutes Vorbild sein."

Q wollte schon antworten, aber ein Wort ließ ihn stutzig werden. „Kinder? Also mehr als eins?" Er schaute sie an und sie sah das glückliche Lächeln in seinem Gesicht.

„Ja, Ich bin wieder schwanger."

Q packte sie und wirbelte sie im Zimmer herum. „Ich bin so glücklich und ich liebe dich so sehr."

Aber so sehr sie sich auch freuten, machte Hilde sich doch Sorgen. Sie steckten mitten im schlimmsten Krieg aller Zeiten und brachten ein weiteres Kind in diese Welt?

Er spürte ihr Unbehagen und versicherte ihr, „Kommt Zeit, kommt Rat!“

KAPITEL 30

Q musste Hilde aus dem Haus haben. Nicht weil sie schwanger war. Er musste darüber nachdenken, was er noch tun konnte – gefährliche Dinge.

Er hatte vor Hilde noch nie etwas verheimlichen können, und wenn sie es herausfand, würde sie sich nur Sorgen machen.

Als eine weitere Radiosendung die Vorzüge der Kinderlandverschickung anpries, sprach er das Thema an.

„Auf gar keinen Fall! Ich werde Volker nicht in die Händen irgendwelcher Nazierzieherinnen geben", knurrte sie.

Der Punkt ging an sie. Volker würde bald zwei Jahre alt werden und war noch zu jung, um etwas zu verstehen, aber Q wollte trotzdem nicht, dass er mit der Naziideologie indoktriniert wurde. „Warum begleitest du ihn dann nicht?", schlug er vor und versuchte, gelassen zu klingen.

„Um dann jeden Tag selbst unter der Indoktrinierung zu leiden? Es ist schlimm genug, wenn ich mir Erikas Lobeshymnen auf Hitler anhören muss; ich will mir nicht auch noch ein paar überenthusiastische Kindergärtnerinnen antun."

„Vielleicht könntest du eine Weile bei deinen Eltern bleiben?"

„Hamburg wird genauso bombardiert wie Berlin. Es ist sogar noch schlimmer für sie", spöttelte sie.

Q seufzte. Das lief nicht so, wie er wollte. „Was ist mit Julia? Sie ist auf einem Bauernhof bei Magdeburg, und das ist nur ein paar Stunden mit dem Zug von Berlin. Du könntest Volker dorthin bringen. Vielleicht hilft ihm das sogar mit seinen Verdauungsproblemen."

„Ich will dich hier nicht allein lassen. Wer weiß, ob ich dich je wieder sehe?"

„Liebling, mir wird nichts passieren. Aber du bist im sechsten Monat schwanger und du musst dich ausruhen. Du musst der Tatsache ins Auge sehen, dass Berlin nicht mehr sicher ist. Du bekommst wegen des Fliegeralarms nicht genug Schlaf. Die Dinge müssen sich ändern."

Hilde nickte. Er hatte Recht. Auch wenn ihr Viertel bisher nichts abbekommen hatte, verging kein Tag und keine Nacht, ohne dass sie ihre Betten verlassen und den Schutzkeller aufsuchen mussten. Es setzte ihnen beiden sowohl körperlich als auch mental zu.

„Q, ich will dich nicht verlassen –"

„Es ist doch nicht für immer, aber du brauchst eine Pause. Bitte nimm Volker und bleibe eine Weile bei Julia. Ich werde zu Weihnachten zu euch kommen. Das sind nur noch ein paar Wochen."

Hilde stimmte schließlich zu. Normalerweise war es fast unmöglich, eine Reisegenehmigung aus persönlichen

Gründen oder zum Vergnügen zu bekommen. Aber da Hilde schwanger war und ein kleines Kind bei sich hatte, konnte sie ihr Anliegen überzeugend vorbringen, dass sie Berlin vorübergehend verlassen musste, und erhielt ihre Reiseunterlagen ohne Probleme.

Zwei Tage vor ihrer Abreise kam sie aufgebracht nach Hause und erzählte, was ihr in der Schlange widerfahren war, während sie auf den Stempel für ihre Reisegenehmigung gewartet hatte.

„Du wirst es nicht glauben, Q! Dieser Beamte sah, dass ich schwanger bin und gratulierte mir."

„Nun, das ist doch kein Grund, wütend zu werden, oder?"

„Doch, ist es. Seine genauen Worte waren, ‚Herzlichen Glückwunsch, dass Sie unserem Führer noch ein arisches Kind schenken.'"

Q legte ihr die Hände auf die Schultern, um sie zu beruhigen, aber er konnte sich ein lautes Lachen nicht verkneifen. „Ich hoffe, du hast ihm nicht ins Gesicht geboxt."

Sie schmollte ihn an, musste dann aber doch mit ihm lachen. „Das wollte ich, aber der Drang, ihm auf die Schuhe zu kotzen, war größer."

„Das hast du nicht …?"

„Nein, habe ich nicht. Ich habe noch rechtzeitig einen Papierkorb in die Finger bekommen. Du kannst dir nicht vorstellen, wie schnell meine Papiere fertig gestempelt waren."

Am Morgen des 6. Dezember brachte er sie und Volker zum Zug und schickte sie auf den Weg nach Magdeburg.

KAPITEL 31

Am nächsten Tag traf sich Q mit seinen alten Freunden Leopold und Otto. Es gab ihm jedes Mal einen Stich ins Herz, weil sie immer ein Quartett gewesen waren – bis zur Kristallnacht.

So Vieles war seither geschehen, das Meiste davon schlecht. Die Freunde hatten ein stilles Abkommen, dass sie nicht über Politik redeten, aber heute war es anders. Während sie in der Bar saßen, wurde die Musiksendung durch eine wichtige Nachricht unterbrochen und jemand machte das Radio lauter.

„Wir unterbrechen dieses Programm, um Ihnen eine Sondernachricht zu übermitteln. Unser geschätzter Verbündeter Japan hat die Vereinigten Staaten von Amerika vernichtend geschlagen. In einem Überraschungsangriff haben japanische Bomber den Marinestützpunkt in Oahu, Hawaii angegriffen. Dabei wurde die mittelmäßige amerikanische Marine sowie die Luftwaffe entscheidend geschwächt und zerstört. In diesem Moment brennt Pearl Harbor und Deutschland feiert den Sieg unseres Verbündeten.

Der Führer ist sehr optimistisch, dass der Krieg bald gewonnen sein und Deutschland über seine Feinde triumphieren wird. Die boshaften Vereinigten Staaten von Amerika haben für ihre Einmischung bezahlt und andere Nationen werden bald ebenfalls ihren gerechten Lohn aus den Händen deutscher Soldaten empfangen."

Chaos brach in der Bar aus. Alle redeten gleichzeitig. Die meisten Gäste – alle in Uniform, mit Ausnahme der drei Freunde – unterstützten die Meinung des Radiosprechers, aber Q dachte anders. *Gott sei Dank. Jetzt wird Amerika gezwungen sein, in den Krieg einzutreten.* „Es ist vorbei. Deutschland wird diesen Krieg verlieren."

„Da wäre ich mir nicht so sicher. Hitler kann nicht aufgehalten werden", erwiderte Otto.

Q musste noch herausfinden, auf welcher Seite Otto stand. Er war nicht Soldat geworden, sondern hatte ein paar Strippen gezogen, damit seine Forschungsarbeit an der Universität als *kriegsrelevant* eingestuft und er vom Wehrdienst befreit wurde.

Für Leopold galt das Gleiche. Er besaß eine Farbenfabrik und schien von den Nazis in Ruhe gelassen zu werden. Während Q Leopold auf persönlicher Ebene vollkommen vertraute, war er sich bei dessen politischen Überzeugungen nicht so sicher. Es war schlauer, den Mund zu halten.

„Du hast wahrscheinlich Recht", sagte er und wechselte das Thema. „Habt ihr es geschafft, die Cyanwasserstoff-Moleküle zu knacken, Otto?"

Otto nickte. „Wir arbeiten dran. Das giftige Zeug ist so leicht entflammbar, dass es uns schon mehr als einmal um die Ohren geflogen ist." Q atmete erleichtert auf, als das

Thema in Bahnen gelenkt wurde, in denen sie sich alle wohl fühlten.

Als sie sich verabschiedeten, war Q mehr denn je davon überzeugt, dass er mehr tun musste. Viel mehr. Sabotage und Spionage war nicht genug. Er wollte etwas Mutiges tun, etwas, das den Kurs der Geschichte für immer verändern würde. Aber was?

Während er mit Leopold zur Haltestelle der Elektrischen ging, konnten sie die roten Lichter des Flughafens Tempelhof in der Ferne sehen. Plötzlich hatte Q eine Idee. Er schickte Leopold mit der Elektrischen nach Hause und entschied sich, zu Laufen. Er würde drei oder vier Stunden brauchen, genug Zeit, um seine neue Idee zu durchdenken.

Am nächsten Tag stürmte er in Erhards Büro. „Ich habe eine brillante Idee!“

„Willst du sie mit mir teilen?“ Sein Freund schmunzelte.

„Deswegen bin ich hier. Lass uns etwas spazieren gehen, dann erkläre ich sie dir.“

„Ein Spaziergang? Es ist neun Uhr. Ich muss arbeiten.“ Aber nach einem Blick in Qs aufgeregtes Gesicht nahm er Hut und Mantel und verließ das Büro. Auf dem Weg nach draußen wies er seine Sekretärin an, „Fräulein Golz, Doktor Quedlin und ich haben einen dringenden Termin mit einem unserer Lieferanten. Wir werden in etwa einer Stunde zurück sein.“

Sobald sie das Firmengelände verlassen hatten und niemand mehr in Hörweite war, fing Q an zu erklären. „Ich dachte, wir könnten ferngesteuerte Blinklichter produzieren.“

„Blinklichter? Wozu das denn?“

„Das ist das Gute. Mit der Fernsteuerung können wir sie

blinken lassen, wenn ein feindliches Flugzeug auftaucht und –“

„Aber woher sollen wir wissen, wann feindliche Flugzeuge kommen?“

Q dachte einen Moment nach. „Wie jeder andere auch. Durch den Fliegeralarm.“

„Gut. Und wo und warum positionieren wir die Blinklichter?“

„Wir installieren sie auf den Dächern von militärisch genutzten Gebäuden. Wenn sie blinken, können die englischen Piloten leicht die strategisch wichtigen Gebäude bombardieren und die zivilen Ziele verschonen.“

„Hmm.“ Erhard blieb stehen. „Das ist wirklich eine brillante Idee. Und sie könnte tausende ziviler Leben retten.“

Q freute sich. „Ja, es ist fantastisch und wir haben alle Möglichkeiten, den Plan durchzuführen. Wir können eine der Fertigungsreihen benutzen, um am Wochenende die Blinklichter herzustellen und wir können auch mit Leichtigkeit zwei oder drei Fernsteuerungen produzieren.“

„Aber wir müssten in der Nähe der Gebäude sein, weil die Reichweite der Fernsteuerungen nicht sehr groß ist“, warf Erhard ein. „Wir könnten nur zwei oder drei Gebäude gleichzeitig beleuchten. Und wie schnell kommen wir dorthin, wenn wir die Sirenen hören? Von da wo du wohnst dauert es viel zu lange, um eins davon zu erreichen.“

„Daran habe ich nicht gedacht.“ Q schüttelte den Kopf und ging weiter. „Was ist, wenn wir die Kurzwellenfunksender nutzen, die wir für die Wehrmacht bauen? Ich bin mir sicher, dass mir etwas einfällt, wie man die Blinklichter verändern muss, damit sie auf ein Funksignal reagieren. Auf die Art können wir alle Gebäude beleuchten, egal wo wir gerade sind."

Erhard nickte. „Ja, dann müssen wir nur jederzeit einen Sender bei uns tragen."

„Wir sollten Martin in den Plan einweihen", sagte Q. Mit neuer Hoffnung und dem Gefühl, etwas geschafft zu haben, kehrten sie zur Fabrik zurück. Aber gerade, als sie das Gelände erreicht hatten, fragte Erhard, „Wie genau bekommen wir die Blinklichter auf die Gebäude? Es ist ja nicht so, als könnten wir da einfach rauf klettern und sie dort aufstellen."

KAPITEL 32

Hilde teilte sich das Zugabteil mit einer jungen Frau, die ausgesprochen dreckig und verwahrlost aussah – wie jemand, der gerade aus einem Schutthaufen gekrochen war. Sie konnte ihre Neugierde nicht im Zaum halten und fing ein Gespräch mit dem Mädchen an, das sich als Annegret vorstellte.

Annegret bestätigte Hildes Befürchtung und erzählte ihr, dass sie vor wenigen Stunden ausgebombt worden war.

„Oh, das tut mir so leid. Das muss ein furchtbarer Schock gewesen sein", sagte Hilde mit echtem Mitgefühl, aber bevor sie nach weiteren Einzelheiten fragen konnte, erschien der Schaffner und Hilde zeigte ihre Papiere.

Just in dem Moment, als der Schaffner ihr die Papiere zurückgeben wollte, trat ein SS-Mann in das Abteil. Obwohl Hildes Papiere in Ordnung waren, spürte sie doch, wie ihr ein Schauer über den Rücken lief. Die Erinnerung an die SS-Männer, die einen Handtaschendieb zu Tode geprügelt hatten, war zu tief in ihr Gehirn eingegraben. So wie die allgegenwärtige Angst, dass Qs Widerstandsarbeit aufgeflogen war und die Gestapo nun kam, um sie zu verhaften.

Sie wartete mit angehaltenem Atem und versuchte, ihre Erleichterung zu verbergen, als er ihr endlich die Papiere zurückgab und seine Aufmerksamkeit auf Annegret lenkte. „Papiere?"

Die junge Frau wirkte plötzlich wie ein verschrecktes Kaninchen. *Nun, hält nicht jeder normale Bürger in Gegenwart der SS vor Angst die Luft an?*

Der strenge Gesichtsausdruck des Gestapomannes wurde weicher, als er Annegrets Namen laut vorlas und ihn dann wiederholte, bevor er vor ihr stramm stand. „Fräulein Huber, darf ich Ihnen mein Beileid aussprechen?"

„Danke. Ich bin immer noch schockiert", sagte das Mädchen und Hilde sah sie misstrauisch an.

Ihr Verdacht verdichtete sich, als der Mann den verstorbenen Obersturmbannführer Wolfgang Huber – Erikas Schwiegervater – in den höchsten Tönen lobte. Oh Gott, die junge Dame konnte unmöglich seine Tochter sein. Es war schon eine Weile her, seit sie Annegret bei Erikas Hochzeit gesehen hatte, aber sie konnte sich sehr deutlich an ihre schrille Stimme erinnern, die im krassen Widerspruch zu dem sanften, gedämpften Tonfall dieses Mädchens stand.

Sobald der SS-Mann das Abteil verlassen hatte, beschuldigte Hilde das Mädchen, „Sie sind nicht Annegret Huber. Wer sind Sie?"

Die Hände des Mädchens flogen an ihre Brust. „Natürlich bin ich das."

Hilde schüttelte den Kopf im Angesicht der Dreistigkeit des Mädchens. „Sie lügen."

„Warum sagen Sie das?“ Die Schwindlerin starrte sie mit blankem Entsetzen an.

„Ich kenne Annegret, und Sie sind es nicht.“

Das Mädchen sackte in sich zusammen und öffnete den Mund, „Die Bomben heute fielen genau auf das Gebäude in Nikolassee, wo ich gewohnt habe.“

Hilde wurde blass und packte ihren schlafenden Sohn fester. Sie schloss für einen Moment die Augen und betete, dass es Q gut ging. Selbst wenn ihr Haus getroffen worden war, war er höchstwahrscheinlich in der Firma gewesen. *Bitte. Bitte. Lass es ihm gut gehen.*

Sie sammelte all ihre Kraft und presste die Worte heraus, „Wir wohnen da. Wo genau war der Treffer?“

Die junge Frau streckte sich, um Hildes Hand zu nehmen. „Wie furchtbar. Fast der gesamte Wohnblock am Rehwiese Park wurde dem Erdboden gleichgemacht. Nur die kleineren Gebäude auf der anderen Seite der Bahnstrecke sind heil geblieben.“

Hilde sackte vor Erleichterung zusammen und murmelte, „Gott sei Dank.“

„Der Fliegeralarm kam zu spät und die meisten Bewohner schafften es nicht in die Schutzbunker. Ich hatte Glück, weil ich unter einer zerbrochenen Treppe eingeklemmt war. Herr und Frau Huber, und Annegret, sie sind alle tot.“

„Wie heißen Sie wirklich?“

Nach einer langen Pause sagte das Mädchen endlich, „Margarete Rosenbaum.“

Sie ist Jüdin. Deswegen lügt sie.

„Ich will doch nur leben.“ Tränen sammelten sich in Margaretes Augen und sie bekam die Worte kaum noch heraus. „Ich war zwei Jahre lang ihr Hausmädchen, aber Herr Huber wollte mich Ende der Woche wegschicken."

Hilde konnte sich gut vorstellen, wo ein jüdisches Mädchen hingeschickt worden wäre. „Fahren Sie fort."

„Ich habe Annegrets Papiere genommen und ihr den gelben Stern an die Bluse gesteckt. Ich will nur überleben. Bitte."

Hilde antwortete nicht. Stattdessen wandte sie den Kopf ab und sah aus dem Fenster nach draußen in die Dunkelheit. *Wie tief kann dieses Land noch sinken?* Ein zwanzigjähriges Mädchen musste die Identität von jemand anderem annehmen, um am Leben zu bleiben. Das war nicht mehr ihr Land.

Sie überlegte, ob sie dem Mädchen helfen konnte, aber schließlich entschied sie, dass sie am besten helfen konnte, indem sie alles ignorierte, was sich in den letzten dreißig Minuten abgespielt hatte.

„Ich werde es niemandem erzählen", sagte Hilde und schaute wieder weg.

Volker wachte kurz darauf auf und Hilde war für die Ablenkung sehr dankbar. Es war tiefe Nacht, als der Zug in Magdeburg ankam. Während sie vorsichtig den Bahnsteig betraten, half das Mädchen Hilde mit dem Gepäck und ihrem Sohn. Hilde sah ihr einen Moment in die Augen und sagte, „Viel Glück, Annegret."

Dann drehte sie sich um und umarmte ihre Schwester Julia.

Zunächst genoss Hilde die Zeit auf dem Bauernhof mit Julia. Es war um so vieles friedlicher und entspannter als in der Stadt, aber nach ein paar Tagen vermisste sie Q und ihre Freunde.

Julia musste arbeiten, so wie alle anderen auch, und Hilde wurde immer einsamer, während aus den Tagen Wochen wurden. Hilde bot an zu helfen, aber im siebten Monat schwanger war sie für die harte Arbeit nicht zu gebrauchen.

Auch Volker bot ihr wenig Gesellschaft, denn er war jetzt alt genug, um gern mit den anderen Kindern und den Tieren zu spielen. Der aktive kleine Junge liebte die Tiere und Bollerwagen liebte er noch viel mehr. Er verbrachte Stunden damit, Dinge in den Bollerwagen zu legen und ihn durch die Gegend zu ziehen.

Hilde war glücklich, dass er Spaß hatte, aber sie sehnte sich danach, Q an Weihnachten zu sehen.

„Ich bin so froh, dass du hier bist", sagte sie mit Tränen in den Augen, als sie ihn endlich am Bahnhof abholte.

„Ich habe dich und Volker so sehr vermisst." Er umarmte und küsste sie.

Sie feierten Weihnachten mit Julia, aber niemand konnte es wirklich genießen, außer Volker natürlich. Q war ungewöhnlich abwesend und Hilde machte sich Sorgen um ihn. Etwas war geschehen, aber er wollte ihr nicht erzählen, was.

Als es für ihn an der Zeit war, nach Berlin zurückzukehren, sagte sie, „Ich würde gern mit dir zurück fahren."

„Hilde, ich denke wirklich, dass du hier bleiben solltest, bis das Baby geboren ist."

„Nein! Ich will mein Baby nicht so weit von dir und

meinen Freunden entfernt zur Welt bringen. Außerdem will ich nicht länger allein sein."

„Du bist hier sicherer als in Berlin. Du weißt, dass ein großer Teil von Nikolassee in Schutt und Asche gelegt wurde, kurz nachdem du weg warst."

„Ich weiß, aber ich würde lieber an deiner Seite sterben als ohne dich zu leben."

Er nahm sie in die Arme und flüsterte ihr ins Ohr, „Es ist noch nicht Zeit zu sterben, Hildelein."

Q gab schließlich nach und gleich nach Silvester kehrten sie nach Hause zurück. Obwohl sie von der Zerstörung durch die Bomben wusste, war sie zutiefst schockiert über die traurigen Reste, die von dem einst so lebhaften Viertel noch übrig waren.

Eines Tages setzte Hilde Volker in den Kinderwagen und ging zu dem Haus, in dem Wolfgang Huber einst lebte. Es war nicht mehr viel davon übrig. Das ganze Gebäude war eingestürzt und nur die Rückwand war noch halb intakt.

Eine unheimliche Kälte erfasste sie und sie schickte ein Gebet für Margarete in den Himmel, bevor sie davon eilte.

Abgesehen davon ging alles wieder seinen normalen Gang, wenn man bei diesem Leben von normal sprechen konnte. Aber irgendetwas stimmte nicht und je mehr Zeit verstrich, desto sicherer war sich Hilde, dass Q etwas vor ihr verbarg. Sie hatte ihn noch nie in einem solchen Zustand der ängstlichen Erregung gesehen, aber wann immer sie ihn danach fragte, wischte er ihre Sorgen beiseite. „Ich bin nur erschöpft von der ständigen Sorge und dem tobenden Krieg."

Sie wusste, dass er sie anlog, aber sie hatte nicht die Kraft, ihn damit zu konfrontieren. Es war noch weniger als einen Monat, bis das Baby kommen sollte und sie brauchte ihre ganze Energie, um ihre kleine Familie zu ernähren und Volker unter Kontrolle zu halten. Der süße Kleine hatte sich in einen wahren Draufgänger verwandelt und er vermisste die Freiheit auf dem Land, wo er stundenlang spielen und herumrennen konnte.

Sie seufzte. Sie war sich gar nicht sicher, ob sie wissen wollte, was Q im Schilde führte. Jedenfalls musste jegliche Diskussion mit ihm warten, bis das Baby geboren war. Emma hatte zugestimmt, für einen Monat zu Besuch zu kommen und ihr mit Volker und dem Haushalt zu helfen, so dass Hilde sich um das Neugeborene kümmern konnte.

KAPITEL 33

Q sprang auf, so dass sein Stuhl nach hinten umkippte. „Es ist unmöglich!“

Martin, Erhard und er hatten eine Idee nach der anderen verworfen. Eine Baufirma infiltrieren und vorgeben, Wartungsarbeiten am Dach durchführen zu müssen. Wie ein Einbrecher hinaufklettern. Mit einem selbstgebauten Fallschirm landen. Die Sicherheitsleute überwältigen. Für einige der Gebäude eine Sicherheitsfreigabe erlangen. Es war schlicht unmöglich, zu den Dächern der vermaledeiten Gebäude Zutritt zu bekommen.

Martin und Erhard sahen sich an und nickten. „Es war eine gute Idee, aber wir können einfach keine Blinklichter auf den Dächern anbringen. Alle strategisch wichtigen Gebäude werden zu gut bewacht.“

Q seufzte vor Enttäuschung. „Wir haben alles ausgearbeitet. Die Produktion der Blinklichter, die Fernsteuerung, die Funksender, alles … aber wir kriegen sie nicht da rauf.“

Erhard legte ihm eine Hand auf die Schulter. „Nimm es

nicht persönlich. Uns fällt etwas anderes ein, wie wir den Krieg torpedieren können."

Martin nickte. „Ja, wir können etwas bewirken. Wir brauchen nur eine neue Idee."

Die drei Männer warfen die nächsten Tage verschiedene Ideen in den Raum, aber nichts davon war Ernst zu nehmen. Während ihrer nächsten Besprechung zur Qualitätssicherung sprachen sie über die Funksender für die Wehrmacht, als Q plötzlich sagte, „Wir bauen eine ferngesteuerte Bombe."

Den anderen klappte die Kinnlade fast bis auf den Boden. „Eine Bombe? Natürlich könnten wir das, aber wofür?"

Q wusste plötzlich genau, was er zu tun hatte. „Um Hitler umzubringen."

„Um … was?", fragte Martin gedehnt, seine Worte fast tonlos.

„Ja. Ich werde den Führer umbringen", bestätigte Q.

„Das würde mit Sicherheit einige Probleme lösen", sagte Erhard.

Alle drei fingen an, mit wachsender Begeisterung Ideen zu wälzen. Es dauerte nicht lange und ihre Enttäuschung über das Versagen mit den Blinklichtern auf den Dächern war vergessen. Sie übertrumpften sich gegenseitig mit Ideen für ihr neuestes Projekt.

„Wir müssen eine Schwachstelle finden … einen Zeitpunkt, wo er schlechter bewacht und deswegen angreifbar ist", schlug Martin vor.

Sie machten einen Aktionsplan und verteilten Aufgaben. Erhard würde die Fühler zu anderen Widerstandsgruppen ausstrecken und Martin würde bei den wöchentlichen

Parteitreffen die Augen und Ohren offen halten, um brauchbare Informationen zu sammeln. Q sollte Hitlers Tagesablauf herausfinden.

Einige Wochen später mussten sie den Gedanken einer Ermordung Hitlers aufgeben – er war zu gut bewacht. Viele hatten es schon versucht, aber keiner hatte Erfolg gehabt. Niemand außerhalb seines engsten Zirkels kam mehr in die Nähe des Führers.

„Was ist mit Goebbels?", schlug Erhard vor. Goebbels war Propagandaminister und einer von Hitlers treuesten Anhängern. Seine hervorragenden Fähigkeiten als öffentlicher Redner in Kombination mit einem bösartigen Antisemitismus machten ihn zu einer gefährlichen Waffe und einer tragenden Säule von Hitlers Macht.

„Goebbels?", fragte Q. „Wenn ein moderater Mann seine Position übernehmen würde, könnte das zu besseren Bedingungen für die Juden führen und zu einer geringeren Unterstützung des Krieges durch die Zivilbevölkerung."

„Lasst uns die kommende Woche dazu nutzen, diese Idee zu durchdenken", meinte Erhard.

Q kehrte ins Labor zurück und machte sich an seine tägliche Arbeit. Seit Wochen dachte er darüber nach, wie man den Krieg verkürzen und den Sturz des tausendjährigen Reiches beschleunigen könnte. Hatten sie möglicherweise eine Lösung gefunden?

Aber konnte man den kaltblütigen Mord an einem Menschen rechtfertigen, selbst wenn er hunderte oder gar tausende andere Leben retten würde?

Im März 1942 gebar Hilde ihr zweites Kind, einen weiteren Sohn. Q war stolz wie Oskar. Er verliebte sich sofort in das süße Baby mit dem Flaum von glatten, braunen Haaren, ganz anders als Volkers weißblonde Locken. Aber es hatte die gleichen blauen Augen wie auch sein Bruder und Q selbst.

„Hilde, er sieht genauso aus wie du", sagte Q.

Sie schaute auf das zerknautschte Gesicht des Babys und lachte. „Ich hoffe nicht." Dann streichelte sie sein winziges Köpfchen und drückte ihn an ihre Brust. „Wie sollen wir ihn nennen?"

„Er sieht aus wie ein Peter, findest du nicht?"

„Peter? Nun, das gefällt mir."

Q wusste, dass Hilde sich insgeheim ein Mädchen gewünscht hatte und auch schon einen Mädchennamen ausgesucht hatte, aber bei einem Jungen hatten sie noch drei oder vier Optionen zur Auswahl.

Emma, die schon ein paar Tage zuvor angekommen war, kam mit Volker an der Hand ins Schlafzimmer.

„Ich will das Baby sehen!", rief Volker und rannte zum Bett.

„Langsam!", schimpfte Q. „Dein Bruder Peter ist noch sehr klein und du wirst ihn mit deinem Gewicht erdrücken."

Volker fühlte sich sofort schuldig und wurde langsamer. Dann warf er seiner Mutter einen fragenden Blick zu und Q sah, wie sich ein warmes Lächeln auf ihrem Gesicht ausbreitete, während sie nickte. Volker krabbelte aufs Bett und streichelte vorsichtig die Hand seines kleinen Bruders.

Qs Herz zog sich zusammen, als er die drei so sah, glücklich und in Liebe vereint. Er konnte – nein, er wollte –

nicht dafür verantwortlich sein, sie auseinander zu reißen. Etwas musste sich ändern.

Emma legte eine Hand auf seinen Arm und sagte, „Wir sollten eine Photographie von ihnen machen."

Er nickte und ging in sein Arbeitszimmer, um den Photoapparat zu holen, mit dem er diesen liebevollen Moment festhalten konnte.

Die Wochen verstrichen und je mehr Q über den geplanten Attentatsversuch nachdachte, desto besorgter wurde er. Nicht um seiner selbst Willen, sondern wegen Hilde und den Jungs. Die Möglichkeit, dass er ihr Glück zerstören könnte, lastete schwer auf seinem Gewissen. So schwer, dass er eines Tage entschied, seine Mutter zu besuchen.

„Wilhelm, was für eine Überraschung", sagte Ingrid, als sie ihm die Tür öffnete.

Q rang die Hände. „Hallo Mutter. Darf ich herein kommen?"

„Natürlich, mein Schatz. Aber was führt dich hierher, am helllichten Tag und dazu noch unter der Woche? Ist mit Hilde und den Jungs alles in Ordnung?"

„Ja." Er wusste nicht, was er noch sagen sollte. *Im Moment geht es ihnen gut, aber ihr Leben könnte bald in Stücke gerissen werden – meinetwegen.*

Seine Mutter lächelte. „Ich werde alt. Das letzte Mal, als ihr alle zu Besuch wart, musste ich mich den Rest des Tages in den Sessel setzen und ausruhen. Volker ist eine Handvoll, aber Peter ist so ein süßes und zufriedenes Baby. Sie sind so unterschiedlich."

„Mutter ..." Er sah die Frau an, die er schon sein ganzes Leben lang liebte und sehnte sich danach, ihr die Wahrheit zu sagen.

„Mein Sohn, ich mache uns einen Tee." Sie führte ihn in die winzige Küche und machte einen Kräutertee. „Es tut mir leid, ich habe keinen Kaffee."

„Niemand hat mehr echten Kaffee ..." Q setzte sich und starrte den Rücken seiner Mutter an, während sie Wasser kochte. Er war sich nicht sicher, warum er gekommen war. Sie würde ihm nicht helfen können. Niemand konnte das.

Ingrid stellte die zwei dampfenden Tassen auf den Tisch und setzte sich dann zu Q. „Was hast du auf dem Herzen?"

Die Bürde seines Gewissens lastete auf ihm und er konnte seiner Mutter nicht in die Augen sehen, als er ihr einen Umschlag voll mit Geldscheinen gab. „Wirst du das für mich aufheben? Falls etwas passiert ..." Er brachte es nicht übers Herz, den Satz zu beenden.

Seine Mutter legte ihre Hand unter sein Kinn und hob seinen Kopf, damit sie ihm in die Augen sehen konnte. Sie würde ihm mitten in die Seele schauen, so wie sie es schon immer getan hatte. Gleich würde sie ihn ausschimpfen, weil er ein dummer und egoistischer Mann war. Aber das tat sie nicht.

Nach einem langen Augenblick sagte sie, „Wilhelm, ich mache mir Sorgen um dich. Du warst schon immer ein freier Geist, aber diese Zeiten eignen sich nicht dazu, den Helden zu spielen. Was auch immer du vor hast, ich will nichts davon wissen. Versprich mir nur eines … sei vorsichtig."

Er nickte. „Das werde ich."

Sie küsste seine Stirn und nahm den Umschlag. „Ich

werde das aufbewahren, bis du wiederkommst und es abholst."

„Danke, Mutter. Ich liebe dich." Er eilte nach draußen, um die aufkommenden Tränen zu verbergen. *Verdammt! Verdammt! Verdammt!*

Einige Wochen später hatte Q die perfekte Lösung, um Hilde und die Jungen zu schützen, falls er erwischt wurde.

Als die Kinder eines Nachts schliefen, nahm er Hildes Hand und führte sie zum Sofa. „Hilde, ich möchte, dass du mir zuhörst. Lass mich ausreden, bevor du etwas sagst. Es wird immer gefährlicher und ich mache mir um dich und die Kinder Sorgen. Ich muss euch beschützen."

Sie verzog das Gesicht.

Er fuhr fort, „Wenn wir nicht mehr zusammen sind, wird dich niemand für meine Handlungen zur Verantwortung ziehen."

„Was?", fragte sie, ihre Augen weit aufgerissen.

„Wir tun so, als hätten wir einen Streit und du verlässt mich. Bring die Jungs irgendwo in Sicherheit, wo meine Handlungen nicht auf euch zurückfallen."

„Auf gar keinen Fall! Das werde ich unter keinen Umständen tun. Ohne dich könnte ich genauso gut sofort sterben." Sie sprang vom Sofa auf und starrte ihn an, die Hände in die Hüften gestemmt.

„Hilde, bitte sei vernünftig. Wenn du nicht an dich denken kannst, dann denk wenigstens an die Kinder."

„Meine Antwort ist nein. Dieses Gespräch ist beendet." Hilde machte auf dem Absatz kehrt und ging ins Bett.

Am nächsten Morgen, bevor er zur Arbeit musste, sprach Q das Thema erneut an. „Hilde, sag wenigstens, dass du darüber nachdenken wirst", bettelte er.

Aber sie blieb eisern. „Das werde ich nicht! Es gibt nichts, was meine Meinung hierüber ändern könnte. Wir sind eine Familie und wir werden zusammen bleiben, bis man uns auseinander zwingt. Ende der Diskussion."

So ging es noch einige Tage weiter, bis er schließlich nachgab. „Gut. Wir bleiben zusammen."

Zum ersten Mal seit er das Thema angesprochen hatte, lächelte sie wieder. „Endlich wirst du vernünftig."

KAPITEL 34

Hilde stellte zwei Becher Ersatzkaffee auf den Frühstückstisch und sah zu, wie ihr verschlafener Mann einen großen Schluck nahm. „Gott, wie ich diesen Muckefuck hasse! Ist nirgends richtiger Kaffee zu kriegen?"

Sie verbarg ein Lächeln bei seinem Ausbruch und nahm selbst einen Schluck, nur um ebenfalls das Gesicht zu verziehen. „Ich weiß gar nicht, warum ich das Zeug überhaupt noch trinke. Vielleicht sollten wir stattdessen doch einen der Vorschläge des Propagandaministeriums ausprobieren."

„Was?" Q sah sie mit hochgezogenen Brauen an.

„Sie wollen jetzt, dass wir Unkraut essen."

„Unkraut? Das meinst du nicht ernst." Er stellte seinen Becher ab. „Obwohl ich mir nicht sicher bin, ob irgendetwas schlimmer sein kann als das hier. Wenn wir wenigstens Zucker hätten ..."

„Sieh dir das an." Sie zeigte ihm ein Flugblatt, das an alle Haushalte ausgeteilt worden war und gab ihm eine Zusammenfassung. „Die Lösung für unsere Mangelernährung wächst anscheinend an Wegesrändern und in Wäldern. Hier ist ein Rezept für einen Salat aus Brennesseln, Löwenzahn und Kohldisteln. Igitt." Hilde legte mit missmutiger Miene das Flugblatt auf den Tisch.

Q grinste sie an. „Hmm – ich kann mir geradezu vorstellen, wie die Kinder an den Esstisch gerannt kommen, um ihre Portion Brennesseln zu bekommen. Sind da noch mehr Weisheiten drin?"

Sie überflog den Zettel und schüttelte den Kopf. „Nicht viele. Sie raten der guten deutschen Hausfrau, diese ‚nahrhaften Kräuter' am Wegesrand zu sammeln und daraus ein gesundes Mahl für unsere Familien zuzubereiten. Anscheinend wird diese Ergänzung unseres Speiseplans dazu führen, dass wir besser und gesünder leben als vor dem Krieg."

„Na, dann machen wir doch mal einen Spaziergang entlang der Autobahn und gucken, ob wir nicht ein schönes Mittagessen finden."

Hilde schaute das Flugblatt auf dem Tisch angewidert an. „Was für ein Haufen Scheiße!"

Ihr Ausbruch entlockte Q ein herzhaftes Lachen. Normalerweise hatte sie sich wesentlich besser unter Kontrolle. Aber der Krieg und die ständige Angst, entdeckt zu werden, nagte an ihrem Nervenkostüm.

Q seufzte und fuhr sich mit der Hand durch die Haare. „Das ist der Preis, den wir für Hitlers Größenwahn bezahlen müssen. Ich würde ihn loswerden, wenn ich könnte."

Seine Bemerkung war beiläufig dahingesagt, aber Hilde

war trotzdem schockiert. *Würde Q Hitler tatsächlich töten, wenn er die Gelegenheit dazu bekäme?*

Ihr Herz zog sich zusammen. Plötzlich fügten sich die Puzzleteile nahtlos ineinander: sein seltsames Verhalten, das Bedürfnis, sie und die Kinder loszuwerden. Sie atmete tief durch, um ihr rasendes Herz zu beruhigen, aber sie wagte es nicht, ihn zu fragen. Sie war sich nicht einmal sicher, ob sie es wissen wollte.

Deutschland steckte inmitten des schlimmsten Krieges seit Menschengedenken, aber das Naziregime ignorierte das Leid der Zivilbevölkerung und pries stattdessen überschwänglich seine Kriegserfolge. Laut den Medien und Flugblättern war jeder, der nicht bereit war, für den Führer zu leiden, ein Staatsverräter und sollte auch so behandelt werden.

Hilde stand oft stundenlang an, um Essen oder Kleidung zu kaufen. Eine ganze Familie zu ernähren war keine leichte Aufgabe und sie war dankbar, dass sie genug Milch hatte, um Peter zu stillen. Es war ein Problem weniger, das sie belastete.

Peter war so ein zufriedenes Baby, dass Hilde seine Anwesenheit kaum bemerkte. Er war glücklich, wenn er mit einem alten Lumpen spielen konnte und lag brabbelnd in seiner Wiege. Er verschlief sogar die häufigen Wege in den Bunker und sie und Q witzelten oft darüber, dass man buchstäblich eine Bombe neben seinem Kopf fallen lassen könnte, ohne ihn zu wecken.

Volker hingegen war anstrengend und schwer zu handhaben. Er war für sein Alter sehr intelligent und wesentlich neugieriger, als ihm gut tat. Er hielt Hilde rund um die Uhr auf Trab. Tagsüber ging er auf Entdeckungsreise und nachts wurde er von Albträumen geplagt.

Die Nächte im Bunker waren etwas, das er hasste und fürchtete. Fast jede Nacht musste sie ein weinendes Kleinkind in den Keller zerren. Aber was blieb ihr anderes übrig? Er war zu jung, um es zu verstehen und zu alt, um es nicht zu verstehen.

Q half ihr, so gut er konnte, aber während der Krieg andauerte, musste jeder Überstunden machen und am Wochenende arbeiten. Urlaub war ein Wort aus der Vergangenheit. Und ehrlich gesagt, was würden sie denn im Urlaub machen?

Hilde seufzte und legte ihre Handarbeiten beiseite. Sie war dazu übergegangen, Volkers Kleidung wieder und wieder zu flicken und die Hosenbeine und Hemdsärmel mit Stoffresten zu verlängern, um seine wachsenden Arme und Beine zu bedecken. Jetzt zerschnitt sie einen ihrer alten Röcke, um daraus passende Hemden für die Jungen zu nähen.

Wann würde das alles enden? Verzweiflung übermannte sie und sie vergoss ein paar stille Tränen.

Am Sonntag kam Leopold Stieber mit seiner Frau und den Kindern zu Besuch. Hilde bot ihnen etwas Brot und Kräutertee an.

Als Dörthe die grünliche Flüssigkeit sah, zog sie die Brauen hoch. „Du pflückst doch nicht etwa Unkräuter am Straßenrand, oder?“

Hilde lachte. „Das würde ich nie tun. Dann könnten sie

uns auch gleich sagen, wir sollen den Dreck vom Boden auffegen, um das Mehl zu verlängern."

Dörthe verzog das Gesicht. „Igitt."

„Nein, ich habe Zitronenmelisse und Pfefferminze auf der Fensterbank gezogen."

Leopold und Q beteiligten sich am Gespräch und bald schon rissen sie Witze über die schlechten Bedingungen.

Leopold sagte, „Der hier ist gut: Jemand versuchte, sich zu erhängen, aber das Seil war von so schlechter Qualität, dass es sein Gewicht nicht aushielt und zerriss. Dann versuchte er, sich im Fluss zu ertränken, aber der Anzug, den er trug, enthielt zu viel Holz, also schwamm er oben und konnte nicht untergehen.

Niedergeschlagen kehrte er nach Hause zurück und lebte nur noch von den offiziellen Rationen, die ihm die Regierung zuteilte. Zwei Monate später war er tot."

Alle lachten mit, denn das war besser als vor Verzweiflung zu heulen. Nur Dörthe warf ihrem Mann einen vernichtenden Blick zu. „Du solltest es besser wissen, als so einen Witz zu erzählen. Wir könnten alle im Gefängnis landen."

„Komm schon, Dörthe, wir brauchen ein bisschen Spaß."

Die Stiebers gingen bald und der Alltag kehrte wieder ein. Hilde gewöhnte sich an, abwechselnd ihre Schwiegermutter und ihre eigene Mutter zu besuchen. Sie machte auch viele Photographien von den Jungs und schickte regelmäßig Briefe an Emma und Carl.

Die Beziehung zu ihrer Mutter hatte sich im Laufe des letzten Jahres stetig verbessert. Hilde hatte Annies selbstsüchtiges Wesen endlich akzeptiert und versuchte, sich nicht darüber zu ärgern.

Ihre Mutter schien sich auch zu bemühen und sie war immer begeistert, die Jungs zu sehen – für kurze Zeit. Volkers Entdeckerdrang und Annies makellose Wohnung passten nicht gut zusammen.

„Ich kann das Baby für dich halten. Halte du Volker von meinen Gläsern fern."

Hilde seufzte und legte Peter seiner Großmutter in den Arm. Manches änderte sich wohl nie. Peter fand seine Oma anscheinend ganz toll und durchtränkte ihre Bluse mit Sabber, was ihm ein saures Gesicht, aber kein Geschimpfe einbrachte.

In der Zwischenzeit versuchte Volker herauszufinden, wie schnell er von einem Ende des Zimmers zum anderen rennen konnte. Er feuerte sich selbst an und klatschte nach jeder Kehrtwendung.

„Er ist viel zu wild", beschwerte sich Annie und Hilde versuchte, ihn mit einem Bilderbuch abzulenken, das sie mitgebracht hatte.

Als Peter anfing, unruhig zu werden, sagte Hilde, „Ich nehme ihn wieder, er muss hungrig sein."

Während sie ihn stillte, sah ihre Mutter angewidert zu. „Du solltest das nicht tun. Es ist nicht damenhaft. Es wäre besser, ihm die Flasche zu geben."

„Das sehe ich anders. Außerdem ist die Milch schlecht, wenn man überhaupt welche bekommt. Wie willst du ein Kind mit fettarmer Milch großziehen?"

Annie zog sich in die Küche zurück und bald zog ein himmlisches Aroma ins Wohnzimmer. Sie kam einige Minuten später mit zwei Tassen Kaffee zurück. Echtem Kaffee.

Hilde stillte Peter fertig und legte ihn dann an die Schulter. „Oh Gott, Mutter, woher hast du echten Kaffee?“

Aber ihre Mutter zog es vor, nicht zu antworten und nippte stattdessen an der Tasse. „Er ist gut, nicht wahr?“

Das stimmte. Das volle Aroma des süßen, fruchtigen Kaffees mit nur einem Hauch Bitterkeit explodierte auf Hildes Geschmacksnerven. „Hmm. Wundervoll.“

Ein paar Minuten später sagte Hilde, „In der Elektrischen habe ich ein Gespräch mit angehört. Der Nachbar wurde erwischt, wie er Lebensmittel von einem Bauern horten wollte und wurde in ein Arbeitslager geschickt.“

Annie nickte. „Gut gemacht. Im Krieg ist sparen deine Pflicht.“

Hilde zog bei der Aussage ihrer Mutter eine Augenbraue hoch. „Glaubst du wirklich, es ist deine Pflicht zu sparen, weil wir im Krieg sind?“

„Ja. Außerdem ist es ein Verbrechen gegen das Vaterland, wenn man sich mehr Rationen erschleicht als einem zustehen.“

„Sagt die Frau, die echten Kaffee in ihrem Haus hat“, erwiderte Hilde, unfähig, die Bitterkeit aus ihrer Stimme zu verbannen.

Annie zuckte die Schultern und sah nicht im geringsten so aus, als wäre es ihr peinlich. „Mein Mann ist ein berühmter Opernsänger. Ich kann wohl schlecht ablehnen, wenn die Menschen ihm ihre Wertschätzung für sein Talent übermitteln möchten.“

„Wusstest du, dass die Menschen in diesen sogenannten Arbeitslagern in Wirklichkeit umgebracht werden? Besonders in den polnischen?“

„Das sind doch nur alberne Gerüchte.“ Annie stellte ihre

leere Tasse ab und wedelte mit der Hand, als könnte sie die Wahrheit einfach so wegwischen.

„Sind sie das?“

„Ist es wichtig, ob die Gerüchte wahr sind? Die Juden verdienen es. Sie haben Deutschland ruiniert. Das Mindeste, was sie tun können, ist dem Land wieder zu seinem früheren Glanz zu verhelfen.“

„Mutter, sie werden getötet.“ Hilde sah sie wütend an.

„Das glaube ich keine Minute lang.“ Ihre Mutter stand auf und sah auf die Uhr auf dem Schrank. „Ich fürchte, ich muss jetzt los. Robert singt heute Abend an der Staatsoper.“

„Dann richte ihm meine besten Wünsche aus. Ich komme nächste Woche wieder vorbei.“

Auf dem Weg nach Hause grübelte Hilde über das Schicksal derer, die in eins der Konzentrationslager deportiert wurden. Sie hatte die Nachrichten auch nicht geglaubt, als Q sie zuerst erzählt hatte. Aber er hatte Stein und Bein geschworen, dass es stimmte. Die Informationen hatten ihn über geheime Wege von jemandem erreicht, der für den polnischen Widerstand arbeitete.

Ja, alles deutete darauf hin, dass es stimmte. Niemand war je zurückgekehrt, um zu berichten. Sie erinnerte sich an die junge Frau, die sie im Zug nach Magdeburg getroffen hatte. Das Hausmädchen von SS-Obersturmbannführer Huber. Warum hatte sie solche Angst gehabt, wenn sie nicht über schreckliches Wissen verfügt hatte? Etwas, von dem nur wenige Eingeweihte wussten.

KAPITEL 35

Q verbrachte viele schlaflose Nächte und gepeinigte Tage im inneren Konflikt mit seinem Gewissen. Er war Pazifist und war immer stolz darauf gewesen, dass er an das Gute im Menschen glaubte.

Aber im Angesicht der Gräueltaten, die das Regime verübt hatte und weiterhin verübte, verspürte er das Verlangen, den Lauf der Geschichte zu ändern.

Er schrieb in sein Tagebuch …

Ist ein Menschenleben wertvoller als ein anderes? Ist ein Leben weniger wert als tausend andere?

Wer bin ich, dass ich den Göttern die Entscheidung darüber aus der Hand nehmen will, wer leben soll und wer nicht?

Ist es mein Auftrag, gegen die Grundregeln der Menschheit zu verstoßen und eine Person zu ermorden, um Tausende zu retten?

Bin ich besser als der schlimmste Nazianhänger, wenn ich meine Hand gegen einen Mitmenschen erhebe?

Nein, die Würfel sind gefallen und ich sollte in meiner Über-

zeugung, das Richtige zu tun, nicht wanken. Ich glaube, dass die Götter mich aus einem bestimmten Grund in diese Welt gesetzt haben.

Wenn ich nicht überlebe, bin ich durch die Tatsache getröstet, dass ich immer in gutem Glauben gehandelt habe. Ich hoffe, meine Kinder und die Geschichte werden mir eines Tages meine Taten vergeben und sie als das sehen, was sie sind: ein verzweifelter Versuch, das Ruder für eine lebenswerte Welt herumzureißen.

Q schloss sein Tagebuch und versteckte es auf dem obersten Regalbrett in seinem Arbeitszimmer. Dann ging er zur Arbeit. Es war im Frühsommer, die blühenden Kastanienbäume ein krasser Kontrast zu den zerstörten Gebäuden, welche die Straßen Berlins säumten. Keine größere Straße war dem fortwährenden Bombenhagel entgangen.

Martin und Erhard warteten schon auf ihn. Während der letzten Wochen und Monate hatten sie einen minutiösen Attentatsplan ausgearbeitet, hatten Detail um Detail hinzugefügt – neue Ideen waren hinzugekommen, nur um mit der nächsten Information über Goebbels wieder verworfen zu werden.

Sie hatten alles über ihn ausgeforscht. Seinen Tagesablauf. Sein Büro. Sein Zuhause. Seine Familie. Seine Reisen. Die Menschen, mit denen er Zeit verbrachte. Schließlich ergab sich ein klares Bild und ihr Plan nahm langsam Form an.

„Sein Büro wird zu streng bewacht“, sagte Erhard.

„Aber wir wollen seiner Familie nichts zuleide tun, also ist sein Haus tabu“, sagte Martin und fügte hinzu, „Habt ihr gesehen, wo er wohnt?“

„Nein.“ Die beiden anderen schüttelten synchron die

Köpfe. Martin war mit diesem Teil der Operation beauftragt worden und als treues Parteimitglied hatte er es sogar geschafft, eine Einladung zu einer der pompösen Feiern zu erhalten, die Goebbels gern ausrichtete.

„Er hat die Anwesen von zwei jüdischen Bankdirektoren gekauft und sie miteinander verbunden. Die Villa, die er anstelle der beiden früheren Häuser gebaut hat, ist einfach phänomenal."

„Wir würden sowieso nicht rein kommen", sagte Q und rieb sich das Kinn. „Er wohnt auf dieser Insel der Reichen und Mächtigen, Schwanenwerder im Wannsee, nicht wahr?"

Martin nickte und Q fuhr fort, „Ich wohne nicht sehr weit davon entfernt. Wir haben schon oft Fahrradtouren am Wannsee entlang gemacht. Soweit ich weiß, gibt es nur eine Brücke, welche die Insel mit dem Festland verbindet. Die Schwanenwerder Brücke."

„Ich kenne diese Brücke. Da ist nicht viel Verkehr; nur die Anwohner dürfen dieser Tage auf die Insel", sagte Erhard.

Martin stimmte zu. „Er muss jeden Morgen und jeden Abend über diese Brücke fahren. Sie ist der perfekte Ort, um unsere Bombe zu platzieren."

„Wir müssen darüber nachdenken", sagte Q und alle waren seiner Meinung. Sie beschlossen, dass Q sich die Brücke am Wochenende einmal ansehen sollte, weil er am nächsten dran wohnte. Sie würden sich in der folgenden Woche treffen und weitere Schritte besprechen.

Wieder zu Hause, wollte Q Hilde gestehen, was er vor hatte. Er öffnete mehrmals den Mund, aber keine Worte kamen heraus. Wann immer er in ihre vertrauensvollen blauen Augen blickte, schnürte sich seine Kehle zu.

Nein, er brachte es einfach nicht übers Herz, das bisschen inneren Frieden zu zerstören, das sie noch besaß.

Doch Hilde war wie immer sensibel für die Stimmungsschwankungen ihres Mannes und hatte seine Sorgen bemerkt. „Was ist los, mein Liebster? Du warst in den letzten Wochen furchtbar angespannt."

Er seufzte. „Das bin ich. Diese ständige Angst macht mich fertig. Aber ich will dich nicht damit belasten; du hast alle Hände voll zu tun mit den Jungs."

Hilde studierte intensiv sein Gesicht und er zwang sich, keine Miene zu verziehen. „Wir sollten am Wochenende einen Spaziergang zum Wannseestrand machen – das wird dich auf andere Gedanken bringen."

Zum Teufel, nein! „Das ist eine gute Idee. Wir müssen an dem bisschen Glück festhalten, das wir in diesen dunklen Tagen noch haben", antwortete Q und fühlte sich wie ein Verräter. Wie konnte er sich auf seine Familie konzentrieren, wenn der potentielle Ort seines Verbrechens direkt in Sichtweite lag? Andererseits war es eine perfekte Gelegenheit, sich die Schwanenwerder Brücke näher anzusehen.

Am nächsten Montag kehrte Q mit einem Plan zu Loewe und seinen Komplizen zurück. Die kleine Holzbrücke war das perfekte Ziel.

„Wir können die Bombe unter der Brücke anbringen und ich kann sie sprengen, sobald Goebbels' Mercedes darüber fährt", erklärte Q.

„Wir müssen die Zeiten herausfinden, wann er über die Brücke fährt und einen Zeitzünder einstellen", sagte Erhard.

„Nein, das ist zu unsicher. Ich werde in der Nähe warten

und die Fernsteuerung auslösen, sobald das Auto über die Bombe rollt. Weil die Brücke so alt ist, müssen die Autos langsam fahren. Es wird leicht sein, den exakten Moment abzupassen."

Martin schüttelte den Kopf. „Mir gefällt das nicht. Es ist zu gefährlich. Wenn dich jemand sieht –"

„Das ist der Knackpunkt. Ich wollte mich erst hinter den Bäumen verstecken, aber das ist zu verdächtig. Ich brauche einen legitimen Grund, vielleicht stundenlang neben der Brücke herumzulungern ..."

Erhard sprang auf und rief, „Angeln!"

„Was?", fragte Q, etwas verwirrt durch den plötzlichen Ausbruch seines Freundes.

„Angeln. Du verkleidest dich als Angler und wartest auf einem Boot im Wasser mit einer Angel in der Hand, ganz in der Nähe der Brücke."

„Das ist eine fantastische Idee. Das wird funktionieren", stimmte Martin zu und sogar Q musste zugeben, dass das definitiv klappen könnte. „Jetzt müssen wir nur noch an ein Boot und Angelausrüstung kommen."

„Dann ist es beschlossen", stellte Erhard fest. „Lasst uns unsere Bombe bauen."

Die Bombe zu bauen war nicht schwer, da sie die Ressourcen von Loewe nutzen konnten. Martin bekam den Auftrag, die eigentliche Bombe zu bauen, während Q sich mit seiner Funkgeräte-Abteilung um die Fernsteuerung kümmerte. Seinen Angestellten erzählte er, es handele sich um einen neuen Prototypen für die Wehrmacht.

Q benötigte viel Zeit und eine ganze Menge Kosten und Mühe, bis er es endlich schaffte, ein Boot und eine Angelausrüstung zu besorgen.

Sobald die Ausrüstung beschafft war, mussten sie nur noch feststellen, zu welchen Zeiten Goebbels die Brücke am wahrscheinlichsten passierte. Martin und Q erarbeiteten einen Zeitplan, so dass sie ihr Zielobjekt abwechselnd beobachten konnten.

KAPITEL 36

Q wartete auf die Elektrische als ein junger Bursche sich an der Haltestelle zu ihm gesellte.

„Sind Sie Herr Quedlin?“, fragte der Junge.

„Ja.“ Q nickte und fragte sich, was er wohl wollte.

„Ich habe eine Nachricht für Sie. Öffnen Sie die auf Seite 7.“ Mit diesen Worten reichte ihm der Junge eine Zeitung und verschwand blitzschnell um die Straßenecke.

Qs Neugierde war geweckt, aber er wagte es nicht, die Zeitung auf offener Straße zu öffnen. Stattdessen faltete er sie zweimal sorgsam zusammen und verstaute sie dann in seiner Aktentasche. Erst als er zu Hause in der Sicherheit seines Arbeitszimmers war, schlug er mit zitternden Fingern die Seite 7 auf.

Er holte überrascht Luft. Innen lag ein Zettel: *Treffen Sie mich morgen Abend um sechs Uhr am Bahnhof Westkreuz. Bringen Sie Ihre Hälfte der zerrissenen Karte mit.*

Sein Herz raste. Q hatte nichts mehr aus Moskau gehört, seit Pavel Berlin vor mehr als einem Jahr verlassen hatte.

Kommunikation war dieser Tage schwierig und von Erhard wusste er, dass die anderen Widerstandsgruppen auch Probleme hatten, in Verbindung mit dem Ausland zu bleiben.

Was, wenn das Treffen eine Falle war? Er holte seine Kartenhälfte aus dem Schreibtisch und betrachtete sie eingehend. Könnte irgendjemand davon gewusst haben?

Hilde rief ihn. „Q, das Abendessen ist fertig." Er legte die Karte und den Zettel in seine Aktentasche und ging zum Abendessen mit seiner Familie.

Später am Abend erzählte er Hilde von der Nachricht, die er erhalten hatte.

„Wenn das eine Falle wäre, woher würden sie von dir und der Karte wissen, die der russische Agent dir gegeben hat?", fragte sie.

„Die Gestapo hat Mittel und Wege, jeden zum Reden zu bringen." Er erschauerte bei dem Gedanken an die Horrorgeschichten, die er gehört hatte.

Sie legte eine Hand auf seinen Arm. „Das mag sein. Aber ich glaube nicht, dass die Gestapo sich solche Mühe machen würde, wenn sie dich verhaften wollten. Sie würden hier herein stürmen und dich wegschleppen."

Angst kroch ihm über den Rücken. „Du hast Recht. Ich werde zum Treffpunkt gehen."

Am nächsten Tag saß er auf heißen Kohlen, unfähig, sich auf seine Arbeit zu konzentrieren. Mehr als einmal öffnete er seine Aktentasche, um nach der Karte zu tasten, die er in eine Zeitung gesteckt hatte. Die Zeiger der Uhr im Labor bewegten sich mit quälender Langsamkeit, bis es endlich Zeit war zu gehen.

Q kam am Bahnhof Westkreuz an, der voller Arbeiter

auf dem Heimweg war. Wie durch Magie erschien ein Mann und fragte ihn, ob er eine Karte von Berlin hätte. *Das muss mein Kontakt sein.* Kalter Schweiß trat auf Qs Stirn. Im Gegensatz zu den anderen Agenten, die er getroffen hatte, war dieser eindeutig Deutscher und kein Russe. Q konnte sich kaum an die Frage erinnern, die er stellen sollte.

„Ist es anstrengend, auf den Ätna zu steigen, mein Herr?"

Der Mann sah verwirrt aus und lachte dann. „Überhaupt nicht. Nur wenn Sie es nachts versuchen. Vertrauen Sie der Karte nicht, Kamerad?"

Erleichterung durchflutete ihn und Q schüttelte dem Agenten die Hand. „Man kann nicht vorsichtig genug sein, Kamerad. Darf ich bitte die Karte sehen?"

Sie saßen auf einer der Wartebanken und der Agent reichte ihm eine Zeitung mit der Karte darin. Q legte sie an seine eigene. Sie passten perfekt.

„Zufrieden?" Als Q nickte, stellte der Agent sich vor. „Gerald Meier, Wehrmachtdeserteur und stolzes Mitglied der Roten Armee."

„Sie wissen vermutlich bereits, wer ich bin", sagte Q und lehnte sich zurück, um ein paar Tauben zu beobachten, die sich um einige Krümel balgten. Vor dem Krieg waren alte Männer und Frauen hierher gekommen, um die Vögel zu füttern, aber heutzutage hatte niemand mehr Essen übrig.

„Ich dachte, alle Agenten wären zurückgerufen worden", sagte Q. „Wie sind Sie wieder nach Deutschland gekommen?"

„Das ist eine lange Geschichte. Wollen wir eine kleine Fahrt machen?"

Q nickte und sie stiegen in die nächste S-Bahn. Gerald bedeutete ihm zu schweigen, bis sie ihr Ziel erreicht hatten.

Nach fünfzehn Minuten Fahrt stiegen sie an einer der verlassenen Vorstadthaltestellen aus, die nur zweimal am Tag von Menschenmassen überlaufen waren.

Sie fanden eine Wartebank und setzten sich. „Ich bin vor etwa einem Monat mit dem Fallschirm über Schweden abgesprungen und habe mich hierher durchgeschlagen", sagte Gerald. „Weil ich Deutscher bin, hatte ich keine Probleme klarzukommen. Ich lebe seitdem bei ein paar alten Freunden in Berlin."

Gerald Meier war wahrscheinlich nicht sein richtiger Name, besonders wenn er wirklich ein Wehrmachtdeserteur war.

„Wie nehmen Sie mit Moskau Kontakt auf?", fragte Q.

„Ich habe einen Sender."

„Warum ich?"

„Meine Vorgesetzten gaben mir eine Liste von Kontakten, die ich versuchen sollte zu reaktivieren. Pavel war sich sicher, dass Sie noch auf unserer Seite sind. Ist das so?"

Q nickte. „Meine Meinung hat sich nicht geändert. Tatsächlich ..."

„Tatsächlich was?"

„Nichts. Was für Informationen brauchen Sie?"

Gerald kniff die Augen zusammen und sah Q scharf an, bevor er nickte. „Grundsätzlich alles, was Sie uns geben können. Das Hauptquartier wird entscheiden, ob es für unsere Strategie wichtig ist oder nicht. Eine Zusammenfassung der Produktion bei Loewe wäre ein guter Anfang. Zusammen mit den Blaupausen von allen Fortschritten, die Sie im letzten Jahr gemacht haben. Insbesondere drahtlose Übermittlung, Echolot und dieses neue Radar-Ding, von dem alle so begeistert sind."

„Das kann ich machen, aber es wird etwas dauern. Eine Woche mindestens."

„Gut, treffen wir uns in genau einer Woche wieder. Gleicher Ort, gleiche Zeit." Mit einem Nicken stand Gerald auf und ging davon.

Q blieb allein an der verlassenen Bahnstation zurück, mit jeder Menge neuer Informationen, über die er nachdenken musste. Er hatte viel zu tun in der nächsten Woche.

KAPITEL 37

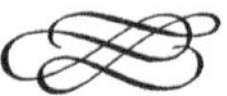

Hilde hatte die Jungen gerade ins Bett gebracht, als sie die Tür hörte.

„Du bist spät, Q. Ich habe mir Sorgen gemacht."

Er nahm sie in die Arme. „Es tut mir leid. Ich wünschte, jemand würde ein Telefon erfinden, das man immer mit sich herumtragen kann. Dann hätte ich dir Bescheid sagen können."

Hilde lachte. „Wie soll das denn funktionieren? Sollen wir immer ein langes Kabel hinter uns herziehen? Es uns vielleicht um den Hals hängen?"

„Nein, es müsste ohne Kabel funktionieren." Er legte die Stirn in Falten und verschränkte die Arme vor der Brust. „Tatsächlich hat vor ein paar Jahren ein Kanadier namens David Hings ein tragbares Zweiwege-Funkgerät erfunden, das er Walkie-Talkie genannt hat. Das Problem mit diesen Walkie-Talkies ist nur, dass ihre Reichweite sehr eingeschränkt ist und sie in Städten mit vielen Gebäuden sehr unzuverlässig sind. Aber ich könnte –"

„Q, du schweifst ab. Erzähl mir von dem Treffen mit diesem … Mann."

Q erzählte, was passiert war und schloss mit, „Ich muss bis nächste Woche so viele technische Instruktionen wie möglich replizieren."

„Ich könnte helfen", bot sie an.

„Du? Unter keinen Umständen. Ich ziehe dich da nicht mit rein." Er ließ sich auf das Sofa fallen. „Ist noch etwas zu essen für mich übrig?"

„Ja, ich habe es dir warm gestellt. Netter Themenwechsel."

„Du kennst mich zu gut." Q grinste. „Aber ich bin wirklich hungrig."

„Gut. Ich decke den Tisch für dich."

Hilde dachte, dies sei das Ende des Gesprächs. Seit Peters Geburt war Q übermäßig beschützerisch geworden und hatte versucht, sie von seiner Widerstandsarbeit fern zu halten. Es grenzte schon an ein Wunder, dass er ihr überhaupt von dem russischen Agenten erzählt hatte.

Sie runzelte die Stirn bei der Erinnerung an seinen Vorschlag, sie solle ihn nach einem gestellten Streit verlassen. *Nur über meine Leiche.* Ein eisiger Schauer lief ihr über den Rücken und sie schob die Vorahnung beiseite. Es würde keine Leichen geben. Nicht ihre. Nicht Qs. Und auch sonst keine.

Aber drei Tage später kam Q von der Arbeit nach Hause und bat sie, später am Abend einen Stapel Papiere für ihn abzutippen.

Hilde beäugte sie misstrauisch. „Was ist das?"

„Nur ein paar technische Dinge", sagte er, ohne näher darauf einzugehen.

Aber Hilde wusste Bescheid.

Sie holte die Kinder und setzte sie zum Essen an den Tisch. Qs Gesicht leuchtete vor Stolz, als er seine Söhne ansah. Während Volker seinem Vater wie aus dem Gesicht geschnitten war, kam Peter nach seiner Mutter. Mit gerade mal sechs Monaten saß er schon mit ihnen am Tisch und aß das gleiche Essen wie der Rest der Familie, wenn auch zu Brei vermanscht.

Nach dem Essen las Q Volker ein Buch vor, während Hilde Peter auf ihrem Schoß in den Schlaf wiegte. Als beide Kinder fest schliefen, zogen sich Q und Hilde in sein Arbeitszimmer zurück.

Sie hatte ihm schon oft beim tippen und kopieren geholfen und setzte sich jetzt an die Schreibmaschine, bereit, die technischen Texte von ihm diktiert zu bekommen.

„Nein, warte", sagte er. „Ich möchte, dass du mehrere Bögen übereinander legst."

Hilde sah zu, wie er ein weißes Papier, Blaupauspapier und braunes Butterbrotpapier übereinander legte, bevor er ihr den Stapel reichte. „Hier, spann das in die Maschine ein."

„Warum soll ich das machen? So haben wir das vorher noch nie gemacht."

„Hilde, ich möchte es einfach ausprobieren. Außerdem ist es besser, wenn du nicht alles weißt. Du musst sagen können, dass du von den technischen Dingen, die du getippt hast, keine Ahnung hattest."

Sie stieß einen langen Seufzer aus. „Gut. Lass uns anfangen." *Ich wette, das hat mit dem Treffen mit dem russischen Agenten zu tun.*

Als sie das Blatt gefüllt hatte, nahm sie es heraus, zog das weiße Papier aus dem Stapel und ersetzte es durch ein Neues. Die Buchstaben auf dem weißen Papier waren leicht verschmiert, aber noch lesbar. *Warum will er dass die Buchstaben verschmiert sind?*

KAPITEL 38

Q traf sich jetzt jede Woche mit Gerald. Er übergab ihm alle Informationen, die er, Erhard und Martin sammeln konnten, nicht nur von Loewe, sondern aus jeder Quelle, auf die sie Zugriff hatten. Erhard und Q waren immer noch aktive Mitglieder in verschiedenen wissenschaftlichen Kreisen und Martin bekam durch seine Parteiverbindungen oft vertrauliches Material in die Finger.

Gerald lobte jedes Mal die gute Qualität der Informationen und überbrachte mehr als einmal eine Nachricht aus Moskau, wie sehr die detaillierten Einzelheiten über Suchscheinwerfer, durch Licht automatisch gesteuerte Bomben und technische Schriften über die Verwendung von Wasserstoffperoxid für den Antrieb von Torpedos mit V-Waffen – Vergeltungswaffen – dort geschätzt wurden.

„Denken Sie, es wird helfen, den Krieg zu verkürzen?“, fragte Q.

Gerald suchte nach etwas ermutigendem, was er sagen könnte, aber schüttelte dann den Kopf. „Ich fürchte nicht.

Trotz der offiziellen Durchhalteparolen gibt es nichts, was mich hoffen lässt. Die Wehrmacht überrennt unsere Rote Armee und ich fürchte, Russland läuft Gefahr, die Schlacht um Stalingrad zu verlieren."

Beim nächsten Treffen war Gerald seltsam abwesend. Er vermied den Blickkontakt mit Q und machte auch keine Witze mehr über die Motivationsreden seiner Vorgesetzten.

„Stimmt etwas nicht?", fragte Q ihn.

„Nein. Es ist alles in Ordnung; ich nehme an, die Anspannung macht mir zu schaffen." Gerald wand sich.

„Geht mir auch so. Ich weiß gar nicht, wie oft ich schon aussteigen wollte."

„Nein! Jetzt ist nicht der richtige Zeitpunkt. Ich glaube, wir sind dem Sieg ein Stückchen näher gekommen", sagte Gerald.

Q bezweifelte das, aber er hatte noch ein Ass im Ärmel: Das Attentat auf Goebbels. Es musste bald passieren, denn der Winter kam und der Wannsee könnte zufrieren. Die Vorbereitungen waren den ganzen Sommer über gelaufen und trotz verschiedener Rückschläge und Verschiebungen hatten sie sich endlich auf ein Datum geeinigt. Den 1. Dezember 1942.

Er wusste, dass er ein gefährliches Spiel spielte und wollte es hinter sich bringen, bevor er Gerald wieder traf. Dann würde er ihm gute Nachrichten übermitteln können. *Hoffentlich.*

„Ich denke, wir sollten warten und uns bis Dezember nicht wieder treffen. Ich stecke bis über beide Ohren in Arbeit und kann Ihnen momentan kaum nützliche Informationen liefern", sagte Q.

Gerald zuckte zusammen. „Nein, wir müssen uns vorher

treffen. Moskau ist auf Ihre Berichte angewiesen. Wir sind so nah dran, in der Schlacht von Stalingrad Fortschritte zu machen."

„Gut." Q seufzte. „Geben Sie mir wenigstens zwei Wochen und dann treffen wir uns Ende des Monats." Es wäre zwei Tage vor dem Attentat und würde ihm vielleicht eine kleine Atempause verschaffen, an etwas anderes zu denken.

An diesem Abend kehrte Q nach Hause zu seiner Frau zurück und ließ die Bombe platzen. „Wir werden ein Attentat auf Goebbels verüben."

Hilde schwankte und hielt sich am Tisch fest, bevor sie auf ihren Stuhl fiel. Sie schluckte mehrmals. „Das meinst du ernst, oder?"

„Todernst."

Ein nervöses Kichern entschlüpfte ihr. „Warum du?"

Q strich ihr über den Kopf. „Es muss getan werden und ich bin in der besten Position dafür."

Sie saßen bis in die frühen Morgenstunden auf dem Sofa und hielten sich gegenseitig fest. Hilde flüsterte, „Zwei Wochen. Ich habe Angst."

„Ich habe auch Angst. Aber ich habe Martin und Erhard, die mir Rückendeckung geben. Niemand wird je erfahren, dass ich auch nur in der Nähe dieser Brücke war."

Martin würde ihm helfen, die Bombe einen Tag vor dem geplanten Attentat anzubringen und dann würde er ihn bei Loewe vertreten, während Q in seinem Boot auf dem Wasser saß und darauf wartete, dass Goebbels' Limousine die Brücke passierte.

Hilde zitterte in seinen Armen. „Bitte beruhige dich",

drängte er sie, als sie anfing zu weinen. „Erzähl mir, was du diese Woche gemacht hast."

Hilde trocknete ihre Tränen. „Ich habe angefangen, Peter zu entwöhnen. Er ist jetzt so ein großer Junge und er isst so gut mit uns zusammen. Es ist etwas traurig, aber es wird mir mehr Freiheiten verschaffen."

Q drücktc sie an sich. „Ja, unser Baby wächst schnell. Und Volker, er ist so ein intelligenter Junge. Wenn dieser Krieg vorbei ist, fügen wir unserer Familie noch ein kleines Mädchen hinzu, was meinst du?"

Sie lehnte sich an ihn und lachte. „Bei unserem Glück wird es ein dritter Junge."

„Das macht nichts. Lass uns ins Bett gehen und üben."

Als sie am Kinderzimmer vorbei kamen, huschte Hilde hinein, um jedem der Jungen einen Kuss zu geben und kam dann mit einem Wintermantel in den Händen wieder.

„Das habe ich heute fertig genäht. Ich habe ihn für Volker aus einer deiner alten Jacken gemacht. Jetzt wird er wenigstens eine Erinnerung an dich haben, falls du stirbst."

Q nahm sie in die Arme und versprach, jede erdenkliche Sicherheitsvorkehrung zu treffen. „Selbst wenn ich erwischt werde, haben sie nichts gegen dich in der Hand. Vergiss das nicht. Ich werde dich in alle Ewigkeit lieben."

Er nahm sie mit in ihr Schlafzimmer und liebte sie mit aller Zärtlichkeit. Danach hielt er sie fest, bis die Sonne über den Horizont stieg.

KAPITEL 39

Die Tage krochen im Schneckentempo dahin, während Q sich auf das Attentat vorbereitete. Alles war bereit und sie konnten nichts weiter tun als abwarten.

Für Q war das Treffen mit Gerald eine willkommene Abwechslung von seiner Anspannung. Er hatte nicht viel zu berichten, weil seine Gedanken ausschließlich um das Attentat kreisten. Trotzdem hatte er es geschafft, einige Konstruktionszeichnungen zu kopieren.

Q kam mit der U-Bahn am Potsdamer Platz an und trat aus dem Untergrund an die Oberfläche. Der kalte Novemberwind kroch ihm in die Knochen und Nebel driftete über den weitläufigen Platz.

Als er sich dem Treffpunkt an der Treppe zur Bahnstation näherte, wurde er plötzlich von Gestapobeamten umringt. „Halt! Sie sind verhaftet."

Qs Herz rutschte ihm in die Hose. Meinten sie ihn? Er sah sich um und sah keine Spur von Gerald, nur sechs

Gestapobeamte. Sein Puls raste und trotz der Kälte trat ihm der Schweiß auf die Stirn. „Gibt es ein Problem?"

„Hände hoch! Sie sind verhaftet wegen Verbrechen gegen das Vaterland und die Partei."

Q tat, wie befohlen und widersetzte sich nicht, während zwei Beamte ihn recht grob packten und ihn zu einem wartenden Wagen schleppten. Sie schubsten ihn hinein und das Auto fuhr mit ihm und drei Gestapobeamten los.

„Was habe ich getan?", fragte Q und versuchte, sich seine Angst und Nervosität nicht anmerken zu lassen.

Der Anführer sah ihn an und höhnte, „Sie werden über Ihre Anklagepunkte informiert werden, aber nicht hier. Sie kommen mit uns."

Q schickte ein stummes Stoßgebet für die Sicherheit seiner Familie an die Götter. Vor seinem inneren Auge sah er Hilde, wie sie an diesem Morgen mit Peter in den Armen und Volker an ihrer Seite dagestanden hatte, als er ging.

Ich liebe euch!

Nach zehn Jahren Spionage und dem Versuch, das Regime zu stürzen, war er schließlich erwischt worden.

Es ist vorbei.

Wie Sie sich vorstellen können, ist Qs Spionagearbeit vielleicht vorbei, aber seine Geschichte geht noch weiter. Buch 3, Unerschütterlich, beschreibt seine Zeit im Gefängnis und wird Ihnen auch erzählen, was mit Hilde und ihren beiden Söhnen passiert ist.

Hier klicken und gleich weiterlesen

. . .

Danke, dass Sie sich die Zeit genommen haben, UNERBITTLICH zu lesen. Wenn es Ihnen gefallen hat, überlegen Sie doch einmal, ob Sie Ihren Freunden davon erzählen oder eine kurze Rezension schreiben möchten. Mundpropaganda ist der beste Freund eines Autors.

Vielen Dank,

Marion Kummerow

DANKSAGUNG

Ich möchte mich bei all meinen fantastischen Lesern bedanken, die mir persönlich Feedback gegeben oder mein erstes Buch *Unnachgiebig* rezensiert haben. Ohne eure Ermutigung hätte ich es nicht geschafft, den zweiten und dritten Teil zu schreiben.

Meine wunderbare Cover Designerin Daniela Colleo von www.stunningbookcovers.com hat aus meinen vagen Ideen ein wundervolles Buchcover gemacht, das – meiner Meinung nach – die Stimmung der Geschichte und der damaligen Zeit perfekt einfängt.

Vielen Dank auch an meine Übersetzerin Annette Spratte. Für alle, die sich fragen, warum ich die Bücher nicht selbst übersetzt habe: dafür gibt es mehrere Gründe.

Erstens fand ich es spannender, neue Bücher zu schreiben, als ein schon existierendes zu übersetzen. Zweitens ist es gar nicht so einfach, etwas selbst Geschriebenes zu übersetzen, ich fing nämlich sofort an, die englische Version zu verbessern und nochmal umzuschreiben. Und drittens braucht man auch eine gewisse Distanz vom Werk.

So denke ich, haben wir einen guten Kompromiss gefunden: Annette hat einen wunderbaren ersten Entwurf geliefert, den ich nur noch mit meinen eigenen Worten polieren musste.

Wenn Sie Hintergrundinformationen über die Geschichte meiner Großeltern haben wollen, oder wissen möchten, wann das nächste Buch erscheint, tragen Sie sich hier in meinen Newsletter ein:

https://marionkummerow.de/

BÜCHER VON MARION KUMMEROW

Liebe und Widerstand im Zweiten Weltkrieg

- Band 1: Unnachgiebig
- Band 2: Unerbittlich
- Band 3: Unerschütterlich

Kriegsjahre einer Familie

- Prolog: Gewagte Flucht
- Band 1: Blonder Engel
- Band 2: Dunkle Nacht
- Band 3: Tödlicher Ehrgeiz
- Band 4: Agentin wider Willen
- Band 5: Beherzte Rettung
- Band 6: Tollkühner Aufstand
- Band 7: Enorme Opfer
- Band 8: Bittere Tränen

KONTAKTINFORMATIONEN

Ich freue mich über jede Zuschrift:

Twitter:
http://twitter.com/MarionKummerow

Facebook:
http://www.facebook.com/AutorinKummerow

Website
https://www.marionkummerow.de

www.ingramcontent.com/pod-product-compliance
Ingram Content Group UK Ltd.
Pitfield, Milton Keynes, MK11 3LW, UK
UKHW041841190726
13854UKWH00002B/663